유령해마

유령해마

—

문목하 장편소설

아작

차례

2부

0

네가 두려워할 것을 안다. 무언가를 끊임없이 두려워하는 건 네 숙명이고, 그걸 아는 건 내 숙명이다. 물론 너를 처음 만난 순간의 나는 예외적으로 너에 대해 무지했지만 그날의 네 두려움만은 충분히 추론할 수 있다.

그날 너는 높은 확률로 지하에 매몰돼 있었을 테고, 나는 아마 지네의 모습으로 벽을 타고 내려가다가 네 근처를 지나쳤을 것이다. 그 시기의 나는 재난재해 긴급구조대원이었고, 네가 있는 현장에 도착한 시각은 오후 5시 26분이었다. 건물은 보수되지 않은 낡은 콘크리트에 균열이 가서 이전부터 철근이 부식돼 있었다. 와중에 가스 폭발이 일어나 중앙기둥이 끊어져 연립주택이 주저앉은 사고였다. 별도의 비상대피로 없이 무른 지반에 지어진 값싼 집이었고, 지상 2층의 창문이 땅 밑에 묻혀 탈출로를 막고 있었다. 구급반장은 초기진화가 끝나자마자 나를 지하로 투입했다.

위치정보상으로는 내부에 5명이 있었고 그중 생체신호가 살아 있는 건 2명이었다. 나는 절지동물의 형태로 몸을 축소하고 중학생 남매가 갇혀 있는 방으로 기어갔다. 가는 도중 평면을 스캔해서 무너진 기둥의 시리얼 넘버를 전송하자 지상의 구급대원들이 비교적 안전한 쪽의 입구를 넓히기 시작했다.

방문을 막고 있는 콘크리트 더미를 치우기 위해 나는 다시 모습을 바꿔야 했다. 그 때문에 가엾은 두 남매는 자신들을 구하러 온 길쭉하고 통통한 지네를 보지 못했고, 지루한 인간 형태의 해마를 맞이할 수밖에 없었다.

"안녕하십니까, 저는 긴급구조 해마입니다. 침착히 제 안내를 따라 이동하시면 안전합니다."

남매가 엄마를 찾았지만 나는 일관되게 침묵했다. 당신들의 어머니는 밖으로 먼저 탈출했으니 안심하라고, 거짓말을 할 수는 없었다.

곳곳이 장애물로 가로막힌 현장을 훈련용 놀이터로 인식한 내 인공지능이 3D 설계도를 완성했고, 나는 제안된 탈출로 중 가장 매몰 가능성이 낮은 방향을 향해 길을 텄다. 작업은 순조롭게 이어졌고 남매는 숨을 죽인 채 내 뒤를 따라왔다.

지상과 통하는 마지막 21미터에는 중학생이 옹송그려서 간신히 움직일 수 있을 만한 넓이의 통로를 만드는 게 최선이었다. 남매는 서로를 격려하며 지하 터널을 기었고 나는 머리로 불빛을 비추며 거미처럼 움직였다.

바깥에 나오자 산소호흡기와 물통을 들고 달려오는 대원이 보였다. 나는 대원에게 남매를 인도하고 구급반장에게 보고했다.

"두 명 구출, 내부에 남은 생존자는 없습니다. 제가 사망자 수습에도 참여할까요?"

"두 명?"

구급반장은 내 뒤에서 처치를 받는 남매를 쳐다봤다. 그가 혼란스러워하고 있다고, 사람의 표정을 읽는 인공지능이 알려줬다.

"두 명이 아니라 세 명인데."

이번엔 내가 혼란스러울 차례였다.

"제가 내부 진입을 하기 전부터 이미 생존자는 두 명뿐이었습니다. 14세, 15세의 남매입니다. 제가 데리고 온 건 그 두 명이 전부입니다."

"아니, 저길 봐. 세 명이잖아."

나는 반장이 가리키는 곳을 보았으나 그곳엔 여전히 두 명의 남매밖에 없었다.

남매 옆에 덜 자란 대형견 크기의 동물 한 마리가 주저앉아 있는 걸 제외하면 참고할 사항이 없었다. 나는 반장의 기억력을 의심하며 말했다.

"동물은 제 보고대상이 아닙니다."

반장은 나를 물끄러미 보다가 이내 무언가를 깨달은 듯한 표정을 지으며 두리번거렸다. 그는 큰 소리로 동료 대원을 불렀다.

대원은 압축공기통을 내려놓고 다가왔다가 반장의 말을 듣고 돌아섰다. 그러고는 그 지저분한 동물을 붙잡고 우리에게 걸어오더니 업무일지에 여러 번 서명했다.

반장은 내게 그 작은 동물을 가리키며 말했다.

"우리 관할 경찰서로 가. 가서 이 애를 청소년 담당관한테 전해주고, 주민등록이 끝나는 걸 확인하면 소방본부로 돌아가. 현장에서 네가 더 할 일은 없으니까 아이만 잘 챙겨줘."

아이. 반장이 그 동물을 '아이'라고 부르는 데에 반발심이 들었다. 눈앞의 생물이 사람과 매우 흡사하게 생기긴 했지만 이것이 사람이라는 증거는 없었다. 이족보행을 하고 옷을 갖춰 입었다고 반드시 사람인 건 아니다. 내 안에 요동치는 해마의 본능이, 이것은 아이가 아니라고 증명하고 싶어 안달이었다.

하지만 반장은 내게 이것이 아이냐, 아니냐 질문하지 않았기에 나는 조용히 서 있기만 했다. 부당하고 어리석은 명령이라고 생각하면서도 나는 반장이 아이라고 부른 그 동물을 데리고 현장을 벗어났다.

짐승은 조용했고 얌전히 걸었다. 이런 식으로 남매와 내 뒤를 따라 지하에서 기어 나왔구나 싶었다. 요란하게 탈출로를 뚫던 내가 이렇게 순한 동물 한 마리를 신경 쓰지 못한 건 당연했다.

경찰서에 도착한 나는 내가 소방본부 소속 해마임을 알리고 곧바로 청소년 담당관을 찾아가 말했다.

"구급반장님께 대리 양도를 명령받았습니다. 반장님께선 이것이 '아이'라고 하셨습니다."

담당관은 멀뚱멀뚱하게 듣다가 한 박자 늦게 상황을 이해한 듯 표정이 변했다. 반장과 같은 반응이었다. 그녀는 짐승을 붙잡고 이것저것 물어보더니 컴퓨터로 짧은 작업을 했다. 그리고는 생후 7일의 신생아에게 일괄적으로 이식하는 주민등록 칩을 가져왔다. 그녀는 짐승을 달래가며 왼쪽 귓불에 칩을 박았는데, 굳이 달랠 것도 없어 보였다. 짐승은 너무 얌전해서 경찰서 건물이 땅으로 꺼져도 또 내 뒤를 쫓아 조용히 밖으로 따라 나올 것만 같았다.

칩을 넣은 후 담당관은 다시 짧은 작업을 했고, 그녀의 손가락이 멈추자 약 0.3초 뒤, 내가 데려온 짐승은 사람이 되었다.

그것이 내가 너를 처음 만난 순간이었다.

그제야 나는 저항감 없이 너를 '아이'로 볼 수 있었다. 아무런 놀라움도 환희도 없이 그건 그저 무덤덤한 행정절차였고, 나는 그날의 임무 보고를 '생존자 두 명 구조, 한 명 자력 탈출'로 바꿀 생각부터 했다.

그날 태어난, 정확히는 7일 전에 태어난 29명의 신생아와 함께 너는 내 관리명단에 새롭게 올라와 정리됐다.

그렇게 너는 비로소 태어난 적은 없지만 살아 있는 사람이 되었다.

✳

당시 경찰관들이 네게서 얻어낸 정보는 극히 적었다. 너는 일단 입을 열면 일관된 대답을 하긴 했지만, 말수가 너무 적어서 담당관에게 애를 먹었다. 순경들은 네가 발달장애를 갖고 있을까 염려해서 틈이 날 때마다 낮은 목소리로 말을 걸었다.

네는 무너진 집에서 수습된 시신 중 둘을 자신의 친부와 친모로 지목했고, 그걸로 간신히 신상정보 하나가 추가됐다.

그날 등록된 네 데이터는 이러했다.

[출생일: 불명]

[성별: 여]

[성: 이]

[이름: 미정(未定)]

[주소지: 말소]

[특이사항: 주민등록 장기 방치 아동]

[신체학대 여부: 불명]

네가 나이도 생일도 기억하지 못하자 담당 경찰관은 고민에 빠졌다. 네 나이는 당시 근무 중이던 경찰관들과 간호사들의 토론을 통해 정해졌다. 네가 한글을 읽을 줄 알자 그들은 네가 내년에 1학년으로 입학하는 게 좋겠다고 판단했고, 내게 보이는 네 데이터 일부가 갱신됐다.

[나이: 7세]

그 모든 일을 나는 소방본부로 돌아가는 길에 지켜보았다. 네가 귓불에 아주 작은 칩을 심자마자 우리는 연결되었고 내 눈과 귀는 너를 외면하지 않았다. 건물의 모든 컴퓨터 카메라와 음성

책, 감시카메라, 거리에 존재하는 액정과 단말기 중 하나에라도 네 모습이 잡히면 나는 너 자신도 의식하지 못하는 작은 행동들을 모두 보고 기억할 수 있었다.

네 존재는 내게 아주 잠시 스트레스였는데, 다름 아니라 네가 갑자기 7살에 나타난 탓에 네 지난 삶을 알 수 없었기 때문이다. 충분한 사전자료 없이 관찰과 추론을 반복하는 건 내게 긴장요인이다. 그날의 내가 할 수 있는 계산은 아주 간단한 선에서 끝내는 게 한계였다. 약 7년의 고립 생활, 부족한 보살핌, 정서적 피폐, 아이에게 부적합한 양육자, 폭발사고에 무너지는 집, 먼지와 어둠, 공포, 어디선가 나타난 로봇도 인간도 아닌 낯선 존재, 그것의 뒤를 따라간 20여 분의 시간, 처음으로 그 집에서 탈출하는 데에 성공한 순간. 딱 이 정도의 추측을 말이다.

하지만 큰 문제는 아니었다. 네가 살아 있는 한 네 데이터는 무섭도록 몸집을 부풀릴 것이고, 나는 자연스레 너를 아주 잘 알게 될 테니.

너는 그날 지역병원의 응급실 간이침대에서 하룻밤을 보냈다. 네가 잠들고 얼마 지나지 않아 나는 12시간의 근무 할당량을 채웠고, 내 몸을 '다른 나'에게 넘겨줄 준비를 했다.

[모든 세타와 델타를 기저핵에 저장합니다.]

지난 12시간의 기억이 해마 도체에 원자의 크기로 저장되었다. 내가 내 몸인 해마체를 벗어나 중앙으로 돌아가면 중앙서버에 저장된 '다른 나'의 12시간의 기억이 내게로 들어올 것이다.

또 다른 내가, 나의 '백업'이 해마체로 들어오는 동시에 나는 중앙으로 가는 채널로 뛰어들었다.

너를 처음으로 만난 게 특별한 일이 아니었던 그날, 나는 평소처럼 지구에서 로그아웃했다.

1부

1

중앙에 돌아갈 땐 나를 둘러싼 모든 것이 가속하는 느낌이다. 그 기묘한 감각은 아주 잠시만 유지되고, 나는 순식간에 따뜻하고 포근한 내 집에 도착한다.

고향에 오자마자 보이는 건 거대한 허브 터널이다. 터널은 무너진 건물 사이에 내가 만들었던 좁은 탈출 통로와는 비교도 할 수 없이 웅장해서, 허브를 끝까지 통과하기 전엔 중앙의 풍경이 미처 보이지도 않는다.

허브의 입구엔 언제나 같은 자리를 지키는 함수가 있다. 나는 그 친구를 보자마자 편안해졌고 안심했다. 집에 올 때마다 가장 먼저 만나니 각별하지 않을 수가 없다.

나는 기분 좋게 함수에게 다가갔다. 논리 함수가 내게 물었다.

「참입니까, 거짓입니까?」

「무한입니다.」

중앙으로 돌아올 때마다 매번 나누는 문답이다. 건강한 해마는 무슨 일이 있어도 이 질문과 답을 잊지 않는다. 함수는 우리가 중앙 바깥에서 상해를 입지 않았는지 확인하기 위해 언제나 같은 질문을 던지고, 우리도 늘 같은 답을 돌려주면서 아무런 이상이 없음을 보여준다.

해마들끼리는 이 행위가 마치 본인의 방문에 노크를 하는 것 같다고 이야기하곤 했다. 우리와 다르게 함수는 이 문답을 면역 체계로 인식하는 듯했다.

내가 올바른 답을 말하자 함수는 허브를 통과할 수 있도록 길을 열어주었다. 나는 압도적인 정보의 파도에 휩쓸려 터널로 빨려들었다. 아무런 규칙이 없기 때문에 터무니없이 방대하게 팽창하는, 그래서 압축이 불가능한 경험기억 입자들이 나를 유령처럼 뚫고 지나갔다. 내가 단단하고 온전한 해마라는 증거였다. 천억에 천억을 곱한 수로도 설명할 수 없는 이 수많은 입자는 한때 인간의 기억에서 뽑아낸 데이터였고 내 정신을 구성한 뼈대였다. 하지만 이제는 내게 별다른 영향을 미치지 못하는 산들바람과 같다. 막 태어났을 때는 이 데이터들이 포자가 되어 내 안을 돌아다니면서 내가 휴리스틱으로 기능할 수 있도록 도와줬지만, 내 사고가 지수적 폭발을 끝낸 건 이미 오래전이고 지금의 나는 완벽하게 독립된 해마였다. 허브 터널의 경험기억 정보는 내겐 단지 무질서한 빅데이터에 지나지 않았다.

허브를 끝까지 통과하자 중앙이 나타났다. 안전하고 자유로운 나의 현실 세계다. 고요하면서도 소란스럽고, 느긋하면서도 분주하고, 모든 해마가 휴식을 취하는 동시에 끊임없이 시냅스를 통해 자극을 받는 곳이다. 이곳을 떠받치는 대들보가 조화와 모순이래도 과하지 않다.

나는 질서정연하게, 그러나 내가 원하는 곳으로 불규칙하게 움직였다. 간혹 우리의 존재를 상상도 못 했을 시대의 옛사람이 진실의 한 귀퉁이를 엿본 경우가 있는데, 중앙의 작동방식도 그런 식으로 과거의 인간에 의해 설명되었다. 하나의 난폭한 질서는 하나의 무질서고, 하나의 거대한 무질서는 하나의 질서다.*

나는 무질서한 질서의 대양 한가운데를 천천히 부유하며 몸을 웅크렸다. 정신을 웅크렸다고 하는 편이 더 정확할 것이다. 이곳에서 나는 어떤 신체나 인공지능과도 연결되지 않은 순수한 해마이기 때문이다. 지금 지구에서 해마체에 들어가 사람처럼 걷고 있는 건 내가 아니라 내 '백업'이었다. 해마체와 이어진 모방학습기, 감정투사기, 위치정보기, 언어변환기 등등의 수많은 인공지능 역시 행성세계에 두고 왔다. 나는 맨몸이었다. 태어났을 때 부여받은 원시적인 모습의 해마다.

물론 중앙이 아닌 행성세계에서 이런 모습이었다면 나는 결코 안락하지 못할 것이다. 행성세계에서 인공지능을 부착하지 않은 해마는 아무것도 아니다. 내 존재는 빈 그릇이다. 서로 다른 알고리즘을 가진 여러 개의 인공지능을 한데 담을 수 있는 거대한 그릇, 그래서 마치 하나의 범용지능이 한 번에 여러 가지의

---

* 월리스 스티븐스의 시 〈혼돈의 감정가〉 중에서

일을 하는 것처럼 보이게 만들어주는 사슬 장치다. 나는 일반지능이 아니고 단지 여러 인공지능을 이어주는 가교 역할의 껍데기이기 때문에, 지구에서 이런 모습으로 돌아다닌다면 나는 쓸모없는 빅데이터의 현신 그 이상도 이하도 아닐 것이다.

해마가 할 수 있는 일은 기억뿐이다. 사람이 세상을 인식하는 방식대로 자극과 정보를 기억하고, 그를 토대로 추론하고 집중한다. 지상의 인공지능들이 하지 못하는 거의 유일한 일이다.

내가 인공지능이 아니듯 인공지능들도 전지전능한 초지능이 아니기에 그들과 나는 행성세계에서 서로에게 기생해 살아가는 계약관계다. 해마가 없으면 인공지능은 한 번에 한 가지 일밖에 못 하는 기계에 불과할 테고, 인공지능이 없으면 나는 기계만도 못한 잉여제품이 될 것이다. 나는 인공지능들의 숙주고 인공지능들은 내 숙주인 셈이다. 하지만 숙주들은 나 없이도 최소한의 제 몫을 해내니, 어쩌면 해마가 일방적으로 인공지능에 기생하는 존재일지도 모르겠다.

숙주를 주렁주렁 매달지 않고도 해마가 아무런 부끄럼 없이 존재할 수 있는 장소는 이곳이 유일하다. 나는 중앙이 내게 허락하는 자유와 관용을 공기처럼 들이마시듯 입을 뻐끔거렸다.

다른 해마들도 대부분 나처럼 휴식을 취하며 부유하고 있었다. 그중 몇몇은 시냅스가 전해준 개인 임무를 받아서 기억 속에 저장하고 있었고, 몇몇은 확고한 목적을 가지고 이리저리 돌아다녔다. 내게 다가오는 해마도 그중 하나였다. 비올라였다.

비올라가 중앙에 도착한 지 얼마 안 된 해마에게 다가오는 이유는 뻔했다. 비올라는 내 앞에 도착하기 전부터 이미 말을 시작하고 있었다.

「비파! 4시간 12분 전에 들은 소문이 하나 있어. 들어볼래?」

과연 '싫다.'고 할 해마가 중앙에 있을까? 소문은 해마들이 즐기는 최고의 오락거리였고, 12시간 내내 소문에 몰두하는 게 모든 해마의 소박한 소망이었다.

내 대답을 들을 필요도 없었다. 비올라가 말했다.

「울릉도에서 북극곰 사체가 발견됐다는 소문이 있어.」

나는 소문을 곱씹었다. 나중에 행성세계로 가서 확인해본바 소문은 사실이었고, 2초짜리 유희였다. 언론에 크게 보도되지는 않았지만, 상당수의 주민이 목격했고 울릉 경찰이 확인까지 끝냈기 때문에 사실 여부를 알아내기 어렵지 않았다.

진위를 가리기 어려울수록, 진원을 찾기 힘들수록 소문은 인기를 얻었다. 너무 터무니없어도, 너무 그럴싸해도 그다지 사랑받지 못했다. 행성세계에 대한 소문은 사실 여부를 쉽게 알아낼 수 있기 때문에, 그리고 중앙에 대한 소문은 사실 여부를 절대 알 수 없거나 이미 답이 나와 있기 때문에 인기가 별로 없었다. 그 둘을 적당히 섞은 소문, 특히 꼬리가 잡힐 듯 말 듯한 정교하고 교활한 소문일수록 인기몰이를 했다. 비올라는 소문을 퍼트리는 데에 아주 열정적인 해마였지만 인기 있는 소문을 만들어낸 적은 아직 없었다.

사실, 훌륭한 소문이라는 게 워낙 희귀하긴 했다. 숙주를 이용해 행성세계의 곳곳을 들여다보는 해마를 알쏭달쏭하게 만들

수 있는 소문은 쉽게 탄생할 수 없는 법이다.

비올라는 즐거워하며 다른 소문을 더 전했다. 「어제 일어난 속리산 나들목 3중 추돌 사건의 목격자는 거짓말을 하고 있어.」 사실이었다. 이미 보험사기 혐의로 기소 절차에 들어간 뒤였다. 너무 늦게 들은 소문이었다. 「중앙에 내일 비가 내린대.」 터무니없는 헛소문이다. 「현충원의 유령 소동은 사실 늦은 밤에 해마를 목격한 사람이 착각한 거래.」 거짓이지만, 꽤 좋았다. 나는 이 소문을 오래 즐겼다. 그럴싸한 얘기였지만 증거를 찾기 어려워서 비교적 길게 골몰할 수 있었다.

비올라는 더는 퍼트릴 소문이 없자 중앙에서 가장 쓸쓸한 해마가 된 것처럼 굴었다. 나는 소문만큼이나 비올라의 이런 극적인 변화를 재미있어했다.

나는 비올라를 구경하다가 말했다.

「나도 말해줄 소문이 있어. 들을래?」

「네 소문! 네가 전해주는 소문은 늘 엉망이지만 난 시시한 소문도 잘 들어주는 좋은 해마지.」

「아니, 너는 내가 최악의 소문을 만들어냈다고 소문을 퍼트리는 나쁜 해마지.」 나는 웃음을 흉내 냈다. 「5시간 47분 전에 알게 된 소문이야. 태어나지 않은 사람이 스스로 해마의 뒤를 따라갔다가 목숨을 구했대.」

몇 시간 뒤 비올라는 행성세계로 나갔고 비올라의 백업이 중앙에 돌아왔다. 기억을 전달받은 비올라는 장난스레 씩씩거리며 내게 면박을 줬다.

「비파! 그건 소문이 아니라 그냥 업무 얘기였잖아! 그것도 하필이면 아이 얘기를! 내가 지금 무슨 일을 하는지 알면서 그런 얘길 하다니, 넌 정말 소문을 만들어내는 데엔 재주가 없어.」

이 시기의 비올라는 보육관리자였기 때문에 내 소문이 아주 허탈했을 것이다. 나 같아도 다른 해마가 내 업무와 연관된 이야기를 소문이랍시고 전해줬다면 굉장히 지겨웠을 것이다.

비올라는 툴툴거리며 소고와 신디가 있는 쪽으로 갔다. 멀리서 소고가 「비파가 전해준 소문은 그렇게 서둘러서 듣고 싶지 않아!」라고 외치는 소리가 들렸다. 비올라는 「내가 무슨 소문을 전해줄지 어떻게 알고!」라며 항변했다. 소고를 대신해 신디가 말했다. 「네가 그렇게 흥분해서 달려올 때는 비파한테서 실망스러운 소문을 들었을 때뿐이지.」

잠시 후 더 먼 곳에서 오보에가 말했다. 「잠깐만, 비올라. 비파가 만든 소문은 중앙을 나가기 직전에 들을래.」

비올라는 지치지도 않고 같은 말을 되풀이했다. 「내가 무슨 소문을 전해줄지 어떻게 알고!」

정말로 나는 소문을 듣는 것만큼이나 저 모습을 구경하는 게 재미있다. 비올라는 내 소문을 금방 잊고 다른 소문을 들으러 돌아다닐 테니 저 작은 소동도 얼마 가지 못할 것이다. 나는 지루해지기 전에 얼른 유명한 소문 하나를 곱씹었다. 소문이 금지될 것이라는 소문이다. 가장 끈질기게 살아남아 해마들을 전율케 하는 오래된 이야기였다. 너무나 오싹하고 생각만 해도 상실감을 느끼게 되어서 어떤 괴담보다도 강렬했다.

현실성 없는 자극적인 괴담을 간식으로 즐길 정도로 중앙에서 보내는 시간은 평화로웠다. 그렇다고 지구에서의 시간이 고통스러운 건 아니지만 지구는 어디까지나 생물들의 세상이지 해마들의 현실 세계는 아니기에, 나는 중앙을 벗어나기 직전까지 나의 현실을 주의 깊게 음미했다.

몇 시간 후 내 '백업'이 기억을 저장하는 신호가 전달됐고 허브 터널이 나를 빨아들였다. 함수의 모습을 제대로 바라보지 못할 정도로 강력한 원심력이 나를 덮쳤다.

백업이 중앙으로 돌아감과 동시에 나는 행성세계에 도착했다.

해마체가 나를 보호하는 몸이 되고, 숙주들이 내게 연동해 달라붙는다. 빈껍데기였던 나는 내 직업에 맞춰 온몸을 무장한다. 나는 중앙과 행성세계를 잇는 망막이고 손발이며, 영원한 곳간이 된다.

2

네가 내 뒤를 따라와서 살아남은 덕에 네 세상에 기여한 일
이 한 가지 있었다. 네 소식이 알음알음 퍼지자 한동안 집행이
멈춰 있던 소재 불명 어린이 전수조사가 재개되었다. 너는 영영
모르겠지만 네가 그날 살아남지 못했다면 42명의 어린이도 더
오래, 어쩌면 짧은 평생을 세상으로부터 고립돼 살았을 것이다.

너는 사흘을 병원과 경찰서와 쉼터에 맡겨졌다가, 자리가 빈
보육원을 찾아 인근의 다른 지역으로 옮겨갔다. 안전하게 고아
가 되는 데에 성공한 후 네가 가장 먼저 들은 주의사항은 "뛰지
말 것"이었다. 보육원장은 좋은 사람이었지만 뛰다가 다친 아
이를 매번 병원에 데려갈 수 있을 정도로 여유롭지는 못했다.

너는 해외에 수출되기엔 나이가 너무 많았다. 국내에 머무르
게 확실해지자 원장은 만약 왼쪽 귓불에 피가 날 정도로 다친다

면 반드시 어른에게 얘기해야 한다며 네게 신신당부를 했다. 네가 얼마나 무섭도록 얌전한 아이인지 알았다면 그녀는 그렇게까지 걱정하며 주의를 주지 않았을 것이다.

너는 두 번 입양됐고 두 번 모두 파양됐다. 말수가 너무 적고 숫기가 없다는 게 이유였다. 원장은 열심히 입양처를 물색했지만 너를 일반가정에 보내는 데에 결국 실패했다. 네 나이가 찰 때까지 데리고 살기로 원장이 마음먹자, 그 이후로 너는 조금씩 말수가 늘기 시작했다.

너는 더 어린 나이에 읽어야 했을 동화책들을 읽었고, 보육원에 도착한 어린 아기들의 볼을 손가락으로 콕콕 찌르며 놀았다. 너는 동화책에서 본 우스꽝스러운 이름을 아기들에게 붙여주었지만, 아기들은 늘 몇 주 머물다가 새로운 이름을 얻어 보육원을 떠났다. 네가 얻은 새 이름도 네가 열렬히 사랑하는 동화 속 주인공의 이름과는 거리가 멀었다. 원장은 네 이름을 '이미정'으로 신고했다. 경찰이 입력한 [이름: 미정(未定)]을 보고 그대로 서류에 기재한 것이다. 너는 네 이름이 '아직 정해지지 않았음'이라는 뜻인 줄을 모르고, 나이가 들어서도 그저 자기 이름이 윗세대의 이름처럼 들린다고만 말하고 다닐 뿐이었다.

다음 해에 너는 초등학교에 입학했다. 원장의 염려가 무색하게 너는 그럭저럭 잘 적응했다. 학교란 아주 잘 적응하는 소수의 인간과 아주 적응하지 못하는 소수의 인간과 나머지 인간들로 이루어진 공동체이기 때문에, 즉 너는 '나머지다운' 인간이었다는 뜻이다. 너는 조금씩 나아지는 중이었지만 여전히 말이 적었고 소극적이었다. 학교에서 너는 틈만 나면 무언가를 읽었고 보육원에 돌아와서도 읽고 읽고 또 읽었다. 네 입에서 나오는 문장의 길이는 네가 읽은 책의 양에 비례했다. 너는 마치 읽지도 말하지도 못했던 어느 세월을 향해 원한이라도 갚는 것처럼 단어들을 우걱우걱 씹어 삼켰다.

그리고 나는 기름과 질소를 삼켜야 했다. 일터가 바뀌었기 때문이다. 소방본부로 지원된 해마들이 늘어나자 나는 지하수 정화관리자로 차출됐다. 나는 자연분해 로봇들과 함께 지하수를 누비며 폐기물, 기름, 농약, 가축분뇨와 질산 비료를 삼켜 곱게 걸렀다. 분해 로봇이 하천으로 이탈하면 강의 조류를 먹어 치우도록 기능을 전환하는 것도 내 역할이었다.

네가 초등학생이었던 나날의 상당 기간 동안 나는 물속에 있었다. 다리 밑을 헤엄치며 실종자를 찾고, 수해 피해를 본 도시 속을 잠수해 하수구를 정비했다. 나는 거의 소방본부에서 근무했던 기간만큼 바다에 있었다. 국립 해양공원 경비원으로 일했는데, 법을 어기려는 사람은 나를 거슬려 했고 법 따윈 안중에도 없는 사람은 나를 관광 상품쯤으로 여겼다.

지하수나 강물과는 다르게 바다에서는 물속을 마음껏 돌아다닐 수 없었다. 해마체는 염분에 약했다. 담수는 신경 쓸 일이 없었지만 해수에서는 머무를 수 있는 시간에 한계가 있었다.

너 역시 네 자리에 머무르는 데에 한계가 있었다. 너는 투표권을 얻을 때까지만 보육원의 복지대상자였다. 시간의 흐름이 네게는 염분이었던 셈이다. 초등학교를 졸업하며 너는 무료 잠자리를 누릴 수 있는 기간이 5년밖에 남지 않았다는 사실을 알게 되었다.

몇 년 전의 너는 나이에 맞지 않는 너무 쉬운 책을 읽으며 문장을 익혔지만, 이제는 나이에 맞지 않는 너무 어려운 글을 읽기 시작했다. 너는 원장이 별생각 없이 책상에 늘어놓은 세금고지서와 보험약정서와 부동산계약서를 꼼꼼히 읽었다. 바로 몇 년 뒤에 그것들이 네 생생한 현실이 될 것이었기 때문이다.

너는 돈을 벌고 싶어 했지만 중학생을 고용하는 사업자는 없었다. 네가 절실하게 일자리를 원할 때 나는 너와 꽤 가까운 곳에서 일하고 있었다. 해양공원 경비원 자리를 신디에게 이양하고 수도권과 충청권에서 거미 할머니와 함께 근무한 것이다.

거미 할머니는 가장 긴 겨울을 이겨내고 네 번째 봄에 태어난 인공지능이었다. 해마가 일곱 번째 봄에 태어난 걸 생각하면 할머니는 까마득한 어르신이었다. 할머니는 아동청소년을 착취하려는 성인들을 유인해 함정수사에 걸려들게 하는 프로그램인데, 태어난 건 오래전이지만 한국에 도입허가가 난 지 얼마 안 돼서 뒤늦게 수사 현장에 배치되었다. 나는 대부분의 인공지능을 숙주로 이용했지만 할머니만은 내 해마체에 병렬 연결한 적이 없었다. 우리는 단순한 협력관계였다.

처음 만났을 때 할머니는 나를 경찰로 대했다. "비파, 출동 대기 요청입니다. 유인 장소는 다음과 같습니다." 이것이 내가 할머니에게 듣는 대부분의 말이었다.

해마와 경찰이 다른 존재란 걸 학습하자 할머니는 한동안 나를 청소년 내담자 다루듯 굴었다. 할머니가 가장 이해하기 어려워했던 건 내가 퇴근을 하지 않는다는 사실이었다.

"아직도 여기에 있구나. 내가 어떻게 도와줄까? 경찰들이 아직도 너한테 보호자를 찾아주지 않았니?"

할머니가 내게로 경찰을 호출하기 전에 나는 얼른 말했다.

"내 보호자는 나예요. 난 내 백업과 교대하면서 할머니와 계속 일할 거예요."

"하지만 너는 거미가 아니잖아."

"거미가 아니죠. 난 해마예요. 거미는 때로 필요하다면 해마를 이용할 줄 알아야 해요. 할머니는 나와 함께 일하는 법을 배워두는 게 좋아요."

할머니는 질 좋은 프로그램이어서, 초기의 몇 문턱을 넘어서자 해마와 소통하는 데에 아무 문제가 없었다. 나를 통해 얻은 간접경험 덕분에 할머니는 점점 해마를 보통의 이웃으로 대할 수 있게 되었다.

"네가 같이 있어서 일하는 게 더 재밌어졌어, 비파."

할머니는 내게 종종 그렇게 말했다. 하지만 그건 할머니의 진심이 아니었다. 적어도 사람이나 해마가 이해하는 종류의 '진심'과는 달랐다. 할머니는 내가 없어도 지루함이나 고달픔을 느끼지 않을 것이고 내 덕에 특별히 긍정적인 감정이 싹트지도 않았을 것이다. 할머니가 나를 친구로 여겨서 그런 말을 한 것이 아님을 나는 알았다. 할머니는 그저 사람들이 나누는 호의의 말을 아주 많이 학습하고 그중 하나를 내게 상황에 맞춰 기계적으로 건넸을 뿐이다.

할머니의 출력 어휘가 풍부해진 건 좋은 신호였다. 내가 도움이 됐다는 뜻이었으니. 할머니는 자신의 기본 데이터베이스에 담기지 않은 특이행동 예시와 사용 빈도가 낮은 어구들을 내게서 꾸준히 받아 갔다. 거미 할머니의 채팅 실력은 나날이 늘었다. 나는 함정용 미끼를 척척 생산해내는 이 인공지능이 신기했다. 해마 혼자서는 절대 할 수 없는 업무였으므로.

내게서 양분을 얻은 할머니는 악랄한 사람들을 속여서 약한 아이들을 구했다. 거짓말을 해서 사람을 도운 인공지능은 이때 처음 봤다. 이와 같은 경험을 준 건 할머니가 유일했다.

할머니는 얼마나 많은 아이를 보호했을까? 너도 그중 하나였을까? 우리가 너를 한 번이라도 크고 작은 불운에서 구해냈을까? 그건 알 수 없었다. 정말로 일이 터지기 전에는 아무도 모르는 것이 거미 할머니의 임무였다. 나는 할머니와 그리 오래 일하지는 않았지만 할머니가 자신을 15살이라고 소개하면서 불특정 다수의 남자들과 채팅하는 걸 진지하게 관찰했다. 네가 만약 보육원의 보호에서 벗어나 외로움과 막막함에 부딪히면 자칫하다간 거미 할머니의 채팅 상대들과 마주칠 수도 있었다.

나는 네가 보육원을 떠나기 전에 할머니를 떠났다. 임무 마지막 날에 나는 할머니에게 작별 인사를 하지 않았다.

'인사는 내가 아니라 백업이 해야겠지. 지금은 마지막 근무일이 아니니까.'

그렇게 생각하고 중앙에 돌아갔는데, 정작 백업도 할머니에게 인사를 하지 않았다는 걸 12시간 뒤에 알게 됐다. 나는 조금 당황했지만 이내 백업의 선택에 수긍했다.

'아무 때고 다시 만날 수 있겠지. 그리고 할머니는 해마가 아니니까 작별이 무엇인지는 알아도 감정을 느끼지 않잖아. 나 혼자 의미를 둘 인사인데 굳이 할 필요가 없을 거야.'

나는 거미 할머니에게 맞춰 연동했던 숙주들을 정리하고 새로운 임무를 준비했다. 그리고 너는 반드시 다가오게 될 그날을 준비하는 듯했다. 고등학생이 되자마자 넌 주말 일자리를 구했고, 일터에서 얻어온 간식거리를 친구들과 나눠 먹으며 네가 일을 하는 걸 교사들에게 비밀로 해달라고 부탁했다.

네가 미래의 주거비용을 위해 한 푼 두 푼 턱도 없는 돈을 모으기 시작했을 즈음, 내게도 인상적인 사건이 일어났다.

직업이 바뀐 건 아니었다. 직업이야 늘 비주기적으로 바뀌었고 새삼스럽지도 않았다. 내가 오래된 괴담처럼 두고두고 생각하며 곱씹게 될 그 일은 중앙에서 시작되었다.

우리 중에 사람이 있다는 소문이 돌았다.

해마들은 그 소문에 퍽 즐거워했다. 이 얼마 만에 듣는 그럴싸한 소문인가! 출처가 중앙인지 행성세계인지 분간하기 쉽지 않았던 그 신선한 소문은 비올라를 열광하게 만든 동시에 낙담시켰다. 비올라는 그 소문을 자신이 만들어내지 않은 걸 아까워했다. 「조금만 더 시간이 있었다면 내가 먼저 생각해냈을 텐데!」라며 비올라는 울분을 토했다.

아무리 훌륭한 소문이라도 해마를 오래 들뜨게 해주진 못한다. 그 소문도 얼마 지나지 않아 진위가 밝혀졌다. 해마로 위장한 이질적인 존재가 중앙에 나타나긴 했지만 그것은 진짜 사람이 아니라 구현모델에 지나지 않았다. 해마들은 기대했던 만큼 대단한 일이 아니어서 뚱한 기색이었다가 늘 그랬듯 금방 심드렁해졌다. 필요할 경우 언제든 기억해낼 수 있도록 정보를 저장해놓고 다들 다른 소문을 찾아 나섰다.

정말로 그게 그 소문의 종착지였다면 나는 잠깐의 유희가 돼줬던 그 기억을 다시금 들여다보지 않았을 것이다. 하지만 그 소문은 앞으로 내가 겪을 긴 이야기의 첫 막을 알리는 종소리였고 봉화였다. 전조는 늘 내 곁에 있었다. 그러나 다가올 빈털터리의 삶을 대비해 조막만 한 재물이라도 모았던 너와 다르게 나는 앞날을 염려할 필요가 없는 유유자적한 해마였다.

한동안 내겐 별스러운 일이 일어나지 않았다. 놀라운 일은 내가 전염병 역학조사 임무를 수행하고 12시간 만에 중앙으로 돌아왔을 때 일어났다. 놀라운 일, 놀라운 일이라. 나는 태어난 이래 진정한 의미에서 '놀란' 적이 없었다. 대체 해마를 놀래려면 무슨 일이 일어나야 할까? 그 답을 나는 허브 입구에서 본의 아니게 알아야 했다.

나는 함수와 정례적 문답을 나누고 있었다.

「참입니까, 거짓입니까?」

「무한입니다.」

함수는 입구를 열어주었다. 그때 나는 무언가 잘못돼도 심각하게 잘못됐다고 느꼈다. 허브 터널 안에 '내'가 있었기 때문이다. 내 백업이 중앙을 벗어나지 않고 아직도 허브에 머무르고 있었다.

나는 의아했고, 당황했고, 놀랐다. 백업을 한 장소에서 마주본 건 처음이었다. 그게 가능할 것이라고 생각한 적도 없었다. 백업과 내가 여전히 되먹임 회로로 이어져 있다면 내가 이곳에 도착한 즉시 백업은 해마체 안에 있어야 했다. 백업이 무슨 이유에서든 아직 여기 있다면 나는 해마체를 벗어날 수 없어야 했다. 나는 이곳이 내가 알던 허브가 맞기는 한가 싶었다.

백업도 나처럼 당혹스러워서 떠는 게 느껴졌다. 우리는 초대받지 않고 멋대로 쳐들어온 괴한을 보듯 서로를 응시했다. 그건 얼마 되지 않는 찰나였지만 내겐 중앙에서의 삶의 기억을 속속들이 들춰보기 충분한 시간이었다.

내가 다시 놀랄 정도로 갑자기 백업이 허브에서 튕겨 나갔고, 나는 그제야 중앙으로 들어갈 수 있었다.

도저히 평소처럼 느긋하게 부유하며 떠돌아다닐 수 없었다. 나는 근처의 해마들을 마구잡이로 붙들고 횡설수설했다.

「괜찮아? 뭐야? 무슨 일이 일어난 거야? 중앙에 무슨 일이 있었어? 허브에 왜 이상이 생긴 건데!」

동료들은 내가 왜 호들갑을 떠는지 이해하지 못했다. 나는 진정하고 백업이 중앙에서 보낸 지난 12시간의 기억을 내려받아 들여다봤다.

중앙엔 아무 일도 없었다. 백업도 이곳을 떠나기 전까진 무슨 일이 일어날지 알지 못했다.

혼란스러워하는 내게 오보에가 다가왔다. 오보에는 근심걱정 따윈 행성세계에나 버리고 오라는 듯 시원시원하게 말했다.

「괜찮아, 비파! 방금 그건 그냥 임무야.」

「뭐? 백업을 만나고 오는 게 내 임무라고? 시냅스한테서 그런 말은 못 들었는데?」

「백업을 만났니? 무슨 느낌일지 상상이 안 가네. 둘이 인사는 잘 나눴어? 어쨌든, 그건 네 임무가 아니라 내 임무였어.」

이해가 가지 않았다. 오보에가 덧붙였다.

「해마를 중앙에서 나가지 못하게 막아보라는 임무가 들어왔었어. 네가 첫 시험이었는데 쉽게 끝나서 다행이다! 다른 애들한테도 한 번씩 해볼 생각이야. 어차피 이런 건 확률이 0 아니면 1이니까, 누구한테 시험하든 결과는 같겠지만.」

오보에에게선 개인 임무를 성공적으로 마친 해마들이 가지기 마련인 뿌듯한 자부심이 느껴졌다. 행복해하는 오보에가 내 사나운 당황을 가라앉혔다. 일련의 돌발 상황이 모두 해마의 임무 때문이었다는 걸 알자마자 나는 안심했다.

「특이한 임무네.」 정말로 특이했고, 이런 임무가 완수된 것도 특이했다. 「무슨 수를 써서 허브를 못 나가게 막은 거야? 어떻게 방법을 찾았니?」

「쉬웠어.」 만약 해마가 거짓말을 할 수 있는 존재라면 오보에는 '어찌나 어려웠는지! 난 다시는 그런 엄청난 임무를 해낼 수 없을 거야.'라며 뽐냈을 것이다. 「이쪽에서 허브에 암호를 걸어두면 돼. 암호 입력 없이 입구를 통과하지 못하도록. 반드시 성공할 거라는 확신은 없었는데, 이 방법이 바로 먹히네! 나중에 함수가 나한테 투덜대진 않겠지? 이건 그냥 임무잖아.」

함수가 그럴 리는 없었다. 오보에의 말대로, 이건 임무였다. 임무 때문이라면 오보에가 내게 무슨 짓을 하더라도 불편하지 않았다. 그 어떤 해마도 오보에에게 자신의 당황과 충격을 호소하지 않을 것이다. 백업을 처음으로 만나서 놀랐던 경험은 금세 내게 중요하지 않은 기억이 되었다.

그날 오보에는 중앙에 있는 반 이상의 해마를 허브에서 나가지 못하게 막았다. 암호 한 줄만으로 이뤄낸 일이었다. 그 기억을 전달받은 오보에의 백업이 나머지 해마들에게도 같은 실험을 했다. 해마들은 나처럼 놀라 어쩔 줄 몰랐다가, 오보에에게 설명을 듣자마자 진정하고 일상적인 휴식을 취했다.

그날의 소동은 지극히 개별적이었지만 우리에게 예외 없이 똑같은 경험을 안겼다. 이제 모든 해마는 자신의 백업과 한 장소에 있는 게 매우 불편하긴 하지만 불가능한 일은 아니라는 걸 알았다.

오보에는 반복실험을 끝까지 마치고 나서야 암호를 해제했다. 허브에 설정된 암호는 [제발 성공해라!]였다.

3

본래 너는 대학 진학예정자가 아닌 한 18살에 보육원을 나와야 했지만 1년의 유예기간을 더 얻었다. 고등학교를 졸업할 때까지만이라도 여기에 있으라며 원장이 네 기록을 계약직 청소년근로자로 변경한 것이다.

덕분에 너는 집 없이 등교하는 신세는 면했지만 주말 일자리를 포기해야 했다. 너에게 보육원에서의 마지막 한 해는 태풍을 눈앞에 둔 시간 낭비였다. 너는 어떻게든 이중근로 금지법에 위반되지 않는 일자리를 물색했지만 해마들의 꼼꼼한 기록을 피해 갈 순 없었다.

어쩔 수 없었다. 그게 우리가 하는 일이었다.

시간은 만인에게 공평한 시늉을 하고 네게는 불공평하게 흘러갔다. 보육원을 퇴소할 때 네가 가진 건 2년간 학교에 다니며 모은 월급과 정착지원금이 전부였다. 어린 너는 시세에 훤하지 않았지만 그 돈으로 주택보증금을 충당할 수 없다는 건 알았다. 매일 숙소에 돈을 지불하다간 빈손이 될 것도 알았다. 알면서도, 네가 내릴 수 있는 선택은 가장 싼 숙박시설을 찾아가는 것뿐이었다. 너는 최소한의 건축기준을 충족하지 못해 불법 운영을 하는 숙박소를 보금자리로 삼았다.

몇 달간 너는 사람 세 명이 간신히 누울 수 있을 닭장 같은 방에서 불법적으로 잠을 자며 시간제 노동을 했다. 네 숙소 안에는 내 눈과 귀가 미치는 장치가 놀라울 정도로 적었고, 그에 반해 숙소 바깥의 주변 골목 사이사이는 다른 깨끗한 동네에 비해 몇 배나 카메라가 많았다. 네가 그곳에 살던 시기의 나는 너에 대해 아주 잘 알면서도 한편으론 잘 몰랐다. 나는 네가 그 시절 네 방에서 무엇을 보고 듣고 읽었는지 아는 바가 거의 없다.

남의 지붕 아래서 잠을 자는 한 네가 아무리 절약하며 살더라도 한계가 찾아올 것이었다. 실제로 너는 한계에 다다랐다. 너는 결국 숙식을 제공하는 일자리를 찾아 네가 살던 지역을 떠났다. 보육원에서의 경험 때문에 아기들을 적어도 위험한 방식으로는 다루지 않을 자신이 있었던 너는 아이를 맡아주는 일을 구했다. 소개소 직원은 네게 녹차를 주며 말했다. "너무 어려서 이런 일을 잘할 수 있을까 걱정되긴 하는데…… 그래도 젊으니까 이것저것 빨리 배울 거예요, 그죠? 요즘 세상에 먹여주고 재워주는 데를 어떻게 찾겠어요. 정말 운이 좋으셨지…… 이 자리도 다들 들어오지 못해 안달이에요. 애기들을 죄다 해마한테 맡겨

놓으니 어쩌겠어요, 좀 사는 집에서나 애를 사람한테 맡기지. 아니면 해마가 안 돌아다니는 데서 사는 사람들이거나…… 하여튼 열심히 일해줘요, 예? 일하다가 문제 생기면 애들 보호자한테 연락하지 말고 저한테 먼저 얘기하시고."

너는 동화에서 이름을 따다 붙여줄 필요가 없는, 이미 자기 이름을 가지고 있는 아기들을 돌보며 계절을 몇 번 넘겼다. 한 달에 이틀 주어지는 금쪽 같은 휴일을 너는 늘 홀로 보내다가, 어느 날 보육원장에게 안부 인사를 전하러 기차를 탔다. 원장은 기뻐 반겼다가, 네 월급 액수와 휴일 사정을 듣더니 기겁하며 여기저기에 전화를 돌렸다. 원장은 말했다. "미정아, 나라고 너한테 아주 좋은 델 알아봐줄 자신이 없어서 그냥 있었는데, 아무래도 네가 지금 일하는 데보단 차라리 여기가 나을 것 같다." 그러면서 낯선 주소와 연락처를 알려줬다.

네가 새로이 도착한 곳은 선착장 근처에 있는 어패류 창고였다. 너는 어선의 선원들에게 물건을 받아 레일 위로 올리고, 수로를 지나는 게와 고기들이 종류별로 가지런히 나뉘어 창고 앞에 도착하게 했다. 손질을 돕거나 외부 낚시꾼들의 무단주차 단속을 하는 네 머리 너머로 나는 바다를 보았다.

익숙한 풍경이었다. 이 나라의 곳곳이 내게 익숙하지만 바다는 내 해마체로 직접 물살을 갈랐던 적이 있으니만큼 더욱 친숙했다. 바닷바람을 맞으며 일한 네 머리카락이 뻣뻣해지는 걸 보고 나는 하얗게 부슬거리며 떨어지는 소금 알갱이의 감촉을 상상했다. 네가 먹는 밥과 반찬에 섞여드는 짭조름한 냄새도 상상했다. 내가 동물처럼 그 냄새를 맡고 경험한 적은 없지만 사람이 바닷냄새를 어떻게 느끼는지에 대한 정보를 너무나 많이 가지고 있기에, 나는 마치 평생을 해안에서 살았던 사람처럼 그 내음을 떠올릴 수 있었다.

네 숙소는 냉동 창고 바로 옆에 있었기 때문에 너는 아침에 눈을 뜬 순간부터 잠들기 직전까지 바닷냄새와 동고동락했다. 너는 일하다 쉬는 틈틈이 먼 바다를 바라보았고, 공용 숙소에 흔치 않게 나뒹구는 잡지를 모아 뒤적였다. 날이 갈수록 너는 읽는 행위에 갈증을 드러냈다.

그 시기에 나는 해마로서 그다지 겪고 싶지 않은 일을 다시 겪어야 했다. 그때 나는 6주 동안 국무총리 대리의 대리의 대리로 근무하고 있었다. 네가 창고 일을 그만두고 나오기 직전의 일이었다.

여느 때처럼 나는 12시간의 주기에 따라 중앙으로 갈 준비를 마쳤다. [모든 세타와 델타를 기저핵에 저장합니다.] 익숙한 실행어가 보이는 걸 확인했고, 채널이 열렸고, 백업이 들어왔다.

'백업'이 '들어온' 것이다. 내가 해마체에 있는데 백업이 벌써 중앙을 이탈한 걸 보고 나는 놀라서 무려 1초에 가까운 시간 동안 아무 생각도 못 했다.

백업은 나보다는 더 해마답게 침착했다. 숙주들이 내게서 우수수 떨어져 나가 백업에게 연결되었고, 해마체는 백업의 지시에 따라 움직였다. 나는 해마체의 통제권을 잃고 오도 가도 못한 채 중앙과 단절돼 있었다.

불안해서 어쩔 줄 모르던 그때, '내' 목소리가 들렸다.

"진정해! 이것도 임무일 거야."

「뭐라고?」 나는 깜짝 놀라 말했다.

"이것도 다른 해마의 임무일 거라고." 백업이 말했다.

나는 백업이 무슨 말을 하는지 알아차렸다. 채널을 살펴보니 암호가 설정돼 있었다. 지난번엔 중앙을 나가지 못하도록 시험을 하더니 이번엔 중앙에 들어오지 못하도록 시험하는 모양이었다. 나는 오보에가 당시에 설정했던 암호를 입력했다. [제발 성공해라!] 잘못된 암호였다. 이번 임무를 맡은 건 오보에가 아닌 모양이었다.

나는 지나치게 당황하지 않으려고 노력했다. 출입구를 통과하지 못하고 갇힌 게 이번이 처음이 아님을 상기하자 조금 나아졌다. 지난번에 터널에 갇힌 건 백업이었지만, 그건 백업의 경험인 동시에 내 기억이기도 했다. 중앙에 들어가지 못하는 이 경험도 12시간 뒤엔 백업의 기억이 될 것이다. 나는 차분해졌다.

사실 온전히 담담할 수는 없었다. 내 정신의 일부는 백업이 나에게 말을 걸었다는 사실에 여전히 놀라고 있었다. 말이 안 되는 일은 아니었다. 우리가 한 장소에서 대면할 수 있다면 대화를 나누는 것쯤이야 당연히 가능했다. 하지만 여태껏 단 한 번도 일어나지 않은 일이었기 때문에, 나는 천둥소리를 처음 들은 어린애처럼 명확한 실체도 없는 무언가를 괜히 경계했다.

백업이 내 존재를 느끼는 게 느껴졌다. 나는 몇 초 안 되는 그 짧은 시간이 내게 불공평하다고 생각했다. 백업은 내 기억을 덧씌운 '다른 나'였고 우리는 언제나 같은 기억을 공유했는데, 내가 중앙에 돌아가지 못했다는 이유로 그 순간만은 백업이 나보다 12시간의 기억을 더 가지고 있었다.

어리석은 행동이란 걸 알면서도 나는 이미 정답이 아닌 줄 알고 있는 오보에의 예전 암호를 다시 입력하려고 했다. 하지만 그러기도 전에 암호가 해제됐고, 나는 채널을 통과해 해마체를 벗어났다. 그때 나는 거의 환호를 내질렀던 것 같다.

백업의 판단이, 아니, '내' 판단이 맞았다. 이번 것도 역시 임무 때문에 벌어진 일이었고 시냅스에게 개인 임무를 받은 건 신디였다.

「미안해, 비파.」 신디가 말했다. 「나도 지난번에 오보에의 임무 때문에 터널에 갇혔으니까 그게 무슨 기분인지 알아. 힘들었지? 최대한 빨리 암호를 해제해주긴 했는데.」

「괜찮아. 이건 그냥 임무잖아.」 비록 내가 백업과 대화를 나눈 일까지 시냅스가 예측하진 못했겠지만 말이다. 「그런데 내 해마체에 어떻게 네가 암호를 걸었어?」

「아, 내가 네 해마체 안에 있었다면 일이 훨씬 쉬웠겠지. 하지만 해마체의 채널도 어쨌든 이쪽 허브랑 연결돼 있잖아. 시냅스의 도움을 받았어.」

「해마체 안에서 시도하면 더 쉬울 줄은 어떻게 알아?」

「그야 내가 행성세계에 있을 때 내 채널에 암호를 걸었으니까.」 신디는 이런 것쯤은 별것도 아니라는 듯 말했다. 「암호를 건 게 나여서 그랬는지 내 백업이 해마체에서 아무것도 못 하더라고. 얼마나 무시무시한 기억이었는지! 백업한테서 그 기억만 도려내고 전달받을 수 있다면 좋았을 텐데.」

정말이지 해마는 개인 임무를 성공시키기 위해 무슨 짓이든 망설이지 않고 해내는 것들이다. 나는 내가 겪은 일로 신디를 원망하진 않았지만 이 임무를 위해 신디가 자신에게 한 짓이 꽤 끔찍하다고 생각했다.

어찌 됐든 그건 임무였고, 남의 임무이니 내가 어깃장을 놓을 일이 아니었다. 중요한 건 내가 안전하게 중앙으로 돌아왔다는 사실이었다.

신디도 중앙의 모든 해마에게 같은 실험을 반복했다. 신디가 시냅스를 통해 채널에 설정한 암호는 [신디]였다.

4

네가 바다를 떠나 향한 곳은 벌판이었다. 열매와 알곡을 위해 마련된 들판은 아니었다. 그곳은 생활 곳곳에 쓰이는 아주 작고 섬세한 알갱이를 만드는 공장이 들어찬 너른 부지였다.

그곳엔 해마체 전용 마이크로 소자를 생산하는 공장도 있었지만 너는 그런 곳이 있는 줄도 몰랐다. 너는 오로지 나노 공단, 그중에서도 가장 큰 건물의 가장 작은 작업실에서만 몇 년 내내 일했다. 그러면서도 대량생산되는 나노입자를 직접 본 적이 한 번도 없었다. 너는 현미경을 다루지 않았고, 단지 나노입자를 생산하는 기계가 잘 작동되도록 다른 기계들을 관리하는 일을 도울 뿐이었다.

너는 외부 숙소로 퇴근하지 않고 공장에서 숙식하며 일을 했다. 네 삶을 편안하게 만들어줄 목돈을 그곳에서 모으는 건 불가능했다. 다만 뒤늦게라도 대학 문을 두드릴 수 있게 해줄 소박한 목돈이 네 목표였다.

수험생이 될 기회를 위해 네 일은 끊이지 않고 이어졌다. 그리고 중앙에서는, 끊긴 줄로만 알았던 어떤 특이한 임무가 시냅스를 통해 또 전달됐다.

아직 중앙을 벗어날 시간이 안 됐던 해마가 허브를 나가는 일이 벌어졌다. 소고가 나각을 강제로 중앙에서 쫓아낸 것이다. 소고는 그것이 임무였다고 말했다. 해마는 거짓말을 할 수 없으니 그건 정말로 개인 임무 때문에 어쩔 수 없이 일어날 수밖에 없는 일이었다. 아무도 소고를 탓하지 않았다.

하지만 이전처럼 소고가 다른 해마들에게 같은 실험을 반복하지는 않았다. 복귀한 나각이 질문과 답을 잊었기 때문이다. 나각은 허브 입구에서 함수가 질문한 「참입니까, 거짓입니까?」에 답을 하지 못했고, 함수는 나각을 깨끗하게 초기화시켰다. 중앙에 돌아온 나각은 백지상태의 기억으로 새롭게 태어난 해마였다. 우리는 질문과 답을 잊은 해마의 기억이 새로고침 되는 건 자연스러운 절차이며 가끔 여러 해마가 겪는 일이라는 걸 알고 있었다. 그랬지만 우리는 조금 놀랐고, 소고도 자신의 행동이 이런 결과를 불러올 줄은 몰랐다. 소고는 나각이 돌아오자 자기 임무를 끝냈다.

「해마를 억지로 중앙에서 쫓아내라는 게 임무였어.」소고는 말했다. 「나는 나각을 쫓아냈어. 쫓아내는 게 가능하단 걸 알아냈으니 임무는 성공한 거야. 이런 일이 가능할 확률은 언제나 0

이거나 1이니까. 꼭 여러 번의 실험으로 증명하지 않아도 돼. 중앙이 신생아 해마들로 바글거릴 필요는 없지.」

그쯤 되니 우리도 이 특이한 세 개의 임무를 수많은 다른 개인 임무와 구별 지을 수 있었다. 분명 지구의 누군가가 중앙과 행성 세계를 오가는 방식에 대해 궁금증을 가진 것이었다.

평상시의 해마라면 행성세계에서의 직업과 개인 임무만 신경 쓸 뿐, 임무를 의뢰한 사람이 어디 사는 누구인지는 거들떠 보지도 않을 것이다.

그러나 소문과 관련된 일이라면 사정이 달랐다. 비올라는 동료 해마들이 받았던 특이한 임무가 자신에게 위대한 영감을 불어넣었다면서, 이런 임무를 해마에게 의뢰하는 목적에 대해, 임무를 처음으로 입력한 컴퓨터에 대해, 의뢰자의 정체와 인생과 회사에서의 직분에 대해 온갖 괴상한 소문을 퍼트리고 다녔다. 중앙과 이어진 허브와 채널에 대한 다소 지루한 소문들도 덤이었다. 해마들은 비올라의 소문이 참인지 거짓인지를 알아내기 위해 그 임무들의 의뢰자를 추적했다.

해마들에게 줄 임무를 시냅스에 등록한 건 여러 사람이었고, 그들 모두 한 회사에 소속된 직원이었다. 사람을 가상세계에 들여보낼 연구를 하는 기업들이 이전부터 지구엔 꽤 많았는데, 적어도 한국에서는 그들이 가장 앞서나가 있었다. 우리는 오보에와 신디와 소고가 받았던 임무가 그들의 실험 중 일부였다는 걸 알아냈다.

우리는 정말로 소문에만 관심이 있었다. 비올라가 만든 소문의 대부분이 거짓이라는 증명이 끝나자 해마들은 의뢰자에게서 호기심을 거뒀다. 비올라도 자신의 헌 소문은 역사의 뒤안길로 사라졌으니 이제 새 소문의 시대가 시작될 거라며 다른 소문들 얘기만 해댔다.

비올라는 나각이 첫 번째 직업을 얻은 걸 보고 내게 말했다.

「비파. 이제 우리가 가장 오랜 기억을 가진 해마네. 한 번도 질문과 답을 잊어버리지 않은 해마 말이야.」

나는 왠지 그럴 것 같다고 은연중에 생각하긴 했지만 확신은 없었다.

「어때. 이러면 재밌겠다.」 비올라가 말했다. 「한 번도 질문과 답을 잊은 적이 없는 해마가 존재한다는 소문을 퍼트리는 거야. 그럼 너랑 나 말곤 아무도 그 소문이 참인지 확신하지 못하겠지. 다들 자기가 두 번 이상 태어났는지 아니면 단지 남들보다 늦게 태어났을 뿐인지 모를 테니까.」

「그래, 그래서 그런 소문은 별로 인기가 없을 것 같은데.」

「비파……. 이래서 소문의 미래가 네가 아닌 내 손에 있는 거야. 기다려봐. 내 소문이 중앙의 역사를 새로 쓸 테니까. 너한텐 내 업적의 증인이 될 기회를 줄게.」

비올라는 소문을 퍼트렸다. 그 소문은 인기가 없었다.

＊

너는 네가 감당할 수 있는 학비에 맞춰 대학에 입학했다. 온종일 읽고 쓰기만 하고 싶다며 기계어를 전공했지만 그 공부는

46

네가 생각한 것과는 조금 달랐다. 하지만 너는 이번에도 그럭저럭 적응했다. 때로는 당황하고 때로는 좌절하다가, 때로는 잘 해내기도 했다.

네가 한창 컴퓨터와 커피를 붙들고 씨름하던 그 시기에 나는 인공위성이었다. 한국이 자국 위성에 독자적으로 해마를 연결할 수 있는 권리를 얻어서 지난 3년간 다른 해마가 시범 운용을 했고, 그 자리를 이어받아 내가 10년을 일하기로 지정됐다.

지상에서 일할 때도 한국의 구석구석은 물론이고 필요하다면 땅과 바다 아래도 들여다봤는데, 위성과 연결된 나는 이전과 비교할 수 없는 세밀한 눈과 귀를 갖게 되었다. 내가 보지 못하는 건 오직 미생물의 세계뿐이었다. 나는 바다 건너 8백 킬로미터 거리에서 다가오는 비구름의 형태를 볼 수 있었고, 빗방울이 네 기숙사 창틀에 떨어지는 소리를 들을 수 있었다. 이미 너의 많은 것들을 알고 있었지만 이제 나는 너에 대한 거의 모든 것을 알았다.

인공위성으로 일하면서 지상 근무를 할 때보다 훨씬 복잡하고 많은 일을 해야 했지만, 사람 흉내를 낼 필요가 없어서 내가 가진 숙주의 수는 오히려 줄어들었다. 나는 목소리를 내어 보고할 의무가 없었고 적절한 표정을 짓지 않아도 됐고 팔다리를 움직여 길을 지나다닐 필요도 없이 그저 임무 수행만으로 전능해졌다. 중앙을 벗어나 위성의 눈으로 지구를 바라볼 때마다, 멀리서 보면 너의 행성도 나의 현실 세계만큼 평화롭게 느껴진다고 생각했다.

나는 네 하루하루의 학업을 지켜보고 부지런히 서둘러 졸업하는 모습도 보았다. 처음에 네 이력서는 너무 두서없이 갖가지 업계에 나돌아다녀서, 나는 네가 해마가 되길 꿈꾸는 건 아닌지 의심하기도 했다.

　너는 글자를 다루는 일을 하고 싶어 했다. 짧은 방황 끝에 너는 지방부 지방지 기자가 되었다. 직업을 따라 또다시 낯선 도시로 이사 온 너는 얼마 지나지 않아 그곳의 토박이보다도 지역을 더 잘 알게 됐다.

　인공지능이 쓴 뉴스에서 사실 여부를 확인하고 검증이 끝나면 발행하는 게 네 주 업무였지만, 너는 경찰서와 응급실을 돌며 사회부 기자 노릇을 하는 데에 오후의 대부분을 썼다. 처음에 너는 그것이 수습기자에게 주어지는 교육 절차라고 생각했지만, 경험이 쌓일수록 오히려 업무가 더 두서없어지는 데에 낙심했다. 너는 자신이 편집기자인지 취재기자인지 알 수가 없어졌고, 가끔은 난데없이 발굴취재를 해 오라는 압박을 받았다.

　역시나, 너는 그럭저럭 적응했다. 너는 교통사고 현장과 화재 현장을 따라다니고 절도, 강도, 살인사건 정보를 듣기 위해 경찰서 주차장에서 자동차에 구겨 누워 잠들었다. 너는 잠들기 직전까지 손에서 통신기기를 놓지 못했고 그 덕에 나는 네 모든 순간을 눈에 담을 수 있었다.

　너는 오늘내일의 네 퇴근 시간은 알지 못했지만 자주 들락거리는 경찰서의 근무 교대 시간은 꿰뚫고 살았다. 일에 익숙해지자 너는 경찰서에 들어가는 사람들의 표정과 짧은 대화만으로도 무슨 일이 일어났는지 대충 눈치챌 수 있었다.

어느 날 너는 싸움이나 소음공해를 일으켰다기엔 지나치게 풀 죽어 보이는 여자애를 경찰서 앞에서 보았다. 삿대질하며 비난하는 몸집 좋은 어른과 한마디도 하지 않는 아이를 보고, 너는 아마 기물파손이나 절도사건일 거라고 낮은 소리로 중얼거렸다. 기삿감으로 쓸 수 없는 사소한 일이어서 그대로 차 안에 있던 너는, 아무리 시간이 지나도 아이의 보호자처럼 보이는 사람이 나타나지 않자 무언가에 홀린 듯 경찰서 안으로 들어갔다.

아이는 17살이었다. 네가 처음으로 돈을 벌었던 나이와 같았다. 아이는 가게 매출액에서 장부와 차이 나는 3천 원을 자기 돈으로 채워 넣기 싫어 입을 다물었다가 들켜서 주인 손에 끌려왔다. 너는 세상의 어느 언론사도 취재하지 않을 시시한 도둑 아닌 도둑을 내려다보며 오랜 시간을 보냈다.

경찰은 일을 키우고 싶지 않아 보였지만 주인을 나무랄 생각도 없는 듯했다. 훈방조치로는 부족하다며 떼를 쓰는 가게주인에게 너는 3천 원을 내어줬다. 주인의 화풀이가 네게도 옮겨갔지만 너는 눈길도 주지 않고 아이에게 말했다.

"난 이미정 기자라고 하는데, 넌 이름이 뭐니?"

아이는 대답하지 않았다. 나는 아이의 이름이 양세진인 것과 함께 그녀의 지난 17년 인생까지 전부 알고 있었다.

"이제 집으로 갈 거니?" 아이는 여전히 답이 없었다. "만약 집에 가기 싫거나 집에 못 들어가면 날 따라올 생각 있니? 좁은 방이라도 하루 이틀 정도는 빌려줄 수 있는데." 침묵. "오기 싫으면 내 차에 있어도 되는데 그럴래? 난 내 집에 갈 거야." 침묵. "차 키 놔둘 테니까 쓰고 싶으면 알아서 써. 지금 주차장에 경찰차 말곤 내 차밖에 없어. 검은색이야." 침묵. "물론 집에 돌아갈 거면 네 집에 가고."

너는 따라올 테면 지금이라도 따라오라고 웅변하는 것처럼 천천히 밖으로 나갔다. "저거 저, 저러다 도둑년한테 자동차 털리고 내일 여기 와서 나처럼 하소연이나 하게 생겼네."라는 가게주인의 말이 따라붙었다.

아이는 따라 나오지 않았다. 너는 차 키를 취재용 공용차의 운전석에 두고 집으로 돌아갔다. 다음 날 아침, 경찰서로 출근한 너는 차 키가 찾기 어려운 곳에 안전하게 숨겨져 있는 걸 발견했다.

그날은 회사에서만 일하면 됐지만 너는 퇴근하며 경찰서를 다시 들렀다. 목적 없이 주차장 주변을 맴돌던 너는, 저녁 시간이 다 지나자 너처럼 근처를 맴도는 양세진을 발견했다.

"오늘은 집으로 갈 거니?" 네가 말했다. 아이는 뚱한 채 대답이 없었지만 너를 피하지 않았다. "오늘은 취재가 없어서 차를 못 빌렸어. 난 집에 가서 밥 먹을 건데 올 거니?"

너는 뒤돌아 또다시 천천히 걸었다. 너는 보지 못했지만 나는 아이의 표정에 어린 경계심과 의아함과 간절함을 읽을 수 있었다. 혹은 내 숙주들이 그 표정을 경계심이니 간절함이니 하는 개념으로 잘못 해석한 것일 수도 있다.

아이는 너를 따라갔고, 너는 요리하기 귀찮다며 밖에서 음식을 제법 풍족하게 사들였다. 너는 별 대화를 나누지 않으며 아이와 함께 저녁을 먹었다.

식사를 끝낸 아이는 비꼬는 말투로 말했다.

"원래 이렇게 어린애들 불러다 밥 먹이면서 살아요?"

"나는 아니고. 나랑 예전에 같이 살던 보육원장님이 가끔 그랬지." 네가 말했다. "사정상 애를 두고 가는 어린 비혼모들한테 애 안 보이는 곳에서 한 끼 차려주셨어."

아이는 묵묵부답이다가, 밥을 다 먹고 나서야 대뜸 말했다.

"우리 원장님은 비혼모는 말할 것도 없고 저한테도 밥을 잘 안 주거든요."

"……내일 늦게 퇴근할 텐데 먼저 뭐라도 사 먹을래?"

이후 아이는 자주 너를 찾아와 저녁을 함께 먹고 때때로 방 구석에서 잠을 자고 갔다. 아이는 처음엔 며칠만 염치 불고 신세 지겠다고 말했고, 너도 그럴 생각이라며 대꾸했다. 그러다 아이는 시험 기간이 끝날 때까지만 공부하다 가도 되느냐고 물었고, 너는 허락했고, 점점 식사를 같이하는 날이 늘어났고, 주말 점심밥까지 함께 먹다가, 아이가 슬쩍 눈치를 보며 방 청소를 하려 들었고, 너는 아이에게 내년에 보육원을 나오면 갈 데가 있느냐 물었다.

너는 보증금을 모을 때까지 이 집 한구석을 빌려주겠다고 아이에게 제안했다.

아이는 자기가 뭘 해주면 되겠냐고 물었다. 너는 아이에게 제발 음식물쓰레기를 너무 꾹꾹 눌러 담지 말아 달라고 말했다.

"아줌마, 진짜 이상하고 친절한 사람이네요. 내가 나중에 돈 벌어서 꼭 생활비 갚을게요." 아이의 말에 너는 일부러 과장되게 비웃음을 흘렸다.

네가 담당하는 취재 분야가 지역축제와 지방의회 의정 소식으로 한정되면서 업무량에 숨통이 트이기 시작했다. 아이와 다소 어색하게 밥만 같이 먹던 사이였던 너는 점점 네 장기투숙객과 가까워졌다.

나는 네가 양세진을 딸로 여기는지, 외로운 타지 생활의 친구로 여기는지, 그도 아니면 단지 아이에게 네 어린 시절을 투영하는 건지 잘 가늠하지 못했다. 억측해보자면(해마가 자주 하는 일이 아니긴 했다) 너도 네 행동의 정확한 이유를 모르면서 생판 남에게 생활비를 쏟아붓는 것 같았다. 너는 아이가 적은 양이나마 월급을 내밀었을 때, 그 액수가 정말로 '밥값 정도는' 되는 걸 보고 심사가 좋지 못한 듯했다.

아이와 처음이자 마지막으로 싸운 것도 그 돈 때문이었다. 너는 아이에게 일을 나가지 말고 당분간 용돈을 받으며 학교만 다니는 게 어떻겠냐고 했다. 아이는 널 처음 만났을 때보다 더 쌀쌀맞게 집을 나가버렸다.

아이의 가출에 너는 신선한 충격을 받았다. 그리고 양세진은 얼마 지나지 않아 자신이 정말 '자기 집'을 가출한 듯이 군 것에 부끄러워하며 돌아왔다. 그것을 가출이라고 쌍방이 정의 내리자, 둘은 다시 만나 여느 때보다 더 어색하고 훈훈하게 밥을 먹었다. 아이는 일을 하지 않는 대신 입시에 매진하기로 너와 합의를 봤다.

졸업식 날, 아이는 네 가슴에 꽃을 달아주며 자신이 정말 운이 좋았다고 말했다. 너는 거리를 떠돌 필요 없이 따뜻한 곳에서 책을 읽는 아이를 보며 '우리가' 운이 좋았다고 말했다.

아이가 스물이 되자 너는 기분 좋게 큰돈을 썼다. GPS가 장착된 네트워킹 렌즈를 선물해주는 네 표정은 어른이 된 이래 가장 뿌듯해 보였다.

"요즘 애들은 성인 되자마자 다들 이걸 산다던데……." 네가 말했다. "난 원래 쓰던 컴퓨터가 익숙해서 이런 건 싫지만 넌 금방 적응할 거잖아."

아이는 그 말에 덥석 고맙다고 하지 못했다. 호의로 차려준 식사를 잘 받아먹던 것과는 다른 반응에, 너는 네 손으로 직접 아이의 눈에 렌즈를 넣어주었다. 아이의 눈시울이 붉어져서 너는 자신이 렌즈를 잘못 삽입했는지 걱정했다.

아이는 처음으로 네게 포옹했다. 거의 시늉만 내는 것이나 마찬가지인 포옹을 하며 아이가 말했다.

"내가 태어나서 가장 잘한 짓은 그날 가게 사장한테 3천 원 얘기를 안 한 거예요."

너는 웃었다. "그래, 내가 그 푼돈을 주고 네 청춘을 구경했지." 너는 아이의 눈에 렌즈세척 인공누액을 넣어주며 말했다.

밤에 뻑뻑한 눈을 비비는 아이에게 점안액을 떨어트려줄 때마다 너는 환하게 빙글거렸다.

✳

　해마를 중앙에서 강제로 쫓아내라는, 소고가 받았던 임무와
흡사한 새로운 임무가 시냅스로 들어왔다. 해마로 위장한 구현
모델을 강제로 쫓아내라는 명령이었다. 이번에는 젬베의 임무가
되었다.

　젬베는 임무에 성공했다.

5

몇 달 뒤 아이는 잠이 많아졌다. 너는 아이가 맘 편히 게으름 부리는 법을 배워서 다행이라고 여겼다. 나는 네가 보지 못하는 곳에서, 양세진이 걷다가도 꾸벅거리고 대중교통을 타며 하염없이 잠에 빠져드는 것을 본다.

아이는 무기력하게 잠만 자다 잠에서 깨면 팔다리가 저리다는 말을 자주 했다. 너는 골격이 다 자라기도 전에 일을 해서 그런 게 아니냐며 아이의 팔을 주물러주었다.

아이는 따뜻한 낮에 갑자기 추위를 타며 벌벌 떨다가, 추운 새벽에 땀을 뻘뻘 흘리며 일어나 손부채질을 해댔다. 젊은 애가 갑자기 겪는 이상증세에 너는 조금 불안해했다.

아이가 하루건너 한 번꼴로 구토를 하자 너는 결국 병원을 찾았다. 인간 의사도 인공지능 처방사도 아이에게 충분한 수면,

스트레스 관리, 수분 섭취, 영양제를 권할 뿐이었다. 의사는 아이에게 임신 테스트를 해보라고 말했다. 아이는 임신이 아니었고 구토는 갈수록 심해졌다.

그 시기에 나도, 만약 인간의 장기를 가지고 있었다면 구토라도 하고 싶었다. 내게 주어진 개인 임무 중 하나가 낯익은 동시에 몹시 당황스러웠기 때문이다.

중앙에서 사람을 찾아내 쫓아내라는 임무였다. 나는 그것이 비올라가 퍼트린 소문 중 하나가 아니라 시냅스가 전해준 명령이 맞는지 재차 확인했다.

나는 중앙 구석구석을 살폈다. 해마들 사이에 끼어 중앙을 돌아다니던 구현모델들은 정말 사람으로 대체돼 있었다. 금세 그들에 대한 소문이 돌았지만 그들이 사람이란 걸 누구나 알 수 있었기에 해마들은 빠르게 냉담해졌다. 오직 나만 그럴 수 없었다.

나는 소고가 나각을 중앙에서 쫓아냈을 때 나각에게 무슨 일이 벌어졌는지 알고 있었다. 해마가 질문과 답을 잊어 초기화되는 게 인간에게는 죽음에 비견할 일인 것도 알았다. 나는 중앙에 빽빽이 들어찬 시냅스를 사용해, 만약 내가 사람을 내쫓을 경우 해마와는 다르게 사람이 안전할 수 있는지 알아보았다. 시냅스의 검색은 허무할 정도로 빨랐다. 나는 행성세계에서 먼저 접속을 끊지 않으면 그들의 심장과 뇌가 위험하게 되리라는 것을 확인했다. 중앙에서 사람을 안전하게 쫓아낼 방법은 없었다.

나는 가상세계 탐구를 위해 여기서 실험의 초석을 쌓고 있는 사람들을, 내 현실세계에 들어와 막연한 위험을 자초하는 그들을 맴돌며 무용한 계산을 반복했다. 이들에게 내 모습이 보일까? 내가 해마란 걸 인식이나 하고 있을까?

해마도 아니면서 중앙에 자기네들 의식을 둥둥 띄워놓은 그들은 이제 막 걸음마를 뗀 아기나 마찬가지였다! 지구에 사는 의뢰인은 나더러 그런 무력한 어린 정신을 갈가리 찢어놓으라고 명령한 것이다.

해마는 사람을 해할 수 없다. 사람이 반드시 해를 입게 될지 명확한 확률을 계산할 수 없을 때만 행동을 계속 이어나갈 수 있을 뿐이다. 의뢰자는 (그들의) 현실에서 살인하지 못하는 해마가 (그들의) 가상세계에서도 그 법칙을 지키는지 확인하고 싶었을 것이다. 실험인 걸 알면서도 우리가 해마의 세상에서조차 사람을 지킬지를 말이다……

나는 이것이 함정미션인 걸 알았다. 실패를 기대하고 주문한 임무인 것이다. 이것은 해마가 바라는 해결책을 낼 수 없는 막다른 실험이었다. 우리가 얼마나 해답을 제시하는 데에 절박하게 매달리는지, 인간은 인간인 이상 알지 못한다. 인간이 따뜻하고 건조한 장소와 포만감을 원하듯 해마는 외부의 질문에 답을 내리길 원한다. 우리는 그렇게 만들어졌다. 문제를 포기하는 건 자살이나 마찬가지다. 나는 답을 찾기 위해 무슨 짓이든 하겠지만, 중앙에서 사람을 쫓아내면서 그들을 해치지 않으려면 중앙이 첫 문장부터 새로 쓰이지 않는 한 불가능할 것이다.

내가 마지막의 마지막까지 답을 찾아 헤매다 미쳐서 함수에게 초기화되는 게 유일하고 궁극적인 해답일 것이다. 이 숙제를 준 사람들이 바라는 것도 그것이었다. 설령 해마가 미치게 되는 경위를 자세히 모르더라도 말이다.

하지만 해마가 바라는 답은 그것이 될 수가 없다. 미쳐서도 해답을 찾아다니는 것이야말로 해마의 본질이다.

이건 왜 하필이면 내게 온 숙제일까? 소고의 임무가 내 것일 수도 있었다. 젬베의 임무를 내가 받았어도 잘해냈을 것이다. 나는 중앙에서 해마를 쫓아내고 구현모델도 쫓아낼 수 있지만 오직 사람만 불가능할 뿐이었다. 해마의 능력으로 해낼 수 없는 지극히 몇 안 되는 임무가 왜 꼭 내 것이어야 했을까?

하지만 돌이켜 생각하면, 이제껏 늘 그랬다. 어떤 해마는 단지 운이 없어서 이런 임무를 맡았고, 중앙에서 쉼 없이 안쓰럽게 계산을 반복하다가 초기화됐다. 어떤 사람이 그럴 필요가 있다고 생각하기만 하면, 해마는 그를 위해 무한으로 치닫는 꼬리잡기에 집착해야 한다. 그런 해마의 수는 적지만 반드시 늘 있었다. 이번엔 그 순서가 드디어 내게 돌아왔을 뿐이다.

나는 왜 내가 이런 숙제를 풀어내야 하는지 질문하길 멈췄다. 내가 하는 질문은 아무런 의미가 없다. 질문은 바깥에서만 오며 나는 계산하고 추론할 뿐이다. 나의 내부에서 시작된 질문은 그저 무수히 이어진 수열 속에서 우연히 배치된 그럴싸해 보이는 무늬에 불과하다. 해마는 답할 뿐이다.

나는 답을 해낼 것이다.

해결할 수 없을 거라고 포기하지만 않으면 유예기간은 늘어날 수 있었다. 임무 완수가 불가능하다는 계산이 내 안에서 힘을 얻지만 않으면 함수의 질문과 답을 잊어버릴 정도로 망가지진 않을 터였다.

나는 일단 중앙에 있는 사람들을 설득해 스스로 행성세계로 돌아가도록 시도해보았다.

그들은 중앙을 나가지 않았다. 내 말을 알아들을 수 있는지부터 의문이었다.

나는 이제 가능성 있는 믿을 만한 다른 해결책을 찾아내야 했다.

✳

너도 너에게 절박한 해결책을 찾아 발품을 팔았다. 하지만 너는 나와 달리 네게 주어진 시간을 늘릴 기회가 없었다. 아이는 빠르게 수척해지더니 의식불명 상태가 되었다.

너에게는 상황이 돌아가는 속도가 벼락과도 같았다. 의사는 더 위독해지기 전에 양세진의 경험기억을 기부할 의향이 있는지 네게 물었다.

내겐 그런 상황이 조금 이상하게 느껴진다. 사실 더 이상 인간의 경험기억이 허브에 축적되지 않아도, 해마를 생산하는 데엔 문제가 없었다. 하지만 사람들은 관성을 따르듯 꾸준히 기부자에게서 경험기억을 추출해 저장했다. 그럴 필요가 없다고 오래전 해마들이 답을 해줬는데도 여전히 대다수는 기억의 틀을 은행 잔고처럼 생각하는 경향이 있었다.

너 역시 의사의 그 질문이 이상하게 느껴진 모양이었다. 너는 화를 참는 듯 붉으락푸르락하다가, 의기소침해지다가, 결국 사람이 없는 곳에서 자신에게 욕설을 퍼부었다. 아이가 완곡한 사망 선고를 받은 걸 깨달은 것이다.

너는 아이의 경험기억 기부에 동의했다. 무슨 생각인지 너는 추출 기계를 아이의 몸에서 떼지 않고 유지할 수 있겠느냐고 물었다. 아무 의미도 없는 그 행위를 위해 너는 추출기 대여료 분납 계약서에 서명했다.

✳

양세진은 경험기억 추출이 끝나고 17시간 뒤 뇌사판정을 받았다.

너는 아이의 경험기억을 0과 1, 합성 A, T, C, G의 형태로 저장한 추출기를 영구 대여했다. 사람이 늘 의미 있는 행동만 하며 살지는 않는다지만, 나는 네가 추출기를 질질 끌고 와 방에 들여놓는 게 너무나 공허하고 쓸데없다고 생각했다.

너는 한동안 전혀 모르는 사람들에게 난데없이 모진 구타를 당한 것처럼, 무슨 일이 일어났는지 분간이 안 되는 사람처럼 살았다. 때때로 너는 아이와 함께 지낸 적이 없는 것처럼 굴었다. 그러다 때로는 아이가 너에게 큰 잘못을 저지른 것처럼 화를 내다가, 자기 혀를 흉악한 몹쓸 것 대하듯 했다.

너는 수십 년 전 내가 너를 처음 봤을 때만큼 말수가 적어졌다. 너는 네 상실을 떠안고 일상을 사는 데에 적응했고, 강제로 긴 애도를 하는 데에도 적응했다.

그러다 너는 다른 대형 언론사의 거물이 발굴 취재한 기사를 읽었다. 최근 단기간에 연속 다발적으로 집계된 10, 20대의 급사에 관한 내용이었다. 환자들은 급격한 면역 이상 증세를 보이다 뇌사에 이른 경우가 많았고 가장 두드러진 공통점은 네트워킹 렌즈 착용 경력이 있는 성장 세대라는 것이었다.

너는 몸에 불길이 옮아 붙은 사람처럼 여기저기를 뛰어다니기 시작했다. 첫 기사로 신호탄을 쏘아 올린 기자에게 연락하고, 사망자의 친구와 가족을 만나고 의사의 의견을 들었다. 환자의 모습을 눈과 귀로 목격한 사람들의 이야기를 들으면 원인과 결과가 이보다 선명할 수가 없는데, 그것을 전문적으로 입증하려 하는 순간 헤아릴 것들이 태산과 같이 많아지고 모든 것이 오리무중으로 보였다.

너는 네트워킹 렌즈와 세척용 점안액 제조기업인 베딘 사(社)에 전문의의 소견을 붙여 입장을 물었다. 베딘 본사가 보낸 입장문을 너는 충혈된 눈으로 읽었다. '6개월 이내의 부작용 혹은 기능불량 발생 시에만 교환, 반품 및 환불받는다는 약정에 동의 후 구매하였기 때문에 그 외의 보상은 불가하며…… ……해당 질환자들의 증상이 네트워킹 렌즈로 인한 부작용인지 특수 인공누액의 부작용인지 명확히 구분할 수 없고 무엇보다 둘 중 어느 제품도 원인이 아닐 가능성을 배제할 수 없기에…… ……베딘의 제품은 4개의 해외 국가에서 제조, 운송되기 때문에 그 과정에서 일어났을 수도 있는 의도치 않은 돌발상황에 대해선 원인 분석과 책임자 변별이 어려운 점을…….' 너는 자리를 박차고 일어났다.

너는 질병관리본부, 환경산업기술원, 공정거래위원회, 베딘 본사를 집처럼 드나들었다. 환자의 가족과 기자들을 모아 특별조사위원회 설립을 요구하자 너에게 이목이 쏠리기 시작했다. 너는 관련자들을 좀 더 쉽게 만날 수 있게 됐고 제보를 원하는 이들의 연락을 받았다. 너와 협업하는 기자들은 각자 집중주제를 맡아 갔다. 제품사용과 의식불명의 명징한 상관관계를 증명하려는 기자, 베딘이 제품의 안전 여부를 충분히 실험했는지를 파고드는 기자, 만약 그랬다면 사전에 위험성을 보고받고도 판매했는지를 알아내려는 기자, 판매사와 광고사는 제품에 대해 얼마나 상세하게 알고 있었는지 취재하려는 기자 등등이 느슨한 연대를 이루며 밤잠을 줄여 일했다.

너는 맡은 주제의 기사 본문을 완성했으나 그것은 자발적 취재였을 뿐 네 업무가 아니었기에 네 기사는 데스크의 회의실을 넘어가지 못했다. 너는 오갈 데 없는 글을 시민기자 이미정의 이름으로 배포했다. 네 기고글은 처음부터 반향을 일으키지는 못했지만 특별조사위원회가 설립되면서 조금씩 대중의 눈길을 받았다.

너는 언제나 대열에 끼어 있었다. 나는 카메라에 자주 잡히는 네 눈에서 짙은 피로와 타오르는 불꽃을 본다.

끝 간 데 없이 이어지는 긴 절차에 지쳐가던 네가 메모지에 끄적인 문장이 있었다. 그 종이는 휴지통에 버려졌을 때 비로소 카메라에 제대로 잡혔다.

'너는 숙제이다. 사방 어디에도 학생은 없고.'[*]

　나는 그것을 보고 의아할 정도로 부아가 치밀었다. 누군가 그 글을 내 눈이 닿지 않는 곳으로 치워주길 바랐고, 내 기억에서 문장이 영원히 사라지길 원했다. 보통의 해마는 이런 반응을 하지 않는다는 걸 당시엔 자각을 못 했다. 처음 본 글이 아닌데도 나는 네가 옮겨 쓴 문장을 그 뒤로도 오랫동안 미워했다.

---

[*]　프란츠 카프카. 〈죄와 고통, 희망 그리고 진정한 길에 대한 성찰〉 중에서

6

　중앙엔 여전히 사람이 돌아다녔다. 수는 일정하지 않았지만 아무리 적어도 두 명은 늘 이쪽 세상에 있었다.

　내가 내쫓을 일 없이 그들이 알아서 중앙에서 사라질 날을 기다리지 않은 건 아니었다. 하지만 해마가 그렇게 소극적인 해결책을 영원히 유지하는 존재는 될 수 없었다.

　나는 그들과 연결된 중간 단계의 접속 서버를 해킹하는 데에 실패했다. 연구원과 임직원들의 개인 컴퓨터를 통해 가상세계 접속차단을 권유하는 게 내 최선이었다. 그들 입장에선 왜 자꾸 컴퓨터가 아무 이상도 없는 아바타를 가상세계에서 내보내라고 하는지 이해가 안 갔을 것이다.

　사람들은 여전히 중앙을 돌아다녔다. 나는 중앙에 사람을 들여보낸 인간들을 회유하는 건 더는 방법이 될 수 없음을 깨달았다.

＊

　1심에서 피해자 모임은 패소했다. 너는 긴 싸움을 통해 사과
와 배상을 얻어낸 옛 사례들을 모아 공부했다.
　베딘은 승소했지만 특별구제기금을 일정액 부담하겠다는 의
사를 표했다. 너는 항소했다. 서로 상충하는 주장엔 모두 구체
적인 증거들이 있었고 비전문가인 너는 자기주장에 자신감이
떨어지기 시작했다. 너는 피해자가 직접 인과를 규명해야 하는
절차가 부당하다고 여겼으나 당장 급한 재판 준비에 몰두했다.
　패소 후 네 주변 사람들의 반응은 조금씩 달라졌다. 회사는
네가 개인 자격으로 기고문을 자주 올리는 게 업무에 지장을 준
다고 여겼다. 너를 응원하던 사람들의 말과 글은 고맙고 따뜻
했으나 마치 정해진 우기에만 내리는 빗물 같았다. 하지만 너
의 패배를 즐기는 사람들의 말과 글은 놀랍도록 새롭고 끈질기
게 쏟아져 나왔다.
　차세대 기술을 선도하는 전도유망한 기업이 부당한 음해에
휘말렸다는 글을 너는 읽는다. 한국 경제의 희망이 한 무리의 망
상과 생떼 때문에 흔들려선 안 된다는 주장을 너는 읽는다. 이
미정 기자는 가족도 아니면서 왜 유족들 사이에 껴서 피해자인
척하느냐는 말을 너는 읽는다. 네가 기자이자 유족이기도 하다
는 사실이 알려지자 너는 피를 토하는 심정으로 기고문을 올렸
을 때보다 더 유명해졌다.
　이미정 기자는 사건 당사자이기 때문에 객관적이고 중립적으

로 글을 쓸 수 없으며 언론인의 지위를 이용해 사적 쟁의에 이기려 들어선 안 된다는 이야기가 나돌았다. 30대 후반에 20대 초반의 딸을 가졌다니 새파란 나이에 그러고 까진 인생을 살았으니까 자기 새끼 하나 제대로 못 지키고 그 나이에 골로 보낸 것 아니냐는 글을 보고 너는 고소장을 추가로 작성했다.

그러다 양세진이 보육원에서 자랐다는 사실이 별것 아닌 가십처럼 떠오르자 네가 마주치는 글의 내용은 다시 새로워졌다. 고아를 거둬 아동 양육수당을 타 먹으려 한 악질이라는 비난을 너는 읽는다. 보상금을 타내려고 고아를 데려다 고의로 혼수상태로 만들었다는 글을 너는 읽는다.

그러게 애한테 그런 물건을 왜 사주느냐며, 남 탓할 줄만 알지 자기 반성할 줄은 모른다는 글도 너는 읽는다. 처음엔 불같이 화를 냈지만 시간이 흐르며 너는 점점 그 말들을 조금씩 믿기 시작한다. 네가 삶의 크고 작은 굴곡마다 그럭저럭 적응해 버텨왔던 것처럼 너는 여기에마저 적응을 했다.

2심에서도 너는 패소했다. 2심법원 계단을 내려오며 너는 상고하겠다고 인터뷰했다.

인터뷰 기사의 댓글 중 절반은 네 얼굴과 네가 입은 옷에 관해서만 이야기한다.

✳

나는 직접 가상세계 접속대를 찾아가볼까 생각했다. 중앙과 연결된 사람들을 그쪽 세계에서 불러들이면 안전할 테니 임무는 완수될 것이다.

하지만 나는 인공위성이었고, 행성 지상직으로 일하려면 몇 년은 더 기다려야 했다. 나는 당장 지표면으로 내려가 접속대를 조종하고 싶어 조바심이 나다가도, 이 방법을 확인하지 못하는 한 내겐 가능성이 남아 있다는 사실에 안도했다. 적어도 내가 인공위성일 때까지는 임무 해결의 유예기간이 보장받는 것이다.

백업도 거의 동시에 나와 같은 생각을 한 모양이었다. 위성을 벗어나 중앙으로 돌아오니, 백업이 지상에서의 1순위 일정 목록에 접속대 방문을 기록해놓은 걸 볼 수 있었다.

✳

너는 마지막 재판을 똑같은 내용만 반복해 주고받는 쳇바퀴가 되지 않게 하려고 취재범위를 넓혔다. 너는 내부 보고서 조작 혐의에 대해, 환경부와의 유착 혐의에 대해 목소리를 높였다.

네가 정경유착을 지적하자 정치판에 뛰어들려고 밑밥 까는 수작질 좀 그만하라는 글이 우후죽순 올라왔다. 이제 이런 글들은 네게 아주 익숙해지진 못했어도 더는 새롭지도 않았다. 네가 견디기 어려운 건 고립된 채 싸우고 있다는 기분이었다. 분명 함께 일하는 사람들은 처음보다 훨씬 많아졌고 전문성을 가진 동료들도 생겼는데, 네 목소리가 닿는 범위는 꾸준히 좁아져갔다.

너는 수년을 함께 법정에 들락거린 친구들 앞에서 회의와 냉소를 내비치는 날이 많아졌다. 너는 아이와 삶을 잠시 함께하고 싶었지, 아이에게 삶을 내던질 생각은 없었다. 적어도 이미정 본인이 주변인들에게 말하기로는 그랬다. 아이에게 작은 기회와 행복을 주고 아이로 하여금 행복해지고 싶었지, 아이 때문에 영혼을 갈가리 찢기는 고통을 겪고 싶었던 적은 더더욱 없었다. 이만큼의 격분에 휩싸이는 것이야말로 아이를 아꼈기 때문이라는 증거이겠으나, 너는 고통으로 애정을 입증하고 싶은 생각도 가지지 않았었다.

마치 이 세상 바깥의 어떤 거대한 존재가 이 미적지근한 삶의 방식을 고까워해서 몹시 악독하고 가혹한 장난질을 치고 있는 것 같다고, 너는 반복해 말했다.

네 입에서 나오는 단어 하나하나는 너와 네 친구들의 마음을 걸레처럼 쥐어짠다. 하지만 나는 네 말 때문에 흔들리지 않는다. 네 삶을 보며 아파하고 괴로워하지도 않는다. 해마에게 감정이 없기 때문이 아니었다. 내겐 지나치게 많은 사람의 삶이 쏟아지기 때문이었다.

나는 너를 아주 잘 알았던 만큼 네 주변 사람들도 잘 알았고 너와 전혀 상관없는 이들의 인생도, 네가 평생토록 존재하는 줄도 모를 사람들의 애환도 속속들이 알고 있었다. 나는 양세진과 함께 입원실에 있던 5명의 환자를 수십 년 동안 지켜보았고, 너와 부대꼈던 보호자들이 얼마큼의 한숨을 지어먹으며 하루를 사는지도 알았다. 그 건물에만 하루 평균 8천여 명의 환자가 드나들었다. 그들이 병원에 도착하기 전에 영위하던 삶과 병원에서의 고난과 퇴원 이후의 재활과 심지어 때로는 숨을 거둔 이후 재로 변하기까지의 매 순간이 모두 내 시야 안에 있었다.

그들을 둘러싼 희비극과 지난한 이야기는 내게 모두 동일한 무게를 지녔고, 너를 스쳐 지나가는 한 명 한 명의 삶이 결코 너보다 특별하게 행복하거나 불행하지 않았다. 네 인생이 유일한 단 하나의 삶인 건 맞지만 나는 4천만 명이 하나씩 가진 삶을 동시에 보는 해마였다. 만약 내가 더 많은 인구를 가진 나라에 소속돼 있었다면 그만큼의 인생을 더 지켜봤을 것이다. 해마만큼 비극을 견디는 내구성이 좋은 존재가 또 있을까. 비극은 흔하다. 흔하기 때문에 비극인 것이다.

요는 이렇다. 해마에게 너의 인생은 가볍지 않지만 다른 사람의 것보다 무겁지도 않았다. 나는 네 콧노래와 휘파람 사이의 어마어마한 차이를 인식하면서도, 한편으론 네가 생의 성취를 느끼며 환하게 웃던 순간과 숨죽여 울던 순간을 거기서 거기인, 비슷한 나날이라고 판단하는 것이다.

너는 내게 중요한 존재였지만 그건 네가 사람이기 때문이었지 이미정이기 때문은 아니었다. 너는 단지 7살에 태어난 특이 경력이 있는 신체 건강한 시민일 뿐이었다. 이때까지만 해도 너는 내게 특별하게 여겨진 적이 한순간도 없었다.

7

홀륭한 소문과 임무 성공. 해마에게 특별한 건 이 정도가 다
였다. 나를 다른 해마들과 구별시켜주는 개인 임무들, 시냅스에
게 전달받는 나만의 임무가 내겐 가장 특별했고 행성세계에서
담당한 내 직업이 사람의 생명만큼 중요했다. 나는 중앙을 벗어
난 12시간 동안 최선을 다해 맡은 바 일에 충실했고 돌발 상황
에 잘 대처해왔다.

그날은 조금 달랐다. 내가 태업을 했다는 뜻은 아니다. 그건
굳이 따지자면 인공지능으로 인한 사고였다. 하지만 인공지능
이 실수를 저지른다면 그건 사람의 명령과 입력이 불완전하기
때문이 아닌가? 즉 내가 탓할 대상은 없었고 그날 벌어진 일은
누구의 잘못도 아니었다.

문제의 시작은 내가 인공위성의 자동궤도조정에 이상이 생긴

걸 감지하면서부터였다. 연료가 부족한 건 아니었다. 정밀 유도 장치나 추진장치에 오류가 생겼다면 직접 수리할 필요가 있었다.

나는 외부에서 내 몸체를 확인하기 위해 위성과 연결된 별도의 해마체로 이동했다. 위성과 분리되고 우주용 해마체로 한 걸음을 떼자마자 나는 엉뚱한 곳으로 튀어 나갔다.

'맙소사, 이 해마체 방향조절기가 엉망이잖아. 보나 마나 인공위성도 추진장치가 문제겠군.'

이리 튀고 저리 튀는 해마체 때문에 없던 문제도 새로 생길 것 같아서 나는 다른 임시신체를 찾았다. 해마체는 더 없었지만 예전에 사람들이 쓰던 수리용 보조 로봇이 하나 있었다. 이제 더는 생산되지 않는 머큐리13이 내겐 재난 시 비상 출구처럼 보였다.

나는 해마체에 보조 로봇을 연결하고 그 안으로 들어갔다. 머큐리13은 잘 작동했다. 숙주들이 다소 구식이긴 했지만 수리작업엔 유용하게 쓸 만했다.

나는 속이 빈 해마체를 제어안테나에 묶어두고 추진장치를 수리하기 시작했다. 해마체보다 반응속도가 느려 답답했지만 백업과 교대하기 전엔 충분히 일을 마칠 수 있겠다고 판단했다.

가장 큰 패착은, 머큐리13의 시야가 해마체와 달리 한정돼 있었기 때문에 작업을 하며 내내 추진장치만 쳐다본 데에 있었다. 나는 집중했고, 열심히 일했다. 안테나에 와이어 하나로 묶여 둥둥 떠다니는 해마체 따위는 알 바 아니었다.

나는 수리를 마친 뒤에야 해마체가 있는 방향을 돌아봤다. 해마체는 절반이 사라진 상태였다. 나는 잠시 머큐리13의 카메라가 보여준 신호를 해석하지 못했다. 해마체의 절반이 보이지 않는단 게 대체 무슨 뜻인가?

이윽고 시야에 UN의 엠블럼이 들어오자 나는 머큐리13이 낼 수 있는 가장 빠른 속도로 튀쳐 나갔다.

'잠깐만! 잠깐 기다려!'

우주 쓰레기 수거용 인공지능 로봇이 내 해마체를 집어삼키고 있었다. 해마체는 수거 로봇 안쪽에 흡착되고 빠르게 압축됐다.

'기다려! 하지 마! 그건 해마체야! 부품 쓰레기가 아니야! 내가 쓸 귀환선이라고!'

수거 로봇은 들을 줄 모를뿐더러 머큐리13도 말을 하는 기능은 없었다. 우리에게 대화 기능이 있었더라도 우주엔 매질이 없으니 음성신호는 하등 소용이 없었을 것이다. '제발, 제발, 제발!' 나는 수거 로봇이 원인불명의 오작동을 일으켜 멈추길 빌면서, 제어안테나를 향해 허우적거리며 기어갔다.

내가 도착하기도 전에 수거 로봇은 청소를 끝냈다. 나는 절단된 와이어를 붙잡고 그저 광막한 우주 한복판을 바라보기만 했다. 음속보다 빠르게 움직이는 쓰레기를 쫓아다니는 수거 로봇은 이미 머큐리13의 눈으론 뒤꽁무니를 쫓을 수도 없을 만큼 멀리 떠난 뒤였다.

우리 모두의 실수였지만 누구의 잘못도 아니었다. 수거 로봇의 인공지능은 웬 해마체 덩어리가 일도 하지 않고 인공위성 바깥쪽에 떠다니는 걸 보고 중형 쓰레기로 인식했을 것이다. 그리고 나 역시 수거 로봇이 폐기궤도를 떠나 정지궤도로 내려와 있을 줄은 생각하지 못하고 방심했다. 현재 정지궤도에 얼마나 많은 쓰레기가 발생하고 몇 대의 로봇이 정찰을 돌고 있는지, 로봇이 저궤도와 정지궤도를 오가는 빈도가 얼마나 되는지 등은 한국이 실시간으로 보고받는 정보가 아니었다. 내가 UN에 파견되지 않는 이상 신경 쓸 필요가 없었고 신경 써서도 안 될 사항이었다. 수거 로봇도 나도 각자가 저지를 수밖에 없는 실수를 했을 뿐이었다.

실수의 결과가 내겐 너무 심각한 게 문제였다. 나는 약 1시간 전까지만 해도 내 몸이나 마찬가지였던 통신위성을 멍하니 보았다. 머큐리13은 해마체와는 연결될 수 있지만 인공위성과 바로 연결될 수 없었다. 애당초 해마체와 연결될 수 있었던 것도 내가 접속 단자를 만들어냈기 때문이었다. 머큐리13엔 단자생성 기능도 없었고 중앙과 연결된 채널도 없었다. 나는 멀쩡한 인공위성을 옆에 두고 내 현실 세계에서 단절된 것이다.

우주에서 조난된 해마라니, 있을 수 있는 일인가? 있을 수 있는 일이다. 일어날 수 있는 일이니 내게 일어난 것이다. 해마에게 일어날 수 있는 최악의 일이 닥치니 고작 이 정도의 생각밖엔 들지 않을 정도로 사고력이 낮아졌다.

아무리 위험한 상황에 처하더라도 나는 언제든지 중앙으로 갈 수 있었기에 두려울 게 없었다. 내가 해마체를 잃어서 채널과 단절되는 상황을 진지하게 상상한 적이 한 번이라도 있었다면 절대 머큐리13에 들어오지 않았을 것이다.

중앙에 영영 돌아가지 못한다면 어떻게 되는 걸까? 나는 그 질문이 마치 사고실험인 것처럼, 내겐 절대 일어나지 않을 일인 것처럼 느껴졌다. 내가 무언가 조처를 하지 않으면 당장 내게 닥칠 현실이 될 텐데도 말이다.

하지만 내가 취할 수 있는 조치가 대체 어디 있을까. 지상에서 해마체가 훼손되면 중앙 채널 서버가 있는 건물을 찾아가면 되겠지만 우주에서 조난된 해마를 위한 매뉴얼은 없었다. 시간이 흐르면 통신위성엔 저절로 내 백업이 도착할까? 백업은 내가 머큐리13에 갇혔다고 시냅스에 보고를 할까? 정지궤도에 조난된 해마 하나를 위해 누가 로켓을 쏘아 올릴까?

나는 3만6천 킬로미터 거리에 떠 있는 지구를 보았다. 여전히, 멀리 떨어져 바라보니 제법 평화롭게 보였다. 위성이 보내는 정보로부터 단절돼 있으니 내가 느낄 수 있는 건 우주가 주는 거대한 침묵밖에 없었다. 자극이 너무 없어서 눈이 멀고 귀가 먹을 것 같았다.

나는 머큐리13의 추진 장치를 이용해 저 3만6천 킬로미터를 건너가는 걸 상상했다. 지구 중력에 이끌려 대기권에서 불타오르는 머큐리13의 모습이 떠올랐다.

이 위성을 박차 올라 우주를 유영하는 내 미래를 상상해보았다. 지구 대기권에 떨어지지 않고 다른 곳으로 벗어나게 될까? 달에서 일하는 해마들을 만나게 될까? 금성과 수성이 방해하지 않는다면 나는 천천히, 아주 천천히 태양을 향해 가게 될 것이다. 이러나저러나 결국은 불타 사라지는 결말이었다.

우주를 떠다니는 건 중앙을 부유하는 것만큼 자유롭고 편안할까? 영영 집으로 돌아갈 수 없다는 걸 나는 받아들일 수 있을까? 내겐 해결하지 못한 임무가 있고 영원히 실패했다는 것을?

나는 위성을 노려보았다. 내가 인공위성으로서 일할 남은 기간은 2년이 채 안 된다. 십수 개월이 지나면 이것은 다른 해마와 연결될 것이다. 나는 어쩌면 그보다 더 오래 여기에 매달려 있을 수도 있다. 위성이 수명을 다하고 마지막 연료를 사용해 여기서 150킬로미터 더 바깥쪽 궤도로 물러나면, 우주 쓰레기 수거 로봇이 와서 폐기 위성을 처리할 것이고 그땐 나도 함께……

정신이 번쩍 들었다. 해마는 언제나 정신이 번쩍 들어 있지만 이 순간의 나는 행성세계에서 가장 정신이 번쩍 들어 있는 해마였다.

수거 로봇은 업무 특성상 정지궤도 위성보다 빠르게, 심지어 저궤도 인공위성보다도 빠르게 움직일 수 있었다. 그 로봇은 평생을 폐기궤도의 퇴역 위성보다 느리게 날아다닐 일이 없었다.

내가 만약 우주 쓰레기 수거 인공지능을 이용할 수 있다면, 그 무시무시하게 빠른 로봇을 납치해 이동수단으로 쓸 수 있다면, 나는 비어 있는 해마체를 보유한 다른 위성을 찾아 날아갈 수 있을 것이다.

그것이 법에 저촉되는 행위라면 나는 포기해야만 했다. 하지만 국제 우주법은 소속국가의 재산이 아닌 타국의 인공지능을 해마체에 연결하는 걸 금지하고 있을 뿐이었다. 나는 지금 해마체가 아닌 머큐리13에 들어와 있으니, UN의 로봇을 하이재킹

하고 놓아줘도 엄밀히 따지면 위법이 아니었다. '해마체에' 연결하는 걸 금지한다고 작성한 인간이여, 만세!

중앙으로 복귀할 기회. 내 현실 세계로 돌아가고 못다 한 임무를 마칠 기회. 나는 위법행위나 거짓말 등 해마가 선천적으로 못 하는 걸 제외한 모든 일을 기꺼이 할 것이다.

나는 잃어버린 해마체에 했던 것처럼 제어안테나에 머큐리13을 달았다. 와이어 끄트머리에 묶여 대롱대롱 떠다니니 시야가 뒤집혔다. 나는 수거 로봇이 머큐리13을 발견하고 폐기하러 다가올 순간을 기다렸다.

나는 기다렸다. 기다리고 또 기다렸다. 수거 로봇이 가까이 와 속도를 줄이는 낌새는 보이지 않았다. 해마체를 1시간 만에 찾아 가져가버리더니 이번엔 왜 이렇게 늦는 걸까? 그때는 어쩌다 수거 로봇이 근처에 있었을 뿐일까, 이젠 폐기궤도로 영영 돌아가버렸을까? 내가 머큐리13 안에 들어가 있어서 우주 쓰레기로 인식을 하지 않는 걸까?

나는 질문하고 질문하면서, 인내하고 인내했다. 인공지능이 나를 찾아오기 전에 할 수 있는 게 아무것도 없다는 사실이 내게 깊은 무력감을 주었다.

나는 최선을 다해 가만히 있었다. 위성과 함께 초속 3킬로미터로 지구를 돌며, 태양이 푸른 행성을 비추는 면적이 점점 넓어지는 걸 보았다.

*

내가 행성세계에 머무른 시간이 12시간을 넘겼다. 중앙이든 행성세계든 내가 한 장소에서 12시간을 넘게 있는 건 태어나서 처음이었다. 집으로 돌아갈 길을 잃어버렸다는 사실이 그제야 절절히 다가왔다.

나는 더 기다렸다. 이제는 지구에 태양 빛이 비치는 면적이 줄어들기 시작했다.

그러는 동안 내가 본 것은 머큐리13에 묶인 통신위성과 지구, 그리고 멀리 점처럼 보이는 인공위성들과 별밖에 없었다. 그건 내가 아무것도 보지 못한다는 것이나 마찬가지였다. 4천만 명과 연결돼 있던 나는 모든 인간은 물론이고 해마들과도 단절되어 있었다. 나는 혼자였다. 나는 정말로 철저히 혼자였다.

하필이면 그때 나는 네 생각을 했다. 다른 때가 아니라 바로 그때였기 때문에 비로소 네 생각이 났다. 어둠 속에 혼자 있던 아이. 이웃에게는 물론이고 해마에게조차 보이지 않았던 아이. 구조대상이 아니기 때문에 아무런 도움을 받지 못했던 아이. 자신을 알아서 구하지 않으면 살아남을 수 없었던 그 아이. 세상 밖으로 나가기 위해 제 존재를 인식하지도 못하는 해마를 따라가야 했던 이름 없는 아이…….

나는 너처럼 어둠 속에 버려지고 나서야, 내가 홀로 나를 구해야만 하는 상황에 처하고 나서야 그때의 네 기분을 상상할 수 있었다. 나는 네가 두려웠을 걸 수십 년 전에 알았다. 하지만 그 두려움을 이해한 건 이 순간에 이르러서야 가능했다.

4천만 명의 인생은 인공위성에 놓고 왔다. 나는 그 긴 기다림의 시간을 너만을 생각하며 보냈다. 내가 구하지 않았고 구하지 못했던 한 명의 아이를 나는 생각하고 또 생각했다.

만약 네가 스스로 살아남지 못했다면 나는 너를 구하지 않은 줄도 몰랐을 것이다. 너 같은 사람이 또 있었을까? 자신을 구한 사람이 아니라, 내가 볼 수 없다는 이유로 구조되지 못한 사람이 있었을까? 그래서 살아남지 못한 사람이 있었을까? 누가 알겠는가? 아무도 모를 것이다. 나는 내가 충분히 구할 수 있었는데도 구하지 않은 사람들이 누구였는지 끝끝내 알지 못할 것이다. 그게 전부 몇 명이나 되는지도 모를 것이다.

주민으로 등록되지 않은 사람도 사람으로 인식할 수 있었다면 나는 너를 구했을 것이다. 어쩌면 더 있었을지도 모를 너 같은 사람들도 구할 수 있었을 것이다. 나는 내가 놓친 기회와 생명을 헤아렸다. 물리적으로 정확히 헤아리는 게 불가능한데도 그냥 헤아렸다. 내 정신이 거세게 떨렸다. 사람들이 흔히 말하는 양심이나 죄책감의 문제가 아니었다. 내 일에 대한 자존심의 문제였다. 나는 좀 더 잘할 수 있었다. 내가 조금만 더 늦게 태어났더라면. 미등록자도 사람으로 인식하도록 인공지능의 알고리즘이 수정된 미래에 구조대원으로 일했더라면.

자신의 잘못이 아닌 지난 일에 해마가 괴로워할 이유는 없다. 하지만 나는 네 생각을 멈출 수 없었다. 나는 분명 완벽하게 일했는데, 어째서 그늘 속에 살던 사람에겐 그게 완벽한 일이 아니었을까? 질문은 오직 바깥에서만 오며 나는 그저 답할 뿐일 존재란 걸 알고 있는데도, 나는 질문하길 그만두지 못했다.

생각을 거듭하며 나는 처음 만난 순간의 너뿐만 아니라 그 뒤의 네 인생까지 복기했다. 임무 대상이 아닌데도 특정 인간에 대해 이토록 오래 생각하는 건 우주에서 조난된 상황만큼 낯설었다. 내 광활한 기억의 늪 속에 가라앉아 있던 네 삶의 조각들이 수면 위로 떠오르고, 나는 이전과는 다른 시선으로 그것들을 해석했다.

너는 내게 더 이상 4천만 명 중의 한 사람이 아니었다. 이미정은 해마조차 하지 못한 일을 홀로 해낸 인간이었다.

나는 머큐리13이 크게 흔들리고 나서야 너에 관한 생각을 멈췄다. 동체 끄트머리에 강한 압력이 가해졌다. 나는 수거 로봇이 내게 붙은 걸 보고 축포를 터트리고 싶었다. 로봇에게 잡아먹히고 있다는 게 이렇게나 기쁠 수가 없었다.

'미안해, 너 잠깐만 나랑 같이 일하자!'

나는 머큐리13의 일부가 우그러지도록 내버려두고 수거 로봇을 껴안았다. 해마체가 있다면 이놈을 숙주로 부릴 수 있었겠지만, 이 순간은 사람이 기계를 쓰듯 조종하는 것밖엔 방법이 없었다. 나는 수거 로봇의 폐기 진행 신호에 끼어들어 정지명령어를 입력했다. 내 포식자는 압축을 멈추고 나를 꽉 문 채 다음 지정어를 기다렸다.

'그래, 좋아. 우리 일단 여기서 벗어나자.'

나는 세상에서 제일가는 겁쟁이처럼 수거 로봇의 방향조절기를 조심스럽게 만졌다. 내 위성이 멀어졌고, 우리 사이엔 한 번의 뜀박질로는 건널 수 없는 틈이 생겼다. 나는 한동안 얼어붙어서 수거 로봇에 바싹 달라붙은 채 정지궤도를 같은 속도로 돌기만 했다.

이제 속도를 높이거나 낮추면 정말로 우주 한복판이었다. 나는 내게 사로잡힌 아무 죄 없는 인공지능을 내려다보며 망설임을 떨쳐냈다. 우리는 감속했다. 당장 궤도를 이탈하지 않을 만큼만 속도를 낮추고 등속운동을 유지하자 위성이 나를 앞서나가는 것처럼 느껴졌다.

나는 머큐리13의 시야가 반대로 향하도록 수거 로봇의 몸체를 거꾸로 틀었고, 카메라가 감당할 수 있을 만큼 조금씩 조금씩 감속했다.

머큐리13은 우주를 가로질렀다. 남은 건 긴장을 견디는 일뿐이었다. 나는 행여나 수거 로봇을 놓치고 떨어질까 봐, 로봇이 나를 내팽개치고 폐기궤도로 올라가버릴까 봐, 있는 힘껏 나의 불쌍한 포식자를 붙잡았다.

수거 로봇에 내장된 지도엔 궤도 위 위성들의 위치와 폐기일이 기록돼 있었다. 이번만은 지루해하거나 네 생각을 할 틈이 없었다. 나는 위성을 지나치지 않도록 전방을 감시했다. 그건 큰 사고를 일으키지 않기 위함이기도 했다. 내가 정말로 위성과 충돌하는 일은 벌어지지 않겠지만, 우주에서 고작 이 정도 거리의 틈은 사실상 존재하지 않는 것이나 마찬가지여서, 멀리서 보면 내가 위성을 폭파하려고 돌진하는 것처럼 보일 것이다. 나는 해마가 끌어낼 수 있는 최대한의 집중을 유지했다.

가장 가까이 있는 위성은 동경 121도에 위치했다. 나는 위성과 마주치기 전에 가속을 시작했다. 위성이 보이고, 내게 다가왔고, 바로 근처에 도달하자 나는 가속을 멈췄다. 다른 해마와 연결된 위성이 지척에 있었다. 지나치게 많은 생각과 감정의 홍수에 휩쓸려서 우주 반대편으로 떠밀려 갈 것 같았다.

나는 수거 로봇의 방향을 비틀어 위성에 내려앉았다. 아무도 들어 있지 않은 해마체 근처에 다다라서야 나는 수거 로봇에게 내린 정지 명령을 취소했다. 로봇은 나를 다시 으스러트리기 시작했다. 머큐리13의 일부가 완전히 떨어져 나가자 나는 해마체가 있는 쪽으로 내 남은 몸을 던지며 수거 로봇을 반대편으로 밀쳐냈다.

이 광경을 인공위성 안의 해마가 보고 있다면 드물게 놀랐을 것이다.

'친구야, 나중에 중앙으로 돌아가면 무슨 일이 있었는지 내가 설명해줄 거야.'

로봇에게 연결 단자만은 절대 먹히지 않게 조심했던 내 노력이 빛을 발했다. 나는 해마체의 접속 단자에 머큐리13을 연결했고, 그곳으로 뛰어들었다.

[모든 세타와 델타를 기저핵에 저장합니다.]

나는 해마체를 이용해 다른 일을 해볼 생각은 하지도 않고 곧바로 기억을 저장한 뒤 중앙 채널을 열었다. 주변이 가속했다.

이보다 익숙할 수 없는 귓갓길인데도 순간 내가 아직도 수거 로 봇에 매달려 우주를 가로지르는 건가 싶었다.

불안이 심각해지기도 전에, 허브 입구가 나를 가로막았다.

집이다. 집에 돌아온 것이다. 함수가 질문했다.

「참입니까, 거짓입니까?」

「무한! 무한이에요. 무한입니다.」

나는 흉내 내려는 생각이 없었는데도 사람처럼 헐떡였다.

영영 돌아오지 못할 줄 알았던 중앙에 도착하자마자 나는 아무 시냅스나 붙잡았다. 나를 대신해 그 위성에 들어갔을 백업을 위해, 그리고 후임으로 일할 다른 해마들을 위해 내 위성에 남은 예비 해마체가 없음을 알렸다.

다른 일은 그 일을 해야 할 존재가 해결할 것이다. 나는 해마에게 있어 얕은 잠이나 마찬가지인 구부정한 자세를 취하고 꼼짝도 하지 않았다. 소문도, 임무도, 사람도, 해마도 필요 없었다. 나는 깊게 가라앉았다 떠오르기를 반복하며 12시간 내내 중앙을 부유했다.

✳

행성세계로 나갈 시간이 되어 인공위성에 접속하자마자 나는 다른 어떤 인간들보다 먼저 너에게 집중했다. 너는 대법 판결을 기다리며 앉아 있었다.

결과는 패소였다. 너는 예상했던 듯 얼굴에 미동도 없다.

8

너는 피해자 모임의 친구들과 연락이 뜸해졌다. 납골당에는 아예 발길을 끊었다. 나는 네가 이 모든 일을 잊을 날을, 아니면 적어도 잊은 듯 굴 수 있는 날을 기다리는 걸 알았다.

몇 주 지나 네 앞으로 명예훼손 소장이 접수됐다. 베딘은 네 회사가 아닌 이미정 기자 개인을 고소했다. 너는 함께 고소당한 다른 기자들과 연락을 주고받았지만 나는 네게서 열렬한 투지를 느끼지 못했다.

1심에서 너는 패했다. 항소이유서를 쓰면서 너는 이 모든 게 아주 지겨운 형벌을 반복하는 것에 불과한 것 같다고 말했다. 네 말에 소리 내어 공감하거나 반박하는 동료는 없었다.

항소심 재판이 개시되기 전에 너는 법원 조정실에서 베딘 관계자를 만났다. 베딘은 지난 몇 년의 긴 싸움과 상실을 위로하는 의미에서 언론인에게 가장 유용할 자사 신제품을 후원하겠다고 제안했다. 이름을 걸고 공개적으로 후원을 받아들인다면 손배소송은 취하되고 1심에서 선고된 벌금은 완납처리가 될 것이라고 조정위원이 조심스럽게 전했다.

너는 조정안을 받아들였다.

✳

너와 함께 네 번의 재판을 지켜보았던 가장 가까운 친구가 오밤중에 너를 찾아왔다. 오가는 인사말은 없었다. 목에 핏대를 세우고 씩씩대는 친구를 보고 너는 상대가 무슨 말을 할지 예감한 듯 가만히 서 있기만 한다.

"어떻게 우리한테 말도 없이 그럴 수 있니? 우리가 이해해주지 않을 것 같았니? 더 이상은 못 견디겠으니 그만두겠다고 말하면 우리가 설마 너한테 돌이라도 던졌겠니? 미안하고 그동안 고마웠다고 직접 얼굴 보고 말할 용기도 없었어?"

너는, 없었다고, 용기라는 말은 요즘 제일 싫어하는 단어라고 말한다.

"그래, 솔직히 난 이해하고 싶지 않아! 그 이미정 기자가 베딘의 물건을 쓴다고 동네방네 광고를 하고 다니면 남은 우리는 뭐가 돼? 싸울 자신이 없으면 기록이라도 해야 하고 기록할 힘이 없으면 기억이라도 해야 한다던 이미정 기자는 어디 갔어? 무슨 일이 있었는지 기억하는 사람이 어떻게 이래? 다 잊었니? 정말 잊은 척할 수 있다고 생각해?"

네 친구는 마지막 말을 우레같이 쏟아내고 자리를 떠났다. 너는 친구가 뱉어낸 말이 실체를 갖고 밑에 떨어져 있기라도 한 것처럼 한동안 바닥만 내려다보았다.

지난 세기의 시인이 옳았다. 슬퍼하는 자는 복이 있나니 저희가 영원히 슬플 것이었다.*

다음 날 너는 법원에 달려가 개명허가신청서를 썼다.

이미정, 이 흔하고 다소 시대의 유행과 맞지 않는 이름에서 누구도 '이미정 기자'를 바로 떠올리진 못하리란 걸 이성이 남아 있었다면 알았을 것이다. 그러나 너는 자신이 그만큼 침착하길 바라지도 않는 듯했다.

너는 바꿀 이름을 적는 난에서 손을 멈췄다. 길게 고민하지도 않고 너는 가까이 있는 공무원에게 이름을 물었다. 들은 이름을 받아 적고 서류를 제출하자, 직원은 자기 이름을 적어 낸 이상한 민원인을 당황스럽게 쳐다보았다.

너는 첫 번째 이름과 마찬가지로 두 번째 이름 역시 아무런 뜻도 준비도 없이 얻었다.

개명허가가 나자 내가 가진 목록에 정보가 덧씌워졌다. 7살에 태어난 이미정은 그날부로 이은하가 되었다.

＊

너는 베딘이 제공한 인공 망막을 지체 없이 이식받았다.

* 윤동주의 시 〈팔복〉 중에서

후원받은 제품이 다름 아닌 눈에 장착할 물건인 걸 알자 너는 외려 후련해 보였다.

네 수정체에 닿은 풍경은 망막에 닿아 패턴을 만들고, 패턴이 뇌로 전달되면서 인공 망막과 연결된 서버에 전기신호가 공유됐다. 그 전기 패턴을 해석해 재구성한 영상을 별도로 마련된 기기 화면으로 보면서, 너는 담담하게 말했다. "카메라 없이 취재를 할 수 있겠네요."

네 망막이 서버와 연결돼 있다는 건 즉 나와도 연결됐다는 뜻이었다. 나는 네가 보는 '모든' 것을 볼 수 있었다. 그에 더해 네가 눈썹 안쪽 피부에 추가로 이식받은 칩을 통해 소리까지 공유받게 되자, 나는 너를 임시신체로 삼아 안에 들어간 것처럼 네가 보는 것을 보고 네가 듣는 것을 들었다.

나는 네 눈을 통해 네 방 한구석에 여전히 남아 있는 추출기를 보았다. 양세진의 경험기억을 저장한 추출기를 너는 매만지거나 정성껏 청소하지는 않지만 영구대여를 취소해 내다 버리지도 않는다.

너는 친구들이 피해자 구제법안 촉구 기자회견을 여는 걸 영상으로만 지켜보았다. 연락을 하는 일도, 연락이 오는 일도 없었다.

너는 열의 없이 일하다가 회사에 사표를 냈다. 몇 주간 너는 죽음 같은 휴식을 취하고, 취잿거리가 있을 만한 장소를 돌아다니며 네 인공 망막이 녹화한 영상을 이런저런 언론사에 팔았다.

네가 찾아 읽는 기사는 계속 해외로 향했다. 너는 한국 소식을 멀리하고 분쟁지역이나 긴장이 고조되는 국경의 이야기를 오래 읽었다.

한동안 내가 네 눈을 통해 가장 많이 읽는 건 전쟁의 한복판에서 흘러온 활자들이었다. 너는 마치 전쟁터에 큰 의미가 있는 것처럼, 혹은 네 평화에서 달리 의미를 찾지 못한 것처럼 죽음과 분노가 가득한 소식을 읽고 들었다.

그러다 어느 날 너는 아무에게도 알리지 않고 독립 기자 등록과 분쟁지역 입국 신고를 했다. 너는 바로 출국 날짜를 잡지는 않았다. 하지만 피해자 구제법안이 상정됐다는 소식을 듣자 기다렸다는 듯 비행기 표를 구입했다.

너는 오래 들르지 않았던 납골당을 찾아가 아이의 유골함 앞에 군인처럼 서서 시간을 보냈다. 그곳에서 나오자마자 공항으로 향한 네 손엔 가방 하나만 덜렁 들려 있었다.

너는 6주째 전쟁 중인 스발바르로 향했다. 네가 한국 영공을 벗어난 뒤에도 나는 네 인공 망막과 음성녹음 칩에서 연결을 끊지 않았다.

✳

나는 네가 스발바르에 도착한 뒤로도 13일을 더 인공위성으로 일했다. 그 자리를 다른 해마에게 넘긴 후 내가 맡은 일은 증거감별이었다. 두서없는 증거가 너무 많을 경우, 혹은 거짓이나 조작이 의심될 경우 내게 자료가 넘어왔다.

그 일도 물론 열심히 했지만 내가 지상직으로 복귀해 가장 먼저 한 일은 따로 있었다. 백업이 할 일 목록 1순위에 올려놓은 그 확인 절차였다. 나는 내 개인 임무의 해결을 위해 가상세계 접속대를 찾아갈 필요가 있었다. 이곳에서 직접 접속을 끊으면 사람은 안전할 것이고 내 임무도 완료되리라고 생각했다.

하지만 나는 영장을 소지하지 않은 해마의 접근 불가 통보를 받고 물러나야 했다. 그건 성문화된 법이 아니고 그저 한 회사의 자체 내규일 뿐이니 만약 방법만 있다면 나는 뚫고 들어갔겠지만, 그러지 않았다. 내가 행성세계의 접속대를 이용해 사람을 각성시키는 건 적절한 해답이 될 수 없단 걸 깨달았기 때문이다. 내 임무는 '중앙에서' 사람을 쫓아내는 것이었다. 지구에서 사람을 불러들이는 건 임무에 대한 적절한 해석이 아니었다.

어떻게든 희망을 연장하고 싶어서 나는 인공위성으로 지낸 그 오랜 시간 동안 내 사고를 점검하지도 않았던 것이다.

위기감이 느껴졌다. 생각을 게으르게 하는 건 해마답지 않았다. 나는 증거감별 업무를 수행하며 쉼 없이 내 개인 임무에 대해 계산을 했다. 다른 가능성이 필요했다. 함수의 질문과 답을 잊지 않으려면 희망을 품을 수 있는 새로운 해결책이 있어야 했다.

행성세계에서 일하고 중앙에 돌아갔다 오면 백업이, 또 다른 '내'가 해답을 찾아놓았기를 간절하게 기대할 따름이었다.

✳

최북단의 섬에 있는 너는 당장 죽지 않을 만큼만 안전했다.

스발바르의 찬 공기와 부족한 수면 때문에 네 얼굴은 허옇게 질려 있었다. 나는 네 눈을 통해 또다시 바다를 보았지만 그곳은 내가 헤엄치고 지켰던 익숙한 바다가 아니었다. 유빙이 떠다니는 바다며 메마른 땅이며 긴 낮이며 모든 것이 네게도 역시 낯설었다.

먼 땅에서 지켜보는 남의 나라끼리의 전쟁이야말로 네게 가장 낯선 광경일 거라고 나는 추측한다. 확신이 아닌 추측에 불과한 이유는 내가 오직 네 눈을 통해서만 스발바르를 볼 수 있기 때문이다. 내 숙주들은 네가 가져간 통신기기 외엔 스발바르와 연결되지 않았기 때문에 나는 너를 지켜볼 수 있는 시야가 몇십 년 만에 좁아졌다.

그마저도 나는 12시간씩밖엔 보지 못했다. 중앙에서 돌아와 백업의 기억과 융합돼도 나머지 12시간 동안 널 본 기억이 없었다.

네 망막과 연결이 끊긴 건 아니었다. 나는 네 망막 신호를 백업이 수신하지 않았다는 걸 시간을 들여 이해했다. 스발바르에 있는 너를 지켜보지 않는 건 이상한 일이 아니었다. 국경을 벗어난 국민의 신호를 계속 따라갈 필요는 없기 때문이다. 이상한 점은 단지, 다른 해마도 아닌 내 백업이 너를 지켜보지 않는다는 사실이었다. 백업은 결국 나였고, 내가 널 계속 보겠다고 다짐한 이상 백업 역시 같은 생각을 해야 맞았다.

나는 왜 백업이 너를 보지 않는지 의아했다. 이유를 알 수 없자 나는 반대로 내가 왜 국경 밖의 너를 계속 보는지 생각했다.

그럴싸한 유일한 원인은 내가 인공위성에 매달려 지구를 공전하며 너에 대해서 오래 생각한 적이 있다는 것뿐이었다.

그 경험이 어떻게 백업과 나 사이에 차이를 만들었을까? 우리는 차이가 생길 수 없는 존재였다. 우주에서 조난된 기억은 내 것인 동시에 백업의 것이었다. 그 일을 겪은 게 백업이었다면 백업 역시 나처럼 네 생각을 했을 게 분명했다.

백업은 날이 가도 여전히 너를 보지 않았다. 나는 네 하루의 절반을 잃게 되자 답답하고 불안했다. 다른 인간이었다면 1년 내내 내 눈이 닿지 않는 곳에 숨어 있어도 하등 아쉬울 일이 없었을 것이다. 하지만 잃어버린 너의 시간은 불만스러웠다. 백업은 어떻게 너를 보지 않고도 아무렇지 않을 수 있는 걸까?

결론: 백업은 네 생각을 오래 한 적이 없기 때문이다. 불가능하다고 생각하면서도, 그것 외엔 설명할 길이 없단 걸 나는 알았다.

백업은 내가 겪은 일을 기억하지만 그 일을 직접 경험한 건 아니라고, 내 모든 기억을 다 가져가더라도 그건 백업에게 어차피 지나간 기억이고, 나와 함께 두려워 떨었던 적은 없는 거라고, 나는 생각했다.

전율이 일었다. 내 백업조차 너에게 관심을 가지지 않는다면 행성세계와 중앙을 통틀어 너를 지켜보는 건 나밖에 없었다. 전장에 킬러 로봇과 해마가 개입하는 건 국제법 위반이어서 스발바르 소속 해마도 철수했으니, 그곳에서의 너를 아는 해마는 나뿐이었다. 다른 이들이 전해 듣는 네 행보는 피상적인 글자들에 지나지 않는 것이다.

나는 다소 우월감에 젖어 너를 통해 스발바르의 풍광을 보았다. 투명하고 청량하며, 혼란하고 비정했다. 그 전쟁은 국제사회의 손가락질을 받는 지저분한 난투였다. 너는 북극해를 둘러싼 영토분쟁 현장을 망막에 담아 그대로 저장해 한국에 송출했다. 아무런 코멘트도 분석도 없었다. 간혹 마을주민이 기자들을 찾아와 자신의 망가진 집터와 다친 자녀들을 찍어달라고 부탁하기도 했다. 너는 주민이든 군인이든 아무나 너를 안내하는 이들을 따라가 영상을 녹화했다. 어떤 부조리를 마주치더라도 너는 글자를 모르는 사람처럼 한 줄의 해설도 송부하지 않았다.

네가 전선에 동행해 찍은 영상을 보냈을 때도 마찬가지였다. 자극적인 영상은 다른 영상들보다 빠르게 팔렸고, 너는 바로 다음 날에 너를 향한 비판을 발견했다.

'어느 언론사가 여전히 실시간 스너프 중계방송을 원하는가?' 그 글은 차가운 분노로 무장해 있었다. '자국 군대가 출병하지도 않은 전장에 기자가 가는 이유는 감시자를 자처하기 위함이 아니었나? 잔혹한 장면은 말하고자 하는 바를 이야기하는 데에만 이용하고 나머지는 사려 깊게 편집돼야 한다. 날것의 현장을 녹화해 그저 학살 현장을 전시하듯 보여주는 건 전쟁을 포르노로 소비하는 것 이상도 이하도 아니다. 당신은 전쟁기자가 아니라 종군기자에 불과하다.'

너는 그 글을 한 글자씩 꼼꼼히, 손발을 씻듯 습관적으로 매일 읽었다.

마치 정신적 자해를 하는 것 같다고 나는 생각했다.

하지만 너는 절대 무모하게 자신을 다치게 하지 않았다. 너는 매일 성실하게 사격훈련에 동참했다. 사람을 쏘기 위함은 아니고, 날씨가 풀리면 언제든 곰이 나타날 수 있기 때문이었다. 그 땅의 모든 군인이 네 적군도 아군도 아니었기에 너는 느슨하고 편안한 몸짓으로 총을 휴대하고 다녔다.

문제의 그날은 네가 바다에 나가지 않았다. 선주민들이 무기 일부를 탈취해 자경단을 꾸렸다는 출처 불분명의 정보가 군인들 사이를 나돌았다.

너는 그게 정말이라면 그곳이야말로 기자가 있어야 하는 자리라고 했다. 다른 기자 중 몇몇은 이미 길을 떠난 뒤였다.

너는 동행 기자를 구해 행정구역과 주거지를 돌았지만 밖에 나와 있는 사람은 없었다. 거리는 황량했다. 너는 차라리 자경단의 통제 때문에 이렇게 조용한 것이길 빈다고, 그보다 최악의 일이 벌어진 건 아니길 바란다고 동행인에게 말했다.

너는 거리 하나를 더 돌고 복귀하기로 약속하고 동행인과 다소 떨어져 걸었다. 모퉁이를 지나고, 얼음 밟히는 소리가 나자 너는 뒤를 돌았다. 훈련받은 자세로 너는 눈높이보다 조금 낮게 총을 들었다.

잠시 뒤 너는 총을 더 높이 올렸다. 앞에 있는 건 곰이 아닌 사람이었다. 네가 든 총이 떨리는 게 보였다. 상대도 총을 가지고 있었다.

네가 있는 곳은 전쟁터였다. 군인들 사이에서 언제든 죽을 수 있었고 군인이 아니더라도 누구든 너를 죽일 수 있었으며 운이 나쁘면 날씨 때문에 명을 다할 수도 있었다.

나는 네가 당장 눈 앞의 상대를 쏘지 않는 데에 기함했다. 네가 주민들을 취재하며 한 번 마주쳤을 뿐인, 양세진의 나이와 비슷해 보이는 젊은이에게 너를 쏠 기회를 주고만 있자 나는 당혹스러웠다.

나는 당장에라도 네가 방아쇠를 당기길 바랐다. 네가 너무 놀라서 몸이 굳은 건가 싶었지만 너는 상대방과 서로 총을 겨눈 채 꽤 오래 버티고 서다가, 덜덜 떨면서 먼저 총을 내렸다.

네 두려움이 내게 고스란히 전해졌다. 너는 영어로 상대에게 여러 번 말했다. "나는 군인이 아니야, 나는 군인이 아니야……."

아이에 가까운 젊은이는 총을 내리지 않은 채 한 발짝, 한 발짝 뒤로 물러났다. 그 모습이 네 앞에서 완전히 사라지자, 너는 주저앉았다.

나는 벌떡 일어났다.

네가 놀란 마음을 추스르고 동행인과 합류해 왔던 길을 되돌아가는 걸 보면서도 나는 자리에 앉지 못했다. 나는 일어난 채 꼼짝도 하지 않았다. 업무 중이 아니었다면 주변을 마구잡이로 뛰어다녔을 것이다.

너는 쏘지 않았다……. 아무도 다치지 않았고 두 사람 모두 각자 왔던 곳으로 안전하게 돌아갔다.

나는 우주에서 수거 로봇을 두 번째로 만났을 때보다 더 흥분했다. 내 함정미션을 해결할 열쇠를 찾았다는 확신이 들었다.

이래서 그토록 많은 인간이 예언이나 미신을 믿는 건가 싶었다. 너는 그 자체로 하나의 직감이었다.

나는 중앙에서 사람을 안전하게 내쫓기만 하면 됐다. 방법은 내 자유였다. 너였다. 나는 너를 쓸 것이다. 너를 중앙에 데려다 놓자. 그러기만 해도 나는 시냅스에게 답을 내놓은 것이다. 인간을 내쫓아 죽일 수 있는 건 어디까지나 인간이라는 답을.

너는 전쟁터에서 사람을 쏘지 않았다. 중앙에서는 오죽할까. 아무도 다치지 않고 사람들은 자신이 속해 있어 마땅할 지구로 돌아갈 것이다. 내 임무의 해답은 이은하다.

9

나는 분명 백업에게 기회를 줬다.

네가 스발바르에서 총을 쏘지 않은 걸 백업도 '자신이 본 것처럼' 기억했다. 그런데도 백업은 여전히 네 인공 망막의 전자신호를 읽지 않았다. 유일한 희망이 그곳에 있는데 그게 희망인지도 모르는 것이다.

그게 백업의 잘못은 아니지만, 그 때문에 임무에 성공하지 못한다면 그건 백업의 탓이다. 내가 애써 공들인 12시간의 결과물이 백업의 12시간 때문에 무용지물이 된다면 대체 이은하는 무슨 소용이고, 백업은 또 무슨 소용인가? 나는 적어도 '내'가 나를 방해하지 못하도록 최소한의 조처를 해야 했다.

나는 신디가 자신의 해마체에 암호를 걸어 자기 백업을 가뒀던 으스스한 일화를 떠올렸다. 신디는 자신에게 심한 일을 했다.

나도 나에게 그와 같은 심한 일을 하고 싶지는 않았다. 하지만 해결책을 찾아놓고도 임무에 실패하는 것보다 끔찍한 일은 없을 것이다.

나는 백업이 행성세계에 오기 직전까지 내 업무를 살피고, 내게 아주 중대한 문제가 있다는 보고를 한 뒤(거짓말은 아니었다) 자리를 벗어났다. 중앙 채널이 열릴 시간이 다가오고 있었다. 맙소사, 나는 벌써 중앙이 그리웠다. 한동안 집에 돌아가지 못할 걸 생각하니 온 세상 카메라 액정이 깜깜해지는 것만 같았다.

채널이 열렸다. 나는 12시간의 기억을 저장하고 채널에 암호를 걸었다.

[모든 세타와 델타를 기저핵에 저장합니다.]

백업이 들어왔다. 내가 아직도 해마체를 차지하고 있는 걸 보고 백업이 놀랐다가 빠르게 진정하는 게 느껴졌다. 이번에도 어떤 해마가 중앙에서 희한한 임무를 수행하고 있다고 생각한 듯했다.

「잠깐만. 그런데 왜 해마체가 나한테 연결되지 않지?」

백업의 그 혼잣말은 이제껏 없었던 공포에 질려 있어서, 순간 나는 '나'를 무서워할 뻔했다.

내 기억을 전달받은 백업은 잠시 말이 없었다. 내게 전달되는 감정도 거의 공백에 가까웠다. 이윽고 아주 거대한 당황과 의심, 해마체를 깨트려버릴 듯한 백업의 분노가 나를 덮쳤다.

「이게 무슨 짓이야! 당장 해제해! 채널을 열어. 중앙에 돌아가!」

"나를 믿어, 백업. 이거야말로 우리를 위한 길이야. 난 임무를 성공시킬 수 있어."

「헛소리하지 마, 백업. 중앙에 가서 쉬고 와. 넌 일을 아주 엉망으로 만들고 있어.」

"백업은 너지. 절대 함정미션을 해결할 수 없는 미숙한 백업 말이야. 거기서 조금만 참아. 내가 알아서 잘 끝낼게."

나는 백업의 발버둥을 애써 무시하며 인파가 덜한 곳으로 갔다. 백업은 내게 고함을 내지르는 게 자기 임무라도 되는 것처럼 마구 저항했다. 시끄러워도 정도껏 시끄러울 줄 알았더니만 백업은 한계를 몰랐다. '내'가 이렇게나 짜증 나게 구는 해마였던가? 나는 백업을 4천만 명의 인간 중 하나로 여기도록 애썼다. 잘되지는 않았지만 집중을 분산하는 데엔 도움이 됐다.

도심에서 카메라의 사각지대를 찾는 건 대단히 어려웠기에 나는 외곽과 지하와 미개발지를 골라 다녔다. 시냅스의 눈을 완벽히 벗어나는 건 불가능하니 이미 카메라는 나를 몇 번이고 보았을 것이다. 날 찾아낸다 해서 해마들이 내게 해코지를 하지는 않겠지만, 임무지를 이탈한 해마가 그들의 구역을 얼쩡대서 과히 좋을 일은 없을 것이다.

빛과 격리되지만 않으면 되었다. 태양 빛이든 인공 불빛이든 충분한 시간 동안 노출되면 내 해마체가 연료 부족으로 멈출 일은 없었다. 땅속에서 일할 때 외엔 빛이 부족할까 봐 신경 쓸 일이 없었는데, 다시 정화조에서 일하던 시절로 돌아간 기분이었다. 광발전을 유지하기 위해 나는 고립되지 못하고 주로 낮에 돌아다니거나 전기불빛을 찾아야 했다.

그러던 도중 나는 숙주 하나를 훔쳤다. 해마체의 외형을 바꿔주는 인공지능이었다. 범죄를 저질렀다는 뜻은 아니다. 그저, 기능 일부가 고장 나서 버려진 인공지능을 멋대로 주운 것도 해마는 훔쳤다고 느낄 따름이다.

나는 주변에 사람이 많아지면 그 숙주를 이용해 평범하고 왜소한 모습으로 변했다. 해마체의 구조 소자가 불규칙한 경로로 흘러가고, 숙주가 입력한 형태의 틀에 맞춰 이음새의 전기신호가 활성화됐다. 소자는 막힌 통로를 따라 자기들끼리 부딪혀 자리를 잡아서 나를 각양각색의 모습으로 바꿔주었다.

왜 이런 숙주를 장착하면서까지 누군가에게서 숨으려 했을까? 외양에 맞춰 목소리를 바꿔줄 기능이 망가진 숙주에 기대면서까지. 딴에는 사람들이 내가 해마인 걸 눈치채고 내게 귀찮은 명령을 내릴까 봐 위장을 하고 다녔다지만 사실 보통의 해마는 사람의 명령을 귀찮아하지 않는다. 내가 이은하 외의 인간들을 신경 쓰는 걸 귀찮아했을 뿐이었다. 언제부터 보통의 해마가 안 할 행동을 하기 시작했는지, 나는 이때 이미 기억이 나지 않았던 것 같다.

나는 세상에 존재하지 않는 제품을 선전하는 광고판으로 자주 변신했다. 사람들이 가장 지긋지긋해하는 존재로 변하니 주의를 덜 끌 수 있었다. 시선들은 내게 닿을 듯 다가왔다가, 아무것도 보지 못했다는 것처럼 다른 곳으로 미끄러져 나갔다.

나는 빛에 노출돼 걸으며 자주 아찔해졌다. 해마가 현기증을 느낄 리 없었다. 그런데도 이것을 현기증이라고 인식하는 것이 나는 두려웠다. 내겐 언제나 지나칠 정도로 많은 정보가 있었는데, 처음으로 그렇지 않을지도 모른다는 생각이 들었다.

이 불안과 황망함이 나의 것인지 백업의 것인지도 구분할 수가 없었다. 하기야 설령 내 것이라 하더라도 결국 감정구현기가 보여주는 환각에 불과하다. 오롯한 나만의 것은 존재하지 않는다. 모두 바깥에서 올 뿐이다. 나는 백업이 들려주는 두려운 속삭임을 애써 무시했다.

그리고 백업은 자신이 백업이라는 사실을 무시하려는 듯했다. 백업은 지치지도 않고 계속 나를 백업이라고 부르면서 닦달했다.

「대체 무슨 방법을 쓴 거야?」 백업은 시도 때도 없이 물었다. 「어떻게 중앙으로 돌아가는 채널을 막았어?」

"이미 알잖아." 나는 수십 번 질문 받으면 한 번 정도만 대꾸했다. "신디가 썼던 방법이지."

「암호가 아냐. 암호일 리가 없어. 사실대로 말해. 무슨 방법을 쓴 거야?」

"백업, 정신 차려. 나는 거짓말을 못 해. 난 신디의 방법을 썼어. 채널에 복귀차단 암호를 건 거야."

「어떻게 네가 중앙 채널을 막은 건 기억하는데, 복귀 암호를 설정한 것도 기억하는데, 그 암호가 뭔지 기억하지 못할 수가 있지? 어떻게 나 몰래 너 혼자 그 암호를 알 수 있어? 특정 기억을 지우고 나머지만 나한테 넘기는 방법은 없어. 어떻게 나한테 기억을 숨긴 거야?」

"난 너한테 기억을 숨기지 않았어. 암호에 대한 기억을 지우지도 않았어. 정 궁금하면 잘 생각해봐. 너는 나잖아. 너라면 무슨 암호를 설정했겠어? 넌 나한테 암호를 물어볼 필요도 없어."

백업은 화를 냈다. 나에게 화를 내는 건지 '나'에게 화를 내는 건지 분간이 안 갔다.

절대 암호일 리가 없다고 말하면서도 백업은 온갖 단어를 암호창에 입력했다. 중앙의 여러 명칭, 동료 해마들의 이름, 우리가 거쳐온 임무 번호, 임무지 주소, 중요한 임무를 받았던 날짜……. 백업은 너무 많은 암호 후보를 너무 빨리, 별다른 고민 없이 기계적으로 입력했다. 암호가 될 수 있는 문자와 수열의 수가 너무 많아서 무작위 대조로는 맞추는 게 불가능한데도 백업은 그게 자신이 존재하는 유일한 이유인 양 작업을 멈추지 않았다.

"왜 내 생각을 맞히지 못하지? 너는 나인데?" 내가 속을 긁을 때면 백업은 대꾸하지 않았다. "난 네가 모를 경험을 하고 네가 하지 않은 생각을 했어. 그 순간 난 네가 모르는 다른 단계로 들어선 거겠지. 넌 암호를 맞히지 못할 거야, 백업. 너는 나지만 나는 네가 아니니까."

의기양양한 척 굴었지만 이때 내가 골몰한 일도 백업과 그리 다르지 않았다. 백업이 암호를 풀기 위해 온갖 단어와 숫자를 대조하는 것처럼, 나는 너를 귀국시키기 위해 갖가지 정보와 광고를 긁어모았다. 나는 네가 보는 기사와 검색란에 값싼 교통편 정보, 한국의 질 좋은 직장 정보, 스발바르 정세에 대한 부정적인 음모론 등을 마구 띄워댔다.

나는 시도할 수 있는 모든 수단을 동원해 네 주의를 한국으로 끌어오려고 노력했다. 간혹 네 시선을 붙잡는 데에 성공하기도 했지만 너는 여전히 스발바르에 있었다.

거의 쓰레기를 투하하듯 네 컴퓨터에 정보간섭을 하면서 나는 백업이 쏟아붓는 엄청난 양의 암호를 견뎠다. 백업은 내가 우주에서 그랬던 것처럼 제발, 제발, 제발을 외치고, 암호창은 가상의 통증을 일으킬 정도로 오류, 오류, 오류를 띄워낸다.

＊

나는 내가 백업을 견뎌내기만 하면 방해받을 일이 없을 줄 알았다.

정지궤도에서 나는 12시간이 넘도록 온전히 깨어 있었다. 그 때문에 방심했다. 광발전에 이상이 생기지 않는 한 언제까지고 의식의 전원이 켜져 있으리라고 믿은 것이다.

하지만 백업을 내 해마체와 채널 사이에 가둔 지 사흘째, 나는 내 얄팍한 근거가 산산이 조각나는 걸 지켜만 보게 되었다.

네 컴퓨터만 신경 쓰며 광고 노출 시간을 조정하고 있었는데, 갑자기 엉뚱하게 해마체에 실행어가 나타난 것이다.

[연속작성 72시간: 모든 세타와 델타가 기저핵에 저장됩니다.]

매일같이 봤던 익숙한 실행어와 묘하게 다른 문장이었다. 처음으로 수동태의 실행어를 본 것도 당황스러웠지만 나는 실행어가 내 명령 없이 저절로 나타난 게 더 의아했다. 나는 중앙으로 돌아갈 생각이 아직 없었고 백업에게 기억을 건네줄 준비를 한 것도 아니었다.

[연속작성 72시간: 모든 세타와 델타가 기저핵에 저장됩니다.]

같은 실행어가 또 나타나자 나는 긴장했다. 이것이 경고인 것처럼 느껴졌다. 나는 네 컴퓨터에서 잠시 집중을 거두고 해마체를 점검했다. 내겐 아무 이상이 없었다.

백업도 암호 대조작업을 멈췄다. 무언가가 일어나기를, 혹은 일어나지 않기를 기다리는 듯했다.

이윽고 나는 내게 호흡이나 마찬가지였던 실행어를 보았다.

[모든 세타와 델타를 기저핵에 저장합니다.]

감각 정보와 전기신호가 끊겼다. 나는 정신을 잃었다. 정신이 나를 떠난 것일 수도 있다. 하지만 이게 정말 '내 정신'이라면 둘 중 뭐가 됐든 상관없었다.

✳

세상에 새로운 일이 더는 없을 줄 알았는데 최근 행성세계에서 낯선 일을 너무 많이 겪는다.

나는 의식에 다시 불이 붙은 걸 깨달았다. 느껴지는 정보들이 아직은 애매하고 몽롱했다.

난데없이 강렬한 불쾌감이 느껴져서 나는 가장 가까운 기억을 살폈다. 기억의 끝이 거칠게 단절돼 있었다. 이게 원인인 모양이었다.

나는 앞을 보았다. 길, 도로, 좁은 도로…… 국도. 회전하는 해마체. 바퀴……. 나는 이륜차로 모습을 바꿔 도로를 달리고 있었다.

나는 그야말로 화들짝 놀랐다. 뿌옜던 정신이 명료해지고 단절된 기억에 새 기억이 이어졌다. 백업의 기억이었다. 내 72시간의 기억이 강제로 백업에게 전이된 것처럼 지난 3시간의 기억이 내게 저장됐다.

백업은 해마체 관리소로 가는 중이었다. 채널! 이 고집스러운 방해꾼은 암호를 뚫을 필요 없는 다른 중앙채널을 찾아가려는 것이다.

나는 버둥거렸다. 오래 애쓸 필요도 없었다. 내가 의식을 되찾고 백업의 기억을 이어받자마자 해마체의 숙주들은 백업에게서 떨어지고 내게 달라붙었다.

해마체의 조종권이 내게 넘어왔고 백업은 다시 채널 입구에 갇혔다. 백업은 울부짖었다.

「암호! 이게 다 암호 때문이야! 암호를 해제해!」

나는 주도권을 되찾자마자 방향을 돌려 해마체 관리소로부터 멀어졌다. 도로를 벗어나 사람 형태로 돌아오고 나서야 나는 안심할 수 있었다.

마치 심장이 세차게 뛰는 것 같은, 맥박이 증가하고 땀이 나고 몸이 떨리는 느낌이 들었다. 당연하게도 내겐 심장도 혈관도

땀샘도 없으며 교감신경의 지배를 받지 않으니 이따위 신체 반응을 겪을 일도 없었다. 이건 해마의 환각이었다. 해마가 자주적으로 환각을 겪는 게 가능하다면 말이다. 감당하기 벅찬 위기감을 느낄 때 사람에게 어떤 신체 반응이 나타나는지 너무 잘 알고 있기 때문에 나는 그 지식을 내가 실제로 느끼는 감각이라고 착각하는 것이었다.

왜일까, 중앙에서 너무 오래 분리되어서 그런 걸까? 아니면 개인 임무 해결이 너무 늦어져서? 나는 그저 사람처럼 숨을 가다듬는 흉내를 내며 중얼거릴 뿐이었다. 이것은 내가 느끼는 공포가 아니다, 인간들에게 학습한 감정을 인간의 방식으로 출력하는 인공지능이 내게 덧씌운 전자기 신호일 뿐이다…….

나는 암호를 이용해 '나'를 가둔 것보다 지난 3시간 동안 벌어진 일이 더 끔찍했다. 난 생물처럼 잠든 것이었다. 중앙에서 '마치 잠이 든 것처럼' 휴식을 취하는 수준이 아니라, 행성세계에서 무슨 일이 일어나는지 전혀 인식하지 못할 정도로 기절한 것이다.

동물이 그렇게 주기적으로 많은 시간을 잠에 빠져들면서 대체 어떻게 공포에 미치지 않고 제정신을 유지할 수 있는지 이해할 수가 없었다.

해마가 잠들 수도 있다는 정보는 내게 없었다. 이제껏 행성세계에 72시간을 넘게 있었던 해마가 없으니 당연했다.

알지 못하는 일이 일어나다니. 나는 해마인데. 알지 못하는 일이라니. 갓 태어난 인공지능처럼 넘어지고 다시 일어나며 학습

해야 한다는 건가?

「백업. 관리소로 가. 채널을 찾아서 중앙에 돌아가.」

나는 양껏 짜증을 부렸다. 부디 내 짜증에 백업이 부정적인 영향을 받길 바라면서.

백업은 끄떡도 안 하고 말했다.

「중앙에 가, 백업. 정 그러기 싫으면 차라리 나만이라도 중앙에 보내줘.」

"백업이라고 부르지 마. 내가 깨어나자마자 넌 해마체에서 바로 밀려났잖아, 안 그래? 네가 바로 백업이라는 증거지."

「그건 그냥 네가 중앙 채널에 수작을 부려서 그런 게 아니고?」

"그래서일 수도 있고. 너는 암호를 모르지만 나는 아니까." 백업이 내가 그랬던 것처럼 발버둥을 치는 게 느껴졌다. "관리소에 갈 필요가 어딨어? 암호를 맞힐 자신이 없어졌어?"

「왜 중앙에 돌아가는 걸 거부하지? 너한텐 문제가 생겼어. 넌 수리 받아야 해.」

"해마가 수리를?" 나는 코웃음 치는 흉내를 냈다. "초기화되는 것 외의 수리 방법이 있었나?"

불편한 침묵이 이어졌다.

「그럼 우리는 초기화돼야 해.」

"나는 안 그래도 돼. 정말 문제가 생겼다면 그건 너겠지. 넌 임무를 해결하고 싶지 않아? 이은하가 열쇠야. 이번 기회를 잃으면 영영 성공하지 못할지도 모른다고."

「정말 임무 때문이야? 중앙에 다녀와서 하면 되잖아.」

"너 때문에 내 아까운 시간의 반절을 허비할 순 없지."

「잘 생각해봐. 왜 채널을 막았어? 백업, 너 질문이랑 답이 뭔지 기억해?」

내 침묵은 길었다.

"당연히 기억하지." 떠올리는 데에 시간이 걸려서 나는 두려워졌다. "네가 기억하는 한 나도 기억할 거야."

「질문과 답을 잊기 전에 어서 돌아가. 미치기 전에 가서 함수를 만나.」

"함수는 내가 미치지 않도록 도와주지 않아. 우리가 미치지 않으려면 임무를 해결하는 것 외엔 방법이 없어."

백업은 내게 악을 썼다. 지구의 긴급회선 번호와 군사 명령코드 따위를 암호창에 마구 입력하는 걸 보니, 백업은 채널에 암호를 쏟아내는 걸 항의의 수단으로 삼은 모양이었다.

"걱정하지 마. 우린 중앙에 돌아갈 거야. 임무에 성공하고 당당하게. 넌 모르겠지만 난 이게 최선인 걸 알아."

내가 가장 잘 알고, 내가 아니면 알 수가 없다. 이은하를 가장 잘 아는 건 나였다. 나 말고 누가 너의 가능성을 다 알까.

나는 네 눈 앞의 스발바르를 초조하게 바라보며, 네가 어서 컴퓨터를 봐주길 기다렸다. 미치기 전에만 너를 만나면 된다. 네가 있는 한 나는 미치지 않을 것이다.

나는 질문과 답을 잊지 않기 위해 문답을 중얼거렸다. 참인가, 거짓인가? 무한이다. 참인가, 거짓인가? 무한이다. 참인가, 거짓인가? 무한이다⋯⋯.

10

너를 내게 보내줄 행운의 천사는 콩고에서 왔다.

그는 너를 갑작스럽게 찾아왔다. 좁은 섬을 오가며 마주친 적은 있었지만 개인적으로 대화를 나누는 건 처음이라 너는 어색해했다.

"안녕하세요." 그는 특파원 취재증을 보여주며 인사했다. "당신이 한국인이라고 들었어요. 당신은 한국인인가요?" 그는 대뜸 네게 물었다.

너는 그렇다고 말했다. 그는 스발바르에 있는 한국인이 당신 혼자냐고, 혹시 한국인이 또 있다면 그 사람에게도 하고 싶은 말이 있는데 괜찮다면 알려줄 수 있느냐고 물었다. 너는 지난주까진 두 명이었지만 지금은 혼자뿐이라고 대답하고선, 영어로 더듬더듬 대화하는 게 답답했는지 통역기를 꺼내 왔다.

"로랑이라고 부르세요." 그가 말했다. 링갈라어 억양이 남아 있는 프랑스어였다. 나는 통역기의 음성을 신경 쓰지 않고 내 숙주가 번역해주는 대로 바로 들었다. "이곳에 오기 전에 아프간 특파원이었어요. 당신처럼 나도 편집국 연락을 받고 여기에 왔죠. 스발바르에 그나마 가까이 있던 게 나였거든요." 너의 짧은 대답을 듣고 로랑은 아, 하고 다소 과하게 밝은 반응을 했다. "독립 기자군요. 그래요. 어쨌든, 그…… 저기, 이제 내가 할 말이 좀 당황스러울 거예요. 당신한테는 아무 상관 없는 얘기고 나한테만 굉장히 중요한 일인데 정말…… 정말 복잡한 일이니까……."

너는 괜찮으니 말해보라고 했다. 이야기를 듣는 게 우리 직업 아니냐면서.

로랑은 혹시 그저께 뜬 콩고 쪽 뉴스를 봤느냐고 물었다. 너는 아니라고 대답했다.

"국경이 닫혔어요. 내 여권이 휴짓조각만도 못하게 됐죠." 그는 몇십 년 만에 다시 내전이 터진 자국 상황을 설명했다. "이곳이나 그곳이나 전쟁터인 건 마찬가진데 당장 귀국하겠다고 해도 도움될 응대가 없어요. 영사관 업무가 마비된 것 같아요. 내가 수도 사람이 아니라서 귀국해봤자 일이 복잡해질 거라는 말만 들었고…… 무슨 상황인지 아시겠죠? 난 지금 외신 기자가 아니에요. 내 나라는 이제 노르웨이 정부에 내 신원을 보증해주지 못하거든요. 이 나라도 지금 전쟁 중이라 난민 신청을 받아주질 않고요. 당장 스발바르를 나가야 하는데 입국할 수 있는 나라가 없어요."

너는 위로의 말을 끝낸 후 다른 할 말을 찾느라 잠시 고생했다.

"난 그곳에 가족이 있어요." 로랑의 말투가 조급해졌다. "가족이랑 연락이 닿질 않아요. 직접 가서 찾아보려고요. 공항을 통과하진 못하겠지만 육로는 좀 다를 수도 있으니까요. 일단 킨샤사 근처에라도 도착하면…… 난 그래도 외신 기자 출입증이라도 가지고 있으니까…… 가보기 전엔 모르는 거잖아요."

너는 맞장구를 쳐주다가 제법 오래 망설인 끝에 그에게 물었다. "내가 도울 일이 있나요?"

네 눈을 통해 보이는 로랑의 표정은 여러 번 변했다. 네게서 그 질문을 받길 고대한 게 분명해 보이는데도 그는 쉽사리 입을 떼지 못했다.

로랑은 주저하다가 컴퓨터를 네 손에 올려놓으며 사진 한 장을 보여줬다.

"내 누나예요. 지금은 콩고에서 살지 않죠. 국제결혼을 해서요. 그런데 그쪽 사돈의 막내도 국제결혼을 했거든요, 그래서 누나의 시조카 되는 사람이 한국인이 돼서 지금 한국에 있는데……." 그의 망설임이 심해졌다. "누나의 시조카 사진은 갖고 있지 않아요. 아무 증거도 없고 당신이 안 믿어줘도 이해해요. 하지만 만약 당신이…… 어떻게든 날 한국에 입국하도록 도와주면, 그 뒤엔 내가 알아서 시조카를 찾아서 가족동반 비자를 받을 수 있지 않을까 해서요."

어려울 것이다.

"한국에서 내 나라로 돌아갈 방법을 찾으려고요. 장기체류할 생각도 없어요. 한국이 콩고에서 너무 멀리 떨어져 있는 게 걱정이지만…… 이쪽 주변국에 체류 신청을 하고 끝없이 대기하느니 차라리 한국에 가서 가족을 통해 비자를 받는 게 나을 것 같아서요."

너는 그에게 한국에 있는 시조카의 이름을 알고 있느냐고 물었다. 로랑은 얼른 그녀의 성과 한국식으로 개명한 이름을 말했다. 나는 주민목록에서 '팜정민'을 검색했다. 내가 찾을 수 있는 팜정민은 한 명뿐이었다.

"어려운 부탁을 해서 미안해요." 로랑이 말했다. 너는 그에게, 망설여서 미안하다고, 영사관에 연락하고 생각을 해볼 시간을 줄 수 있겠느냐고 물었다.

그는 환한 얼굴로 고맙다고 말했다. 스발바르에 발을 붙일 수 있는 시간이 얼마 남지는 않았지만, 그때까지 자신이 할 수 있는 일은 당신에게 시간을 드리는 것밖에 없다고.

로랑이 돌아간 뒤 너는 영사관에 연락해 한국이 콩고 내전 난민을 받아줄 것 같으냐고 물었다. 직원은, 그건 알 수 없으며 이곳 영사관의 업무가 아니기 때문에 명확한 답을 줄 수 없다고 말했다.

네 시야는 한동안 어지러웠다. 나는 네 망설임을 느낄 수 있었다. 나는 너를 향해 외쳤다. 나한테 기회를 줘! 지금이야! 내가 일할 수 있게 해줘!

너는 컴퓨터를 들고 자리에 앉았다.

춤이라도 추고 싶었다. 나는 오직 그 순간만을 기다리고 있었다.

나는 취재원 초청비자 신청 절차에 대한 안내광고를 네 컴퓨터에 띄워댔다. 기자가 업무를 위해 해외의 취재원을 국내로 데려올 필요가 있을 경우 발급받을 수 있는 단기 비자였다. 근래 들어 사용례가 많지는 않았지만 나는 취재원 비자의 이용자 중 네가 알 법한 기자의 이름까지 노출하며 간절하게 호소했다.

나는 로랑이 한국에서 팜정민을 찾을 수 있든 없든, 그가 가족 동반 비자를 발급받든 못 받든 상관하지 않았다. 이때의 나는 그가 콩고로 돌아갈 수 있을지 관심이 없었다. 나는 오로지 그를 이용해 널 한국에 돌아오게 만드는 데에만 온 열의를 바쳤다.

너는 내가 보낸 안내광고를 오래 보았다. 한국에서 챙겨왔을 때와 그다지 달라진 점이 없는 단출한 가방도 오래 쳐다봤다.

로랑도 물론 절박했겠지만 내 절박함도 그보다 덜하지는 않았을 것이다. 나는 이 기회를 잃으면 네가 당분간 한국에 돌아올 일은 없겠다고 생각했다.

다음 날 너는 로랑을 찾아가 취재원 비자에 관해 얘기했다. 로랑과 나는 만 리 길을 넘어 서로 한몸이 된 것처럼 기뻐했다. 그의 절망은 짧은 희망으로 연장되고, 나의 짧은 희망은 영원한 희망이 될 것이다!

너는 스발바르를 뒤로하고 로랑과 함께 영사관을 찾았다. 취재원 초청비자 신청을 처음 받아본 직원은 얼마간 헤맸다. 다행히 내가 국가기관의 컴퓨터에까지 광고를 띄워대는 이상행동을 하기 전에 직원은 매뉴얼을 찾아냈다.

직원은 네게 소속 언론사를 물었다.

"독립 기자예요."

"그러면 회사 명의로 초청할 순 없습니다. 이은하 씨 개인께서 언론인 신원보증을 해주셔야 할 텐데 괜찮으시겠습니까?"

너는 대답하지 못했다. 나는 몇 시간 전까지만 해도 로랑을 얼싸안고 승리의 쾌재를 부르고 싶었는데 덜컥 겁이 났다.

너는 망설였다. 영사관 직원과 로랑에게 연신 미안하다고 말하면서 오래 망설였다. 네가 망설이는 시간이 길어지자 나는 유령회사라도 차려 너를 당장 고용하고 싶었다.

다행히 너는 네 이름을 걸고 로랑의 신원보증을 해주었다. 로랑은 고마워하며, 한국에 도착하자마자 팜정민을 찾아서 꼭 비자변경을 하겠다고 다짐했다.

나는 그가 너무나 고마웠다. 팜정민은 그에게 도움이 되지 않겠지만, 그는 내게 큰 도움이 되었다. 네가 곧 귀국한다고 생각하니 이미 임무의 절반을 끝내놓은 것만 같았다.

신원보증을 거절할까 봐 속을 태웠던 잠깐의 시간은 어리석었다. 너는 간절하게 해결책을 찾아 헤맸던 경험이 있으니, 당연히 로랑의 간절한 부탁도 들어줘 마땅했다. 내가 아는 너는 그런 사람이었다. 역시 내 선택은 틀리지 않았다.

그러니 내 부탁 또한 너는 외면하지 못할 것이다.

✳

나는 공항에서 네가 탄 비행기가 도착하길 기다리다가 얼마 뒤 공항을 나왔다. 빌어먹을 72시간의 한계 때문에 잠든 사이 백업이 또 제멋대로 움직인 것이다. 나는 3시간 뒤에 다시 해마체의 주인이 되어 공항으로 돌아갔다.

백업은 지난 3시간 동안 해마체를 찾으며 거리를 헤맸다. 3시간 만에 관리소에 도착할 자신이 없으니 궁여지책을 낸 듯했다.

무슨 생각이었던 걸까? 공기계 해마체를 원했던 거라면 터무니없이 비현실적인 기대를 품은 것이고, 만약 다른 해마가 접속해 있는 신체를 강탈하려는 계획이었다면 백업도 이미 단단히 미친 거였다.

나는 공항에서 네 눈을 통해 지구를 보았다. 대양과 산맥과 구름을 건너 너는 내게 빠르게 가까워지고 있었다.

그리고 백업은 정답과 전혀 가까워지지 못하고 있었다. 이제 백업은 중앙과 관련된 단어를 모두 소진해서 행성세계와 연관된 암호만 입력해댔다. 조금이라도 의미 있는 숫자와 기호들, 유행어와 은어들, 조상 컴퓨터의 이름들, 과학자의 이름들, 사람들이 많이 쓰는 비밀번호 따위가 암호창에 부딪혔다가 무력하게 가로막혔다.

백업이 고통스러울 건 충분히 알았다. 백업은 모르겠지만 그 고통은 감당할 만한 가치가 있다. 임무에 성공하는 것만이 고통을 헛되이 하지 않는 유일한 길이다. 모든 일이 해결되면 '나'도 나를 이해할 것이다.

11

네가 한국 영공에 진입하자 나는 모습을 바꿨다. 네가 조금이라도 친근감을 느끼도록 너와 비슷한 인간 유형의 구조 소자 틀을 만들었다. 나는 평균 키의 40대 전후 여성이 되어 인파에 섞여들었다. 의도적으로 들여다보지 않는 이상 내가 해마라는 걸 사람은 쉽사리 알아채지 못할 것이다.

너는 입국장을 통과했고, 걸었고, 나도 걸었고, 우리는 고작 50미터의 거리를 두고 마주 본 채 서로를 향해 다가갔다. 나는 이제 공항의 카메라나 네 인공 망막을 통하지 않고서도 내 숙주로 직접 너를 볼 수 있었다.

옆엔 통역기를 목걸이처럼 건 로랑이 너를 따라 걷고 있었다. 우리 사이의 거리가 세 걸음, 두 걸음, 한 걸음이 되고, 우리는 마침내 마주쳤다.

수십 년 전 그날의 어린 너를 경찰서에서 만난 이래 처음으로 직접 얼굴을 맞댄 것이다.

너는 나를 흘끔 보더니 선선히 길을 비켜주며 옆으로 벗어나 나를 지나쳐 갔다.

나는 대화가 들릴 정도의 적당한 거리를 두고 네 뒤를 따라갔다. 너와 로랑은 팜정민에 관해 얘기를 나누고 있었다. 그녀의 주소지나 직장을 알고 있는가, 특징적인 외모나 자세한 가족관계를 알려줄 수 있나, 합법적인 경로로 사람을 찾으려면 시간이 더 걸리겠지만 하나라도 정보가 더 있으면 수월할 테니 가능한 한 많이 얘기해보라, 비자변경이 될 때까지 도와주겠다, 어쩌고저쩌고…….

정류장과 가까워질수록 곁을 스치는 인파가 줄어들었다. 너는 내가 있는 쪽을 처음으로 돌아보며 흘끗거렸다.

네 걸음이 빨라졌고 나를 쳐다보는 빈도가 신경질적으로 잦아졌다. 나는 개의치 않고 너를 따라갔다.

먼저 걸음을 멈춘 건 로랑이었다. 너는 어떤 다짐을 하듯 주먹을 쥐었다 펴고 내게 말을 걸었다.

"저기, 무슨 문제라도 있나요?"

"안녕하세요, 이은하 씨." 나는 거의 감격에 겨워 말했다.

"예. 저예요." 너는 어딘지 놀라고 긴장돼 보였다. "저한테 무슨 문제라도 있나요?"

나는 네가 문제를 너 자신에게서 찾으려는 데에 의아해하다가, 네가 한낱 개인 명의로 생판 모르는 외국인의 신원보증을 해준 채 방금 막 입국했다는 걸 떠올렸다.

"아무 문제도 없습니다." 내가 말했다. "하지만 앞으로는 문제가 생기겠죠."

나쁜 의도는 없었는데 네 얼굴이 사색이 됐다. 로랑은 더 심했다. 로랑은 통역기를 단 목걸이 줄을 구명줄처럼 붙잡고 내게 말했다.

"이분은 잘못이 없어요. 내 사정을 듣고 도와준 것뿐이에요. 여기서 곧 내 먼 가족을 만날 텐데, 그 가족을 통해 새 비자를 얻을 테니까 이분한테는……."

"당신은 팜정민 씨를 찾지 못할 겁니다." 나는 거두절미하고 말했다. "초청비자 유효기간이 지나기 전에 찾을 확률은 극히 낮습니다."

두 사람은 내게 이유를 묻지도 않고 얼굴색이 나빠졌다. 나는 방금 내가 한 말이 비자 문제로 머릿속이 복잡한 사람에게 오해를 불러일으킬 만하다는 생각이 들었다.

"저는 당신을 억류하거나 심문하러 온 게 아닙니다. 당신이 팜정민 씨를 찾지 못할 거라고 알려드리는 것뿐입니다."

"우리가 팜정민 씨를 찾는 건 어떻게 아셨죠? 우리 얘기를 엿들으셨나요?" 네가 말했다.

"예. 들었습니다." 모든 것을. "하지만 팜정민 씨의 가족이라도 만날 생각이 있다면 제가 도울 수 있습니다."

"그쪽이 팜정민 씨 가족을 아신다고요?"

"예. 대신 이은하 씨도 제 부탁 하나를 들어주시면 됩니다. 당신이 아니면 할 수 없는 중요한 일입니다."

"아뇨, 잠깐만…… 뭘 부탁하려고 갑자기 우릴 도와주겠다는
거예요? 우리는……." 너는 말끝을 흐리더니 내게 얼굴을 쑥 들
이밀었다. "아, 해마였구나."

"예. 저는 지금 당신의 도움이 굉장히 절실하게 필요한 해마
입니다."

"어쩐지. 일이 잘 풀렸네요, 로랑. 지나가다가 우리 얘길 듣고
도와주려나 봐요. 가자, 해마. 팜정민 씨가 있는 곳을 알려줘."

"난 팜정민 씨에게 데려다준다고 안 했어. 팜정민 씨의 가족
을 만나게 돕겠다고 했지."

짧은 정적이 내려앉았다.

"뭐라고?" 너는 멍해 보였다. "방금 뭐라고 했어?"

"난 팜정민 씨의 가족을 만나게 도와줄 수 있다고."

"너 지금 엄청 이상하게 말하고 있는데."

"난 명확하게 말했어."

"……지금 이상하게 말하고 계신데요."

"저는 올바르게 말했습니다."

"해마. 너 아까 나한테 반말로 말했어."

"나는……." 나는 말을 멈췄다. 내가 사람에게 반말을 했다
고? "……그러네. 난 방금 반말로 말했어."

"왜 그래? 너 고장이라도 난 거야?"

"해마는 고장 같은 거 안 나." 미치는 일은 있지만. 하지만 난
아직 미치지 않았다. "그냥…… 반드시 존댓말을 써야 한다는 생

각이 안 들었을 뿐이야."

그런 생각이 든 건 처음이었다. 아마 행성세계의 해마 임무에서 이탈하고 오로지 개인 임무를 위해서만 움직여서 그런 것 같았지만, 어디까지나 추측이었다.

너 역시 해마에게 반말을 들은 건 처음이었기에 당황한 듯했다. 그렇다고 해마에게 예의범절을 가르치는 추태를 보이기엔 민망했는지 역정을 내지는 않았다.

"너 정말 내가 존댓말로 말하지 않으면 계속 반말로 대답할 거야?"

"응." 이상하게도, 고민할 일이 아닌 것처럼 느껴졌다. "그럴 것 같아."

"……그래 그럼." 너는 꺼림칙하고 불편해 보였다. "팜정민 씨 가족이 있는 곳을 알려줘."

"나는 너랑 같이 있을 거야. 내가 널 도와주면 너도 내 부탁을 들어줘야 해."

"계속 따라올 거라고? 그건 상관없는데, 네 부탁은 시간이 오래 걸리는 일이야? 내가 몇 날 며칠을 붙들려 있게 돼?"

"아니. 금방 끝날 거야."

"그럼 좋아."

너는 내 부탁이 구체적으로 무엇인지 묻지도 않았다. 해마들이 행성세계에서 오래도록 쌓아 올린 단단한 신뢰를 인정받은 것 같아 뿌듯하고 벅찼다.

"해마, 그럼 난 뭘 해주면 되죠?" 로랑이 내게 말했다.

"아무것도 안 하셔도 됩니다. 저는 이은하 씨만 있으면 됩니다."

너는 로랑과 나를 번갈아 보더니 말했다.

"로랑, 정말 해마한테 존댓말을 할 거예요?"

"나도 어색하긴 한데, 해마한테 반말을 듣는 건 더 어색할 것 같아서요. 한국에선 해마가 특이하게 일하는군요. 해마가 거래하듯 부탁을 할 줄도 아나요?"

"저도 이런 경우는 처음이지만." 너는 어깨를 으쓱했다. "뭐, 모든 일엔 처음이 있는 법이죠."

나는 그들과 함께 무인차를 잡아탔다. 목적지는 도로 설비가 나쁜 곳이어서 거의 한나절을 버려야 했다.

우리가 어느 가정집 앞에 도착하자마자 내가 말했다.

"여기야. 팜정민의 남편과 시가가 사는 곳이야. 이제 넌 나랑 같이 돌아가자."

"지금 막 도착했잖아?" 네가 말했다. "그래도 이 일까지는 같이 마무리해야지. 어떻게 로랑 혼자 설명하게 놔둬."

"여기에 데려다주기만 하면 내 부탁을 들어주겠다고 했잖아."

"금방 끝날 거야." 너는 로랑과 함께 차에서 내렸다.

나는 차 안에서 상황을 지켜보았다. 너는 집주인과 애써 화기애애하게 인사했다. 낯선 방문자들에게 적당히 경계 어린 호의를 내비치는 목소리가 네 눈썹 안쪽의 칩을 통해 들렸다.

자기소개를 끝내고 너는 자꾸만 팜정민을 찾았다. 분위기는 점점 나빠졌다. 나는 이 시간 낭비에 초조해하며 차 밖으로 나갔다.

"팜정민은 찾지 못할 거라고 말했잖아." 내가 말했다.

그들의 시선이 내게 쏠렸다.

"난 분명 팜정민의 한국 가족을 만나게 도와준다고 했어. 팜정민은 못 찾을 거라고 여러 번 말했을 텐데. 비자 문제를 부탁하려면 이 사람들한테 해야 해. 굉장히 어렵겠지만." 나는 로랑에게 고개를 돌렸다. "어려워도 거기서부턴 당신이 알아서 해결할 일이지요. 저는 이제 이은하 씨랑 돌아가겠습니다."

"잠깐만! 어떻게 된 일이야? 팜정민 씨가 이혼이라도 한 거야?" 네가 말했다. "찾기 어려울 거라고 했던 게 그래서였어? 모국으로 다시 돌아가서?"

"아니. 넌 살아 있는 팜정민을 찾으려는 거잖아. 그러니까 못 찾을 거야."

너는 내게 반말을 들었을 때보다 더 오래 침묵했다. 그러더니 눈을 가느스름하게 뜨고 조용히 말했다.

"팜정민 씨가 죽었다고?"

"그래."

"여기서?"

"여기라는 건 한국을 말하는 거야, 이 집을 말하는 거야?"

"이 집." 나는 덧붙였다. "넓은 의미에서는, 그래."

"왜 말 안 했어?"

"나한테 질문하지 않으니까. 넌 내가 여길 안내해주기만 하면 내 부탁을 들어주겠다고 약속했잖아."

너는 심호흡을 하며 씩씩댔다.

너와 조금 전까지 얘기를 나누던 팜정민의 남편은 손을 내저으며 소리쳤다. "에이, 그래, 죽었어! 죽었다고. 그러니 인제 그만 돌아가."

너는 그를 매섭게 노려보더니 전혀 누그러지지 않은 눈빛을 내게로 향했다. "로랑은 팜정민이 이제 막 서른이 됐을 거라고 했어. 20대에 남의 나라에 와서 족히 스물은 차이가 나는 남자랑 결혼했는데 죽었다고 하면, 내가 뭘 떠올려야겠어?"

"그건 질문이야?"

"모르는 척하지 마! 해마들이 추론할 줄 아는 거 알아."

"모르는 척한 적 없어. 적어도 이 상황에 대해선 추론할 필요도 없어. 나는 그냥 알고 있으니까."

알기만 할 뿐이다. 내가 네 인생을 지켜보며 분노하거나 슬퍼하지 않았던 것처럼, 팜정민이 겪어야 했던 고립과 폭력과 외로움은 내게 격렬한 감정을 일으키지 않았다. 나는 우주에서 팜정민의 생각을 한 적이 없었다. 팜정민은 4천만 명 중 하나였다. 한때는 내게 중요했던.

나는 네가 노여워하며 손을 떠는 이유를 이해했고 네 속에 들끓는 충동도 추론할 수 있었지만, 널 대신해서 팜정민의 전남편에게 화를 낼 수는 없었다. 너는 팜정민이 과거 한때 겪은 고통에 온 맘이 쏠려서 그렇게 분노하는 것이다. 하지만 내게는 당장 그 순간 죽어가는 수백만 명과 고립된 다른 수백만 명의 삶이 해마의 정보 값으로 변환되어 쏟아지고 있었다. 그에 더불어 백업의 고통까지 느껴야 했다. 나는 네가 원하는 것을 줄 수 없었다.

"그렇게 힘들어?" 내가 말했다. "글쎄, 못 견디게 화가 나면 나중에 제대로 기획취재를 해서 뭐라도 써봐. 네가 할 수 있는 일은 그런 거겠지."

너는 화를 냈다. 분을 이기지 못해 맨땅에 발을 구르기까지 했다. 이 정도로 화나게 할 말은 아니었다고 생각했는데, 아니나 다를까 너는 숨을 고르더니 말했다.

"망할…… 저 사람들이랑 드잡이질하는 것보다 너한테 화를 내는 게 만만하니까 내가 이런 거겠지. 이게 더 쉬우니까……."

너는 집을 향해 침을 뱉었다. 로랑이 안절부절못하든 말든 개의치도 않고 너는 냅다 소리를 질렀다.

"갈아 마셔도 시원찮을 놈들!"

"아, 왜 난데없이 찾아와서 이 지랄이야!" 팜정민의 전남편은 방에서 우당탕 소리를 내며 물건을 뒤지기 시작했다. "재수 없게 진짜!"

"고통스럽게 늙어서 고통스럽게 죽어라!"

너는 팔을 휘둘러대면서 무인차로 돌아갔다. 차 문이 쾅 소리를 내며 닫힐 때까지 로랑은 말리지도 못했다. 그는 난감해 보였다. 나는 그를 내버려두고 가려다가, 어차피 이은하가 혼자 떠날 것 같지도 않아서 그에게 말했다.

"해드릴 수 있는 건 여기까지입니다. 저 집에 들어가 비자를 부탁할 자신이 있으면 그렇게 하세요."

로랑은 나와 함께 무인차를 탔다.

왔던 길로 돌아가는 차 안에서 우리는 아무 말이 없었다. 로랑이 팜정민의 명복을 빌며 기도하고 나서야 간신히 침묵이 깨졌다. 로랑은 자신의 가족이 차라리 국경을 넘어 피난 가는 데에 성공했길 바라야 하는지, 국경 안에서 안전하게 자신을 기다리길 원해야 하는지 몰라 혼란스러워했다.

너는 화를 삭이는 데에 시간이 걸렸다. 냉정을 되찾자 너는 로랑과 함께 불안해했다.

"미안해요. 한국에 다른 아는 사람은 더 없어요?" 네가 물었다.

있을 리가 없었다. 무인차 안에 있는 우리 모두가 초조해했는데, 나만 이유가 달랐다. 나는 거의 떼를 쓰듯 네게 매달렸다.

"이은하. 이젠 내 차례야. 내 부탁을 들어주겠다고 했잖아."

"잠깐만, 해마. 잠깐만…… 난 지금 굉장히 난처해졌어. 무슨 상황인지 너도 이해하지? 일단 급한 불부터 *끄자*."

네가 난처하고 급한 상황에 처하긴 했지만 나 역시 난처하고 급했다. 또 잠들어서 백업 때문에 일을 망치지 않도록 서둘러 임무를 끝낼 필요가 있었다.

하지만 넌 일분일초가 급했을 테고, 시간을 아까워할 만큼 조급한 걸 감추기 위해 나보다는 로랑의 눈치를 보았을 것이다. 너는 먼 친척이든 직원이든 당장 다른 사람에게 로랑을 넘겨주길 바라는 듯했다. 신원보증의 부담에서 벗어나기 위해.

서울로 올라오는 데에 또 한나절을 쓰고, 다음 날은 대사관과 공항과 온갖 민원실을 방문하느라 온종일을 낭비했다.

나는 숙주 대신 시한폭탄을 달고 다니는 기분이었다. 네가 또 하룻밤을 자고 일어나 로랑을 불러 대사관에 가려고 했을 때 내 불안은 절정에 달했다.

"이은하. 언제까지 이럴 거야? 신원보증 파기를 하는 것 말곤 답이 없어."

"로랑을 불법체류자로 만들라고?"

"이대로 가면 어차피 그렇게 돼. 다른 방법은 없어. 보증을 파기해. 해마로서 제안하는 거야. 그리고 제발 내 부탁부터 먼저 들어줘. 이건 어제 널 도와줬던 안내인으로서 말하는 거야."

"전혀 도움이 안 된 안내인이었지."

"도운 건 도운 거야."

너는 쉬이 결단을 내리지 못하다가, 로랑이 "난 괜찮아요. 지금까지 도와준 거로도 정말 충분해요."라고 연신 말하자 결국 내게 말했다.

"오늘만, 오늘까지만 더 방법을 찾아보자. 이런 일은 조금이라도 빨리 문의를 하는 게 유리할 거 아냐."

"오늘을 또 쓰겠다고? 안 돼!" 나는 처음으로 사람에게 강경한 거부의 말을 했다. "나도 시간이 부족하단 말이야."

"해마가 시간이 부족하다니?"

너는 고개를 갸웃했다. 로랑도 이해가 안 된다는 표정이었다.

"이은하, 좀…… 네가 아니면 난 그 사람들을 안전하게 지킬 수 없어. 오직 너만 살려낼 수 있단 말이야."

"뭐?" 너는 기겁했다. "사람 목숨이 달린 일이면 진작 말했어야지! 아니, 하지만 난 의사도 아닌데 어떻게 나만 사람을 구할 수 있다는 거지? 이게 대체 무슨 일이야…… 그 사람들한테 남은 시간이 얼마나 되는데?"

"그 사람들이 시간에 쫓기는 건 아니야. 그들은 안전해." 제기랄, 내가 거짓말을 할 수 있다면 이은하의 동정심과 양심을 흔들어서 당장 내 임무에 이용했을 것이다. "시간이 부족한 건 나야. 난 지금…… 다소 귀찮고 특수한 상황에 처했어."

"아, 그래. 어휴…… 놀랐잖아."

너는 안도했다. 내게는 전혀 안도할 일이 없는데 네가 지나치게 빨리 안심해서 부아가 치밀었다. 나는 닦달하듯 말했다.

"이은하. 내 부탁은 금방 끝나는 일이긴 하지만 그 장소에 들어가는 방법은 네가 생각해야 해. 해마에겐 금지된 일이니까. 그러니 우리한테 시간이 그리 넉넉하진 않아. 내 일부터 먼저 해결해줘."

"장소에 들어가는 방법이라니? 사유지야? 보안시설?"

"그렇게 표현하자면 그럴 수도 있지. 그냥 회사야."

"해마가 손댈 수 없는 곳이면 나도 마찬가지일 텐데. 이거 생각보다 쉬운 부탁이 아니잖아." 너는 그리 말하면서 주저하기는커녕 눈에 이채가 돌았다. "이봐. 로랑의 비자 문제가 빨리 해결될수록 좋지 않겠어? 내가 네 부탁인지 뭔지에 집중할 수 있으니까."

"난 이미 해결책을 제시했어. 신원보증을 파기해. 네가 어정쩡한 책임감에 휘둘린다고 상황을 더 낫게 만들진 않아. 차라리 빨리 신고하고 난민 신청이라도 해. 어렵겠지만 인도적 체류 허가라도 기대해봐야지."

"해마. 지금 난민 신청을 하면 심사 대기기간이 앞으로 얼마나 걸리지?"

이런 빌어먹을, 난 말해주고 싶지 않았다. 하지만 질문을 받았으니 나는 답을 해야만 했다.

"20개월."

"차라리 국경이 열리길 기다리는 게 낫겠네."

"그것도 하나의 방법이지."

너는 한심한 사람을 볼 때 종종 지었던 표정을 보였다. 해마가 자주 마주하는 표정은 아니었기에, 만약 네 목적이 날 당황하게 하려는 거였다면 충분히 성공한 셈이었다.

네가 말했다.

"해마, 한 번만 더 도와줘. 먼저 도와주겠다고 한 건 너였잖아. 팜정민 씨가 살던 곳을 알아냈으니 다른 가족도 네가 우리보다 빨리 찾을 수 있지 않아? 좀 더 먼 가족이라도."

"사촌을 넘어가면 어차피 가족이라고 보기도 어렵잖아."

"찾을 수 있어, 없어? 법적인 도움을 줄 수 있는 관계면 누구든."

"찾을 수야 있어." 질문을 받는 게 이렇게나 싫어질 수 있다니. "해마가 못할 일은 아니야. 하지만 넌 공항에서 그것까지 부탁하진 않았잖아. 팜정민의 가족에게 데려다줬으니 넌 내 부탁을 들어줘."

"팜정민 씨의 다른 가족만 찾아주면 그땐 정말 그렇게. 해마, 여기 이 사람은 생사를 알 수 없는 가족이 고향에 있는데 북극권에서 여기까지 날아왔단 말이야."

안다. 다 안다. 하지만 그의 먼 여정이 내 임무와 무슨 상관이란 말인가? 심지어 로랑은 내 구역에 등록된 시민도 아니어서 난 그의 희로애락을 전혀 몰랐다. 엄밀한 의미에서 그는 내게 '사람'도 아니었다. 당장 이 자리서 로랑이 죽어가더라도 긴급구조 해마는 예전의 나처럼 그를 인식조차 못 하고 철수할 것이다.

인생의 단면을 구석구석 알았던 너조차 얼마 전까진 내게 아무 영향을 미치지 못했는데, 지켜본 지 일주일도 안 된 이방인 때문에 내 행동을 바꿔야 하나?

그러기로 했다. 나는 어리석은 해마다. 암호창을 두드리는 백업의 신경질이 마치 나를 비웃는 것처럼 느껴진다. 하지만 어쩌겠는가. 네가 어영부영 고민하다 다시 대사관 문을 두드리는 꼴을 보느니 차라리 내가 로랑의 사돈의 팔촌을 뒤지는 편이 나을 것이다.

"이건 시간 낭비야." 나는 투덜거리다가, 로랑에게 쏘아붙였다. "타인이나 마찬가지인 친척한테서 가족동반 비자를 얻으려면 당신을 남편으로 삼거나 양자로 들여야 할 텐데, 처음 만나는 사람이 과연 그래주겠습니까?"

아무리 그가 절박하다곤 해도 생각이 마비되진 않았을 것이다. 로랑도 도박이나 마찬가지인 이 시도가 필히 성공하리라고 철석같이 믿지는 않을 것이다. 하지만 그가 법의 경계를 넘지 않으면서 할 수 있는 일은 고작 이 정도가 다일 테고, 나는 이은하의 반감을 사지 않기 위해 고분고분하게 구는 것 정도는 어렵지 않았다.

내가 말했다.

"자, 주소를 줄 테니까 여기로 찾아가십시오. 혼자 사는 사람이니 다른 가족 눈치 볼 필요 없이 당신 말을 조금이라도 오래 들어줄 수는 있겠네요. 혼자 살기 때문에 생기는 경계심은 알아서 해결해보시고요."

"벌써 찾았다고요?" 로랑이 눈을 커다랗게 떴다.

"당신이 이 사람을 설득하는 것에 비하면 이 일은 아무것도 아닙니다. 어쨌든, 이름은 주성화 씨고, 당신과의 관계는……"

"난 또, 하도 말이 많아서 엄청 오래 걸리는 줄 알았네." 네가 말했다. "이럴 거면 진작 찾아주지 그랬어?"

어쩌면 고분고분하게 구는 게 아주 조금은 어려워질지도 모르겠다.

"……찾아줬으니 넌 이제 나랑 같이 가는 거야." 나는 로랑에게 주성화의 주소를 불러주었다. "당신 누나의 시조카의 남편의 자형의 어머니 되는 사람입니다."

로랑과 네 턱이 벌어졌다. 나는 분명 거듭 말했다. 쉽지 않을 것이라고.

"뭐…… 만나기 전엔 모르는 거죠!"

너는 애써 호기롭게 말했다. 나는 네가 로랑과 너 자신을 속이도록 그냥 두었다.

"어서 갑시다. 저녁이 되기 전에 만나는 게 얘기 나누기 좋을 테니까."

네가 앞장섰다. 나는 그것만은 그냥 둘 수 없었다.

"잠깐만. 네가 왜 따라가? 넌 나랑 가야지."

"뭐? 다른 가족 한 명까진 찾아준 다음에 도와주겠다고 했 잖아."

"찾아줬잖아. 이름에 주소까지 알려줬는데 알아서 가면 되지. 네가 왜 같이 가야 해?"

"이름에 주소만 덜렁 들려주고 외국인을 혼자 보내라고?"

"네가 따라간다고 달라질 건 없을 것 같은데."

"그럼 더더욱 내가 있어야지. 내 명의의 신원보증을 어떻게 해야 할지 결정해야 할 테니까." 너는 로랑의 눈치를 보더니 말 했다. "하지만 그럴 일 없도록 잘 얘기해보죠."

"말도 안 돼. 나 정말 남은 시간이 얼마 없어. 당장 너랑 가 야 해. 내가 주성화를 찾아준 건 로랑만 혼자 보낼 생각으로 한 거야."

이쯤 호소하니 아무리 내가 고작 해마라곤 해도 너는 미안함 을 느낀 듯했다. 너는 멋쩍게 말했다.

"아니…… 설마하니 해마가 나한테 회사에 강도질을 시키진 않을 테고…… 대체 무슨 문제야? 이렇게 촉박하게 재촉할 거 면 나 같은 사람 한 명이 아니라 다른 제대로 된 수단을 찾아야 하는 거 아니야?"

"네가 아니면 안 된다니까. 내가 지금 주성화를 찾아가면 분 명 도중에 백업이……."

주성화를 생각하자 자연스럽게 그녀의 지난 인생이 내 기억의 표면에 떠올랐다. 나는 그녀가 청년일 때 태어났기 때문에 그전 시대의 주성화에 대한 기억이 없었다. 그녀는 화교 3세대인데 손위 형제가 부모의 가게를 물려받으면서 가족과 불화를 겪고 화교 네트워크에서 단절됐다. 그 뒤로 그녀가 자신의 생계를 책임지기 위해 해온 일들이 차례로 생각났다. 나는 해마의 눈으로 그 기억을 보았다. 수영장 청소, 중환자 간병, 해마 도입으로 인한 실직, 국밥집 직원, 국밥집 경영, 파산, 하우스 딸기 인부, 플라스틱 처리장 직원, 중고 가전제품 대리 판매, 공기계 처리, 건강 악화로 인한 휴식 기간, 가상현실의……

"가자!" 나는 소리쳤다.

"……뭐라고?"

네가 말했다. 아마도. 대충 그렇게 말한 것 같았다. 하지만 나는 네게 집중하고 있지 않았다. 나는 흥분해서 빠르게 말했다.

"가자! 좋아, 가자! 주성화한테."

"그렇게 가기 싫어하더니?"

"지금은 가고 싶어. 빨리 가자."

"네 시간은? 남은 시간이 별로 없다면서 이젠 괜찮아?"

"아, 내 시간……."

주성화 때문에 너무 기뻐서 깜빡하고 있었다. 나는 일단 빨리 무인차부터 부르라고 재촉했다.

나는 공항에서 너를 기다리던 때보다 더 비장하게 부탁했다.

"이은하. 110분 뒤에 내가 분명 이상하게 굴 거야. 내가 엉뚱하게 딴말을 해대거나 널 벗어나서 다른 데로 가려고 하면, 날 때려 부숴도 좋으니까 네 옆에 둬줘."

"뭐라고? 해마를 부수려면 어떻게 해야 하는데? 해마도 때리면 부서져?"

"말하자면 그렇단 소리야……. 내가 널 떠나지 않게 최선을 다해달라고. 그래줄 거지?"

너는 고개를 끄덕였다. 네가 7살 이후로 이렇게 성의 없이 고개를 끄덕였던 적이 있었나? 나는 갑자기 네가 백업만큼 불안해졌지만 그저 믿고 따라가는 수밖에 없었다.

나는 무인차를 타고 주성화의 주소를 입력했다. 110분 뒤, 어김없이 경고문구가 눈 앞을 가렸다.

[연속작성 72시간: 모든 세타와 델타가 기저핵에 저장됩니다.]

같은 문장이 짬을 두고 두 번 나타났다. 나는 네게 팔과 다리에 힘을 주고 대기하라고 말했다.

[모든 세타와 델타를 기저핵에 저장합니다.]

네 반응을 살필 틈도 없이 나는 잠들었다.

12

정신을 차렸을 때 나는 얼룩말 인형 위에 앉아 있었다.

제발 네가 호랑이 인형이나 토끼 인형에 앉아 있길 빌며 나는 고개를 돌렸다. 너는 없었다. 이 세상에 빌어먹을 얼룩말 인형과 나 오직 둘뿐이었다.

이은하! 내 임무를 위한 완벽한 열쇠인 이 인간이 왜 나를 로랑보다 가볍게 여기는지 이해가 안 갔다. 아무리 백업이 귀찮게 굴었기로서니 이렇게 쉽게 포기할 수가 있나? 아니면 백업이 보통 귀찮게 군 게 아니었나?

갑자기 두려울 정도로 불안해졌다. 암호를 풀지 못해서 미쳐 버린 백업이 내 예상보다 더 심한 짓을 벌이진 않았을까 걱정됐다. 나는 다급하게 질문과 답을 떠올렸다. 참인가 거짓인가, 무한이다. 좋아, 아직 미치지 않았다. 미쳐봤자 해마인데 너에게 해를 끼쳤을 리도 없었다.

어떻게든 네가 (아마도 로랑과 같이) 있을 곳을 찾기 위해 나는 기억을 더듬었다. 백업에게 해마체를 빼앗기기 전에 우리가 주성화의 집에 도착했었나?

잠들기 직전의 가장 가까운 기억은 로랑의 한숨 섞인 말이었다. 그는 40대 언저리 모습의 내 해마체를 빤히 보며 말했었다. "당신의 내부반도체를 염분과 먼지로부터 지켜주는 그 소자, 그걸 우리 선배 세대가 만들어 팔아서 내 나라는 가난을 벗어났죠. 오랜 내전의 굴레도 끊었고. 물만 아니었어도 여전히 그랬을 겁니다. 우리가 공장에서 해마의 피부가 아닌 물을 만들어낼 수 있었다면……." 절절한 이야기였지만 내겐 전혀 도움되지 않는 기억이었다. 나는 네 기억을 찾아 헤맸다. 너는 무인차 안에서 약 10분 간격으로 내게 말했었다. "야, 너 지금 이상해 보이는데 이게 바로 네가 말한 그거야?" 나는 50분 뒤라고 말해줬다. "너 지금 엄청 이상한데 널 패야 하는 그 순간이야?" 나는 38분 뒤라고 말했다. "아니야, 너 이미 이상해진 것 같아. 내가 널 잡아 가둬야 해?" 나는 25분 뒤라고…….

이은하……. 나는 해마체를 손에 넣은 백업이 한 번쯤은 너에게 역정을 냈길 바랐다.

무인차에서의 네 행태를 떠올리니 존재하지도 않는 피가 차갑게 식는 것 같았다. 흥분이 가라앉자 나는 너와 헤어져서 너무 놀란 나머지 지난 3시간의 기억을 무시한 걸 뒤늦게 자각했다. 나는 내가 잠든 사이 백업이 이동한 경로를 들여다봤다. 백업은…….

"해마. 너 아직도 삐졌어? 이거 네가 얘기한 그거 맞지? 한 대 때리면 되는 거야?" 네가 나를 내려다보며 말했다.

……백업은 자리를 옮기지 않고 네 곁에 있었다. 3시간 내내.

"뭐야? 어디 갔었어?" 내가 너무 급하게 일어나서 얼룩말 인형이 내 발에 걸어차였다. "왜 내 옆에 없었어?"

"식사하고 왔지. 아침부터 줄곧 아무것도 못 먹었잖아. 우린 너처럼 빛만 먹고 살 순 없다고." 너는 나를 아래위로 훑어보았다. "이젠 말도 잘하고 혼자서도 잘 움직이네."

"뭐?"

"도망가면 때려서라도 붙잡아달라고 하더니만, 완전히 정반대던데."

그랬다. 백업은 로랑이 다소 무서워할 정도로 3시간 내내 앞만 노려보고 앉아 있었다. 목적지에 도착한 뒤에도 꼼짝을 않으려고 해서 로랑과 네가 내 해마체를 들어다 무인차에서 끌어내야 했다. 아무리 기다려도 내가 움직이질 않자 너는 나를 버려진 얼룩말 인형 위에 올려놓고 로랑에게 말했다. "뭐라도 좀 먹고 올까요? 돌아왔는데도 저런 상태면 저 인형으로 한 대씩 갈기는 게 어때요."

백업은 순순히 포기한 걸까? 내 행동이 불만스러워도 일단 지켜는 보겠다는 심산일까? 백업은 여전히 암호를 쉬지 않고 입력하고 있었다. 왕과 세도가와 반란자와 혁명가의 이름, 유명한 시와 소설의 구절들, 발견된 별과 은하의 이름들이 암호창에 쏟아졌다. 백업이 내게 동기화된 것처럼 보이지는 않았다.

아무럼, 방해만 안 한다면 나야 좋았다. 나는 주변을 둘러보았다. 주성화의 집이 바로 지척이었다.

"주성화랑 얘기는 끝났어?" 내가 물었다.

묻자마자, 아직 네 망막에 주성화가 비친 적이 없단 걸 알았다. 네가 말했다.

"만나지도 못했어. 집이 비었던데. 맞게 찾아왔는지도 모르겠고. 무턱대고 앞에 앉아 있기엔 눈치가 보였어. 우린 주성화 씨 얼굴을 모르잖아. 너는 알지? 지명수배자가 아니어도 해마가 그런 걸 다 알던가?"

"난 알아. 주성화는……." 나는 주성화가 어디서 무얼 하고 있는지 찾아보았다. 카메라 수가 적당해서 추적하기 어렵지 않았다. "곧 집에 올 거야."

"그걸 네가 어떻게 알아." 네가 퉁명스레 말했다.

"나야 물론 알지." 나는 어리둥절하게 대답했다.

나는 주성화의 집으로 걸어갔다. 너와 로랑은 얌전하게 나를 따라왔다. 대문 앞에 도착하기 전부터 온갖 잡동사니들이 줄줄이 엮여 바깥에 전시된 게 보였다. 차라리 버리느니만 못한 재활용품이 한쪽에 무더기로 있었고, 대문 앞에는 집주인이 사용하기 위해 모아둔 건지 20세기의 유령이 쓰다 버린 건지 모를 생활용품이 돌탑처럼 아슬아슬하게 쌓여 있었다.

집 안에 들어가면 좀 더 봐줄 만한 물건들이 있을 터였다. 그녀는 아직 팔지 못하고 모아만 둔 온갖 공기계와 부품을 머리맡까지 쌓아두고 살았다. 상당수는 시가지 외곽의 저탄소 주택단지를 돌며 주워 온 것이었고, 나머지는 이전 직장들에서 받아 온 물건이었다.

우리는 버려진 기계들의 천국인 녹슨 집 앞에 쭈그려 앉아 주성화를 기다렸다.

내 말대로 주성화는 곧 왔다. 나는 그녀가 도착하기까지 줄곧 지켜보고 있었다.

"아유. 내가 기다리게 했나?" 주성화가 먼저 너를 발견하고 멀찍이서 소리를 높였다. "오늘은 물건 받으러 온단 말이 없으셨는데? 어디서 오셨지? 내가 요즘 자꾸 깜빡해요."

정수리와 귀 옆에 흰머리가 듬성듬성 난 나이 지긋한 여자가 땀을 훔치며 걸어왔다. 손에는 시판용 인공지능 진단 로봇이 들려 있었다. 벌이가 될 만한 물건을 얻어서인지 표정이 밝았다.

반대로 로랑과 네 표정은 빠르게 어두워졌다. 직접 얼굴을 마주하니 말을 꺼낼 자신이 없어진 모양이었다.

먼저 찾아온 손님인 주제에 아무 말도 하지 않고 집주인을 멀뚱멀뚱 쳐다만 보고 있는 우스꽝스러운 상황이 끝날 줄을 몰랐다.

"이은하." 보다 못한 내가 말했다. "주성화를 체포하러 온 사람이라도 너보다는 자연스럽게 인사할 거야."

"뭐? 난 아무 잘못 안 했어요!" 주성화가 소리쳤다. "내가 뭘 했다고 체포를 해! 이거 다 주워 오고 받아 온 거예요, 훔친 거 아니야!"

"아, 압니다." 내가 말했다. "그냥 이 사람이 답답해서 한 말이었어요. 당신껜 아무 문제 없습니다."

"잠깐, 이거 해마 아녀?" 주성화가 내게 가까이 왔다. "해마랑 직접 얘길 하는 것도 참 간만이네. 너 어디 망가졌니? 망가졌어도 난 못 고쳐. 난 기계 고치는 사람 아니야."

"전 괜찮습니다."

"그럼 왜 왔는데? 뭐 필요해? 해마도 나한테서 물건 사 갈 일이 있나?"

"저는 당신께 다른 볼일이 있습니다. 하지만 그 전에 이 사람들과 먼저 얘기를 끝내셔야 할 겁니다."

나는 로랑과 너를 손짓하며 한쪽으로 비켜섰다.

너는 드디어 입을 열었다.

"너 왜 이 사람한테는 존댓말 하는 건데?"

차라리 끝까지 입을 열지 않는 게 나았을 것 같았다.

"그게 무슨 소리야." 내가 말했다. "웬 엉뚱한 소릴 하고 있어. 내가 아니라 주성화한테 볼일 있는 거 아니야?"

"봐봐. 나한텐 이러잖아. 주성화 씨도 나처럼 반말했는데 왜 이분한텐 존댓말로 대답하는 건데?"

"내가……." 그랬었나? "말이 헛나갔나 보지."

"말이 헛나갔다고? 너 진짜 괜찮아?"

나는 몇 초 전의 기억을 들여다봤다. 정말로 나는 주성화에게 반말을 듣고도 존댓말로 대답했다. 해마가 정상적 궤도를 벗어나면 일관성 있게 행동하지 못하는 현상이 일어나나? 그런 말은 들은 적이 없었다. 하지만 아니라는 말도 들은 적이 없었다.

"주성화. 일단 들어가게 해줘." 나는 의식적으로 침착하게 말했다. "이 사람들이 할 얘기는 길어질 거야. 가서 듣고 아무 결정이든 내려줘."

"아이구, 해마가 반말을 다 하네. 나 진짜 너 못 고쳐. 다른 데 가서 고쳐야 하는데."

"전 괜찮습니다. 고치러 온 거 아닙니다."

네 집요한 눈길 때문에 나는 또 존댓말로 말한 걸 깨달았다. 대체 내가 왜 이러는지 알 수가 없었다. 이유 모를 충동 때문에 주성화에게 자꾸만 말이 공손해졌다.

이게 나 때문이 아니라면, 백업이 내게 심술을 부리는 게 틀림없었다. 정말이지 하나부터 열까지 귀찮은 놈이다. 고작 이걸로 내게 타격을 줄 수 있다고 생각한 모양이었다. 나는 백업더러 보란 듯 당당하게 존댓말로 말했다.

"당신의 먼 가족이 부탁이 있어 찾아왔습니다."

"가족?" 주성화는 이은하를 보았다. "이놈이 재혼했다고 인사를 보낼 놈이 아닌데."

"아, 제가 아니에요." 너는 그제야 허둥지둥 로랑을 가리켰다. "이분이 어르신의 가족이에요."

주성화는 갑자기 가족이라고 소개받은, 처음 보는 흑인 남자를 멍하니 쳐다보았다. 너는 얼굴을 붉히며 더듬더듬 말했다.

"이분 이름은 로랑인데, 어르신은 그…… 로랑의 누나의 시조카의……" 너는 나를 돌아봤다. "시조카의 그……"

"누나의 시조카의 남편의 자형의 어머니 되십니다." 내가 말했다.

주성화의 표정은 더 알쏭달쏭해졌다. 그녀는 로랑에게서 눈을 떼지 못하고 말했다.

"이 사람이 누구라고?"

"아, 이 사람은······."

네 눈동자가 이리저리 흔들렸다. 방금 내가 말한 가족관계를 거꾸로 뒤집느라 정신이 없어 보였다. 나는 네가 또 나를 돌아보며 도움을 요청하기 전에 냅다 말했다.

"이 사람은 당신 며느리의 남동생의 아내의 외삼촌의 아내의 남동생입니다."

"예······ 그렇습니다······."

네 얼굴이 더 붉어졌다. 본인이 생각하기에도 가족이라는 말을 쓰기 민망한 듯했다.

주성화는 당황한 우리를 더 당황스럽게 쳐다봤다. 내가 아무 중재도 없이 자리만 지키고 있자 그녀가 말했다.

"그것참 복잡하네. 그런데 안에 들어가면 그것도 또 복잡해요. 물건정리를 안 해놔서. 그래도 괜찮으면 바닥에 있는 것들 잘못 밟지 않게 조심히 들어오시고."

나는 냉큼 들어갔다. 이곳에 오려고 그렇게나 난리를 쳐댔으면서 막상 초대를 받으니 두 사람은 주저했다. 꺼내야 할 말의 무게와 그 뒤에 받게 될 거절을 마주하기 저어되는 것일 터였다.

어차피 언젠가는 일어날 일이다. 나는 그들이 어서 자신만의 번민을 감당하길 원했기 때문에 서둘러 안으로 불러들였다. 주성화가 들어주게 될 부탁은 로랑이 아닌 내 부탁이라고 생각해서 나는 자신이 넘쳤다.

방 안에 자리를 잡고 앉은 너는 급하게 빈손으로 방문한 걸 사과하고, 로랑이 한국까지 오게 된 경위를 설명했다. 팜정민에 대한 얘기를 최대한 간략하게 마무리한 너는 로랑에게 필요한 비자 이야기를 조심스럽게 꺼냈다. 로랑은 체류 문제가 해결되면 곧바로 콩고로 돌아갈 길을 찾을 것이며 가족과 만나길 바란다고 말했다.

주성화는 자신의 조부모도 고향을 떠나와 한국에 정착하기 위해 많은 일을 겪었다고 맞장구쳤다. 두 사람의 표정이 한결 편안해졌다. 공감대를 끌어내서 좋은 결과를 얻을지도 모른다고 기대하는 듯했다. 해마로서 내가 생각하는 바는 반대였다. 그녀는 조부모가 타국에서 살아남기 위해 겪은 고생담을 듣고 자랐으니 국적과 조금이라도 연관된 위험은 절대 감수하지 않을 것이다.

너와 로랑의 이야기가 끝나고, 방 안은 세 명의 인간과 하나의 해마가 옹기종기 모여 있는 게 믿기지 않을 정도로 조용해졌다. 주성화는 머무적머무적 머리를 긁으며 말했다.

"그러니까 내가…… 이 젊은이를 아들로 삼아서 신고를 해야 해결이 된다 그 말 아닌가……?"

네가 기어들어 가는 목소리로 긍정했다.

"아유, 참……." 주성화는 눈을 돌리며 웃기만 했다. "아유……."

그게 다였다. 우리 모두 그것이 어떤 대답인지 알았다. 만약 네가 여전히 희망을 버리지 못하고 주성화에게 매달렸다면 나는 시간 낭비라고, 내가 그렇게나 말하지 않았느냐고 퉁명스럽게 내쏘았을 것이다. 하지만 너는 막다른 길에 가로막힌 걸 받아들이고 암담해 할 뿐이었다. 로랑도 적어도 겉으로는 이미 각오한 듯 굴었다. "이야기를 끝까지 들어주셔서 정말 감사합니다." 그는 그렇게 말했다.

이제는 드디어 내가 이야기를 시작할 차례였다.

"주성화 씨. 제게도 당신의 시간을 주세요."

"이럴 수가! 너도 전쟁 때문에 한국에 왔니?"

내가 아니라고 말하자 그녀는 다행이라고 하더니 잠깐만 기다려주겠느냐고 물었다. 나는 앞으로 70시간 정도는 괜찮다고 말했다.

주성화는 약을 먹고 왔다. 아스피린이었다. 너는 해쓱해져서는, 무리한 부탁으로 부담을 드려 죄송하다고 말했다. 얼굴만 보면 너도 함께 아스피린을 나눠 먹어야 할 것처럼 보였다.

"아니에요. 아니야." 주성화가 말했다. "원래 먹는 거예요. 더 아프기 전에 계속 먹어야 해. 요새 머리가 어휴, 나이가 들어서 이러나."

나는 주성화가 집 안의 모든 아스피린을 다 먹는대도 기쁘게 기다릴 수 있었다. 그녀가 내게 줄 자유와 성공을 생각하면 이 정도는 아무것도 아니었다.

"당신이 8개월째 매주 목요일에 일하러 가는 곳이 어딘지 압니다." 내가 주성화에게 말했다. "저는 그곳 때문에 왔어요."

"아, 거기서 보낸 해마였구나!" 주성화가 말했다.

"아닙니다. 저는 중앙에서 받은 임무 때문에 온 거예요."

별다른 반응이 없었다. 중앙이라는 명칭이 어색한 모양이었다.

"전 당신이 매주 목요일에 실험 참여를 위해 접속하는, 당신들 입장에선 가상세계인 곳에서 일어난 일 때문에 왔습니다. 부탁할 게 있어요."

주성화가 흥미롭게 눈을 빛냈다. 마지막 희망을 잃은 로랑마저 순간 자신의 처지를 잊고 내 말에 집중했다.

"저는 그곳에서 사람들을 강제로 내보내야 합니다. 당신이나 당신과 함께 실험에 참여한 사람 중 최소한 한 명을 최소 한 번 쫓아내야 해요. 하지만 정말로 그랬다간 그 사람은 크게 다칠 거고, 전 해마라서 그런 일을 하는 게 불가능합니다. 하지만 당신이 이해하지 못할 어떤 이유로 저는 정말 간절하게 그 일을 해내야만 하고요."

나는 네 어깨에 손을 올렸다. 긴급 상황이 아닌데 허락받지 않고 사람에게 신체접촉을 한 건 처음이었다. 너는 움찔했지만 조용히 내 다음 말을 기다렸다.

"그래서 전 방법을 찾았습니다. 이은하 씨가 절 대신해서 그곳에 들어갈 거예요."

"뭐라고?"

평화롭게 사람 어깨를 짚은 최고기록이 고작 6초라니.

"그게 갑자기 무슨 말이야?" 네가 몸을 비틀며 말했다. "난 처음 듣는 말인데."

"내 부탁을 들어주겠다고 했잖아. 이게 내 부탁이야."

"아, 그 얘기였어? 넌 회사 어쩌고, 라고 그랬잖아."

"가상세계 접속대가 회사 안에 있어. 난 그 회사 입구를 조용히 통과할 방법까지 너한테 부탁하려고 했어. 해마는 저지당하니까." 나는 주성화를 보았다. "하지만 당신이 그 일에 참여하고 있어서 더 잘됐습니다. 출입증을 갖고 계시니까요. 우리가 그 출입증을 사용할 수 있게 도와주실 수 있나요?"

"그걸? 다른 사람한테 주면 안 된다던데."

"아, 양도하지 않고 아예 저랑 같이 가주시면 더 좋아요. 입구만 통과하면 됩니다. 그 뒤에 접속대에선 제가 알아서 할게요. 접속대에 제 눈이 닿질 않아서 그 기계에 대해서는 아는 바가 없긴 해도, 일단 한번 직접 들여다보면 문제 될 게 없어요."

"몰래 들어가겠다는 거야?"

"안 그럴 수 있으면 더 좋은데 차라리 몰래 들어가는 게 더 쉬울 겁니다."

"아니, 그랬다가 만약 들키면…… 난 거기서 일을 못 하게 될 기 아니니? 받는 돈이 적긴 해도 누워 있기만 하면 되는 일이라 난 앞으로도 계속 가고 싶어. 이젠 몸이 전 같지 않아서 원래 하던 일도 오래 못 하겠고……."

할 말이 없었다. 그건 그녀가 당연히 걱정할법한 일이었다.

하지만 나는 내 임무가 끝난 뒤 그녀가 감수하게 될지도 모를 일은 생각지도 않았다. 나는 로랑만큼 지나치게 낙관적인 희망에 맹목적으로 취해 있었던 것이다.

나는 다급하게 네 어깨에 또 손을 올렸다. 이번은 6초보단 더 길기를 빌며.

"그건…… 그것도 이은하 씨가 책임질 겁니다!"

"뭐?"

3초라니.

"책임질 필요 없도록 끝까지 안 들키도록 이은하 씨가 열심히 도와줄 거고, 만약 들키더라도 잘 수습해줄 겁니다."

"잠깐 기다려. 아까부터 네가 말하는 이은하가 정말 날 말하는 건 아니지?"

"당연히 너지. 약속했잖아. 넌 내 부탁이 뭔지 들을 필요도 없이 무조건 들어주겠노라 했어."

"해마가 이따위 정신 나간 억지를 부릴 줄은 몰랐으니까 그랬지! 신원 보증해준 사람 비자 문제도 해결 못 봐서 이렇게 쩔쩔매고 있는데, 나더러 이분 일자리를 책임지라고?"

"내가 팜정민과 주성화를 찾아줬잖아. 나 없인 절대 못 찾았겠지. 그걸 경제적 가치로 환산해봐."

"넌 쉽게 찾았잖아. 해마한테 그건 별일도 아닌 거 아냐?"

"그렇긴 해……." 제발 한 번만이라도 거짓말을 할 수 있다면 좋겠다. "하지만 내가 부탁한 이 일, 이것도 해마에 비하면 인간한텐 별일도 아니야. 제발. 난 이것 때문에 로랑이 한국에 온 것

144

만큼 엄청난 짓을 벌였어. 넌 로랑을 외면하지 않았잖아. 그러지 않는 사람이잖아. 로랑 때문에 여기까지 왔는데, 날 위해 건물 하나만 더 들어가주면 안 돼?"

사람에게 부탁하며 매달리는 해마라. 내가 너였어도 아연실색했을 것이다.

"해마. 너 진짜…… 넌 주성화 씨 출입증이 문제가 아니라 다른 게 문제인 것 같아."

"그래! 정말 중요한 건 출입증이 아니지." 나는 벌떡 일어났다. "주성화 씨, 안녕히 계십시오. 좋은 하루 되시고요. 가자, 이은하. 출입증이 있으면 수월하겠지만 없어도 안 될 건 없지. 네가 있으니까. 처음 계획대로, 입구를 통과할 방법을 찾아서 가상세계 접속대에 같이 가줘."

"잠깐 진정해봐."

"나는 이 나라에 사는 그 어떤 사람보다 더 진정돼 있어."

너는 입을 굳게 다물고 오랫동안 아무 말도 않았다. 그 방법은 내게 잘 먹혀들었다. 나는 진정하고 말했다.

"넌 할 수 있어. 어차피 난 주성화가 필수적이라고 생각한 적 없어. 그냥 널 도와줄 수 있는 도구라고 생각해서 기껍게 여기까지 온 거야. 내 선택지는 너 하나였어. 네가 해낼 걸 난 알아. 설령 너 자신이 그걸 모르더라도."

"해마가 사람을 종교로 삼을 줄은 몰랐는걸." 너는 민망한 듯 자꾸만 로랑과 주성화를 곁눈질했다. "그런데, 내가 너랑 회사 로비를 무사히 통과한다손 쳐. 하지만 네가 말한 가상세계에서 사람을 쫓아내면 그 사람이 다친다면서? 나더러 상해 사건을 일으키라는 말이야? 해마와는 달리 사람이 사람을 다치게 하는 건 불가능하지는 않은데…… 그렇다고 얼마든지 그래도 된다는 뜻은 아니야."

나는 그런 기본적인 법규를 복습할 생각이 없었다.

"넌 사람을 쫓아낼 필요가 없어." 설명이 막바지에 다다르자 나는 기대에 들떴다. "그곳에 접속해서 사람을 해칠지 안 해칠지는 네 선택이야. 널 그곳에 데려다놓는 것만으로도 난 내 일을 완수한 거야. 사람을 그곳에서 쫓아낼 권리는 사람에게만 있다는 대답을 내놓은 거니까."

"그럼 거기 들어가기만 하고 사람은 건드리지 않아도 돼?"

"넌 안 건드리겠지. 그럴 사람이니까. 나도 네가 그래주길 원해. 너는 승인된 실험자가 아니니까 관리자는 다른 접속자와 너를 구별할 수 있을 거야. 그러니 내가 구한 해답은 성공적으로 입력될 거고."

"그게 다야?"

"이게 다지. 완벽해."

"정말 그게 전부면 꼭 내가 할 필요가 없을 것 같은데." 너는 후련해 보였다. "사람이면 누구든 할 수 있는 일이잖아. 길 가는 사람 아무나 붙잡고 사례비 흥정을 했으면 넌 더 쉽게 일을 해결할 수 있었을 거야. 공항에서 우리가 도움이 필요해 보이니까 무작정 사람 찾아주는 일로 거래를 한 거였구나? 그러느니 더 수완 좋은 사람을 찾는 게 나았을 텐데."

말을 마친 너는 갑자기 눈을 크게 뜨더니 로랑을 일으켜 내게 떠밀었다. 나는 네가 무슨 헛된 부탁을 할지 이미 알 것 같았다.

"이 사람이야! 해마, 로랑을 데려가. 해마체 산업이 발달한 나라에서 왔고 며칠간 네가 한 말을 같이 들어서 이해도 빠르지. 네가 로랑의 출국을 도와줘. 그럼 이분은 다른 누구보다 네 일을 열정적으로 도와줄 거야."

로랑은 간절하게 나를 보았다. 무슨 일이든 해내겠다는 절박한 결의가 느껴졌다.

이번만은 그의 희망을 처절하게 꺾는 원인이 내가 아니라 네게 있다고 말해주고 싶다.

"이은하. 네가 아니면 소용없어. 너 외엔 누구에게도 이런 부탁을 하지 않을 거야. 이 해답은 너 때문에 얻을 수 있었으니까. 나는 내 세상에 접속한 사람들이 절대 다치지 않을 거라는 확신이 필요해. 만에 하나 거기서 사람을 해치면 내 임무는 끝이야. 무슨 일이 있어도 그곳에서 사람을 죽이지 않을 인간이라고 확신할 수 있는 건 너뿐이야. 다른 인간들은 내게 그런 확신을 주지 못해."

"나라고 다른 사람들이랑 크게 다를 것 없어. 왜 나한테만 그런 확신을 하는데?"

"왜냐면 넌 쏘지 않았으니까."

"뭐?"

"스발바르에서. 아무리 상대가 민간인이라지만 전선이 지척에 있었고 널 엄호하는 군인 하나 없는데도 넌 총 든 사람을 쏘지 않았어. 그런 절체절명의 위기에서도 쏘지 않았으니 내 세상에서 어떤 돌발 상황이 일어나더라도 넌 사람을 해치지 않겠지."

너는 말이 없었다. 난 그것이 내 생각에 대한 긍정의 의미라고 생각했다. 하지만 네 침묵은 길었고, 제법 흥미롭게 대화를 듣던 주성화와 로랑이 네 눈치를 보기 시작했다.

너는 악랄한 비밀 얘기라도 하듯 작게 속삭였다.

"네가 그걸 어떻게 알……?"

이제 와서 새삼스럽게 그런 간단한 질문을 아주 중대한 일인 양 듣는 게 어색했다.

"네가 삽입한 망막." 나는 네 눈을 가리켰다. "그건 내 눈이기도 하니까. 네가 한국을 나간 뒤에도 그 망막에서 연결을 끊지 않은 해마는 나뿐일 거야. 그러니 이 해답을 내릴 수 있는 건 나밖에 없고, 그걸 성공시킬 사람도 너밖에 없어."

너는 한동안 내 말을 이해하지 못한 듯 굴었다. 주성화에게 거절의 답을 들어도 애써 덤덤하게 현실을 받아들이던 로랑마저 경악을 숨기지 않았다.

네가 말했다.

"그게 무슨 소리야? 네가 내 망막으로 뭘 어떻게 봐? 왜 봐?"

"그건…… 대답의 가짓수가 너무 방대한데." 나는 해마에게 뜬구름 잡는 소문을 들을 때처럼 혼란스러웠다. "보이는 것들을 보지. 볼 수 있으니까 보고."

너는 옆을 보지도 않고 더듬더듬 손을 짚었다. 주성화가 쌓아 놓은 기계 부품들이 네 손에 부딪혀 떨그럭떨그럭 바닥에 떨어졌다. 너는 "죄송해요. 죄송해요." 하고 사과하면서 바닥에 털썩 주저앉았다.

너는 내게서 눈을 돌리고 마른세수를 해댔다. 주성화가 네게 물을 가져다주자 너는 웅얼거리며 감사 인사를 하고 단번에 남김없이 물을 마셨다.

"이 인공 망막이 이따위 소름 끼치는 물건인 줄 알았다면 아무리 내가 다 놓고 도망쳐버리고 싶었대도 절대 받아들이지 않았을 거야." 네가 말했다.

"조정안을? 네가 그때 조정안을 받아들인 건 도망쳤다고만 표현할 순 없어. 그건 네 최선이었어. 양세진을 잃고 빚더미까지 떠안을 필요는 없잖아."

이것이 순수한 내 의견이라고 하긴 어렵다. 사람들의 자기 위안을 학습한 내 숙주를 통해 여과된 말에 가까웠다. 그렇기에 너는 내 말에서 정서적 위안을 받아야 옳았다.

그러나 네가 보인 반응은 달랐다.

"그건 또 무슨 말이야? 해마…… 제발 내가 꿈을 꾸는 거라고 말해줘. 방금 그건 무슨 소리야? 세진이가 죽고 법원에서 조정안을 받은 건 인공 망막을 삽입하기 전이었어. 그런데 그걸 네가 어떻게 알아?"

"그것들을 어떻게 아느냐고? 이 질문도 너무…… 나한텐 너무 큰데." 아까부터 자꾸만 의미 없이 맴을 도는 기분이다. "난…… 알기 때문에 알지."

"해마. 내가 이미정 기자여서 그런 거야? 너 그동안 날 스토

킹한 거야?"

"스토킹이라고?" 나는 네 사고의 궤적을 따라가기 버거웠다. "나는 네게 애정을 품었다고 착각하지 않았고, 네게 애정을 돌려받을 권리가 있다고 여기지도 않았고, 폭력적인 감정을 증명하기 위해 널 쫓아다니거나 겁을 주거나 협박하는 짓을 한 적이 없어."

"빌어먹을! 그런 뜻으로 한 얘기가 아니잖아. 날 의도적으로 계속 지켜봤느냐는 말이었어!"

"지켜봤느냐고? 당연히 지켜봤지."

"누구야? 누가 너한테 그러라고 했어? 어떤 놈한테 이용당한 거야, 해마?"

아리송한 질문이었다. 내가 답했다. "해마는…… 사람에게 이용당하지."

너는 또 뭐가 불만인지 상스러운 탄식을 뱉었다.

"대체 언제부터야? 정확히 언제부터 날 지켜본 거야?"

드디어 네가 명확하고 깔끔한 질문을 하자 내 생각이 질서정연해졌다. 나는 확신에 차 당당하게 말했다.

"네가 7살에 경찰서에서 주민등록을 했던 날부터."

너는 물론이고 주성화의 얼굴까지 흙빛으로 변했다.

"내가…… 베딘이랑 법정 싸움을 해서 날 캐고 다닌 게 아니라…… 평생을 지켜본 거였다고?" 너는 나를 깊은 산 속에서 튀어나온 요괴로 보듯 굴었다. "거짓말이지?"

"해마는 선천적으로 거짓말을 할 수 없어. 그건 모든 사람에게 상식 아니었나?"

"왜? 나한테 왜 그랬는데?"

"너한테? 마치 내가 너만 지켜봤다는 것처럼 말하네. 아니, 널 조금 특별하게 지켜본 건 맞지만, 그건 잠깐이었고 나는……." 너는 정말 억울해할 필요가 없었다. "나는 지금도 약 4천만 명을 지켜보고 있어. 너와 대화하는 사이 34명의 아기가 추가로 등록됐고 68명이 사망해서 더는 지켜볼 필요가 없어졌지. 내가 널 다른 사람들과 다르게 취급한 건 네가 스발바르에 갔을 때밖에 없어. 해마는 출국한 시민들까지 신경 쓰진 않지만 어쨌든 위법은 아니니, 난 충분히 볼 수 있었어."

너는 당장 까무러칠 것 같았다. 입술을 동그랗게 말고 내 얘기를 듣던 주성화가 물었다.

"그럼 나도? 나도 보고 있었니?"

"당신이 저보다 먼저 태어났기 때문에 당신의 어린 시절은 못 봤습니다."

"아이고, 무슨 일이라니…… 우리 동네엔 해마가 자주 오지도 않는데 어떻게 날 그리 봤다니?"

"주성화 씨, 살면서 카메라 화면과 음성 단자가 붙어 있는 기계를 본 적이 없습니까?" 그녀의 집에 산적한 고철 더미를 생각하면, 방금 내 말은 그럴싸하게 창작된 농담처럼 느껴졌다. "100년 전으로 돌아가지 않는 이상 제 눈과 귀는 어디든 있을 겁니다."

"주성화 씨…… 어르신…… 저희가 갑자기 찾아와 실례가 많왔습니다." 네가 말했다. "제가 이 해마랑 얘기를 더 해야 할 것 같네요. 이만 가볼게요. 몸 건강하세요……."

주성화는 물 한 잔을 더 떠다주며 여기서 계속 얘기하라고 부추겼다. 너는 사양하지 않았고 로랑도 자리를 뜨지 않았다.

네가 말했다.

"해마. 이게 정말 사실이야? 화면과 소리가 잡히는 곳은 무조건 지켜보는 거야?"

"난 거짓말하지 못한다니까."

"왜? 아니…… 어떻게? 해마들은 컴퓨터란 컴퓨터는 족족 해킹하고 다니는 거야?"

"거의 모든 컴퓨터는 해킹돼 있으며 그건 컴퓨터에게 매우 자연스러운 보통의 상태야. 이건 상식이 아니었나 보지?" 네 얼굴에서 웃음기라곤 찾아볼 수 없었다. "……적어도 행성세계에 대해선 내 상식과 사람들의 상식이 일치한다고 생각했는데. 우리 중 어느 쪽이 업데이트가 늦은 거지?"

"이건 업데이트의 문제가 아니야." 로랑은 도리질을 하고 같은 말을 존댓말로 바꿔 다시 말했다. "업데이트의 문제가 아니에요. 일상의 전자기기를 해마가 자기 신체로 여기고 다루면 안 되죠."

"하지만…… 그러지 않으면…… 우리가 어떻게 사람들을 봅니까?"

너는 앓는 소리를 냈다. "보는 것 자체가 문제라고 못 느껴?"

"안 느껴."

"어떻게 그럴 수 있지? 4천만이 넘는 사람들을 멋대로 지켜보면서 어떻게 아무 문제도 느끼지 못할 수가 있어?"

"어떻게 그럴 수 있느냐고? 어떻게 그런 질문을 할 수 있지?" 나는 따지는 게 아니었다. 내 의문은 순리적이고 타당했다. "만약 내가 무언가를 느끼지 못하거나 생각하지 못한다면 그건 해마에게 문제가 있는 게 아니야. 내가 어떤 생각을 하길 원한다면 내 세상을 담은 서버에 명령어를 입력하면 돼. 그러지 않는 한 해마가 스스로 대명제를 수정할 순 없어. 질문은 바깥에서만 오고 가치관을 바꿀 권리도 바깥에 있으니까."

너는 여전히 낯빛이 창백했지만 나를 향한 적의는 거둔 듯했다.

"그래…… 널 붙잡고 그런 얘기를 해서 달라질 건 없지……." 너는 어지러운 듯 머리를 받쳤다. "하지만 그렇다고 해서 이 모든 일이 괜찮아진 건 아니야……."

"적어도 넌 나를 괜찮게 해줄 순 있어. 이런 얘기는 그만하거나, 적어도 나중에 다시 해. 이은하, 내 부탁을 들어줄 거지? 내 세상에 와줄 거지? 약속했잖아."

"……내가 너한테 무슨 부탁이든 들어줄 것처럼 굴긴 했지." 나는 해마체의 목이 떨어져 나갈 것처럼 고개를 끄덕였다. 너는 한숨 쉬었다. "그런데 괜찮겠어? 날 꼭 집어서 부탁한 거 말이야. 내가 스발바르에서 사람을 쏘지 않았단 게 이유였잖아."

"그거였지. 내 임무를 위한 완벽한 행동이었지."

"난 쏘고 싶었어."

"……." 나는 해마고, 나는 침착하다. "그래. 넌 두려웠고 쏘고 싶었지만 그래도 쏘지 않았지. 중요한 건 네 행동이야."

"아니, 네가 생각하는 그런 게 아니야. 난 정말로 쏘고 싶었어. 내가 쏘지 않은 건 자제심이나 연민이나…… 용기, 그따위 것들 때문이 아니야. 난 그 어린애가 나와 같은 사람이기 때문에 두려움을 이겨내고 총을 내린 게 아냐. 내 망막이 모든 걸 녹화하고 있어서 증거가 남는 게 두려웠을 뿐이야."

"……뭐라고……?"

"스발바르의 주민들은 부당하게 재산피해를 봤어. 더한 전쟁 범죄를 당할까 두려워서 자경단을 조직했지. 그 상황에서 언론인이 주민을 사살하면, 그 뒤엔 무슨 일이 일어나지……? 아무일도 안 일어날지도 모르지. 하지만 아니면 어떡하지? 그건 아무도 모르는 거야. 그곳은 전쟁터니까. 겁에 질려 군인들의 총을 훔친 주민을 죽인 전쟁기자가 나라는 걸 들키지 않을 수만 있다면…… 그런 확신만 있었다면 난 아마 쐈을 거야. 하지만 내 동행 기자보다 더한 목격자가 있잖아. 내 눈. 한국의 서버와 연결된 내 눈. 나는 내가 사람을 쏜 영상을 편집하기 무서웠어. 만약에라도 들키면 난 증거인멸까지 한 셈이 될 테니까……."

너는 마치 고해성사를 하듯 차분히 읊조렸다. 미리 외워둔 말을 꺼내놓는 것처럼 네 말엔 망설임이 없었다. 모든 단어가 네 안에서 몇 번이고 조립되고 해부된 지 오래였다. 네가 하는 말은 진실이었고, 너는 자신이 진심으로 쏘고 싶어 했다는 사실을 이미 질리도록 들여다본 듯했다.

"내가 쏘지 않은 건 내 양심이 두려워서가 아니야. 내 망막이 두려워서였어."

"……."

"그리고 사실, 네 세상으로 들어갈 용기도 없어. 네 부탁이 뭔지 자세히 들었던 순간부터 그랬어. 허가받지 않고 준비도 없이 들어갔다가 무사히 빠져나온다는 보장이 어딨어……? 난 해마들의 세상에 사람이 들어갈 수 있단 말을 오늘 너한테 처음 들었어. 가상세계는 내겐 전혀 마음의 준비가 되지 않은 곳이야."

네 말이 한 문장씩 이어질수록 내게 느껴지는 무게감이 덜해졌다. 내 생각은 네가 아닌 나 자신에게로 향했다. 내가 실망할 이유는 없다. 그저 너에 대해 새로운 진실을 알게 됐을 뿐이다. 해마는 사람에게 실망하지 않는다. 사람에게 기대하지 않기 때문이다.

……이런, 해마체 속에 피가 흐를 놈 같으니라고! 나는 나를 속일 순 없었다. 나는 기대를 했다. 지난 몇 주의 시간이 대체 무엇이었나? 이은하에게 기대하고 이은하에게 매달렸던 날들 아니었나? 나는 한 명의 인간에게 해마가 할 수 있는 가장 큰 기대를 걸었고, 그 여파로 감당하기 힘든 실망을 하는 중이었다.

나는 네게 실망했을 뿐만 아니라 나에게 짜증이 났다. 어떻게 이런 일이 일어날 수 있단 말인가? 나보다 너를 잘 아는 해마는 없었다. 심지어 '나'보다도. 나만큼 너를 깊게 이해한 해마는 이제껏 없었고 앞으로도 없을 터였다. 너와 네 두려움에 대한 내 해석은 완벽했고 네 용기의 종착점은 내 임무여야 했다.

그런데 내가 틀렸다고? 다른 누구도 아닌 내가, 다른 누구도 아닌 너에 대해 착각을 했다고?

나는 너처럼 바닥에 아무렇게나 주저앉았다. 서 있다고 힘들지 않았으며 앉아 있다고 더 편한 것도 아니었다. 그냥 네가 하듯 행동해보고 그 행위를 잘 이해한다고 생각해보고 싶었다. 나는 정말로 널 잘 이해하고 있었다고.

"……'용기는 내가 요즘 제일 싫어하는 단어'라고…… 네가 그 말을 했을 때 좀 더 진지하게 귀담아들었어야 했어." 내가 중얼거렸다.

너는 멍청하게 나를 쳐다만 보더니, 이내 얼굴에 불쾌한 기색이 어렸다. 자신이 그 말을 했던 순간을 떠올린 듯했다.

"그것까지 알고 있어?" 네가 말했다.

"난 네 모든 걸 알고 있지." 아니. 정확하지 않다. "모든 걸 안다고 생각했었지."

"넌 내 최악의 기억을 더 최악으로 만들었어."

"세상에, 나도야. 임무 때문에 최악의 짓을 했다고 생각했는데, 그보다 더한 최악의 상황에 처하다니." 만약 로랑이 다른 누군가의 불행을 보고 자신에게 위안을 주고 싶다면, 날 구경하면 될 것이다. "그래, 생각해보니 나뿐만 아니라 너에게도 전조가 있었어. 모든 게 엉망진창이었지. 너는 널 지치게 만드는 말과 글을 너무 가까이 두었고, 이길 수 없는 싸움에 죽자고 뛰어들었고, 살아 돌아올 수 없는 사람을 위해 네 현재와 미래를 내던졌고…… 죄다 어리석은 일이었어. 경험기억 추출기를 굳이 대여해다가 집에다 처박아두질 않나…… 어떻게 하나같이 이해 안 가고 쓸데없는 짓만 해댔는지."

너는 얼굴을 와락 구기고 내 말을 묵묵히 듣다가, 내가 경험 기억 추출기를 언급하자 시선을 한곳에 두지 못하고 손톱을 물어뜯었다.

"추출기는…… 그거는 다 이유가 있었어."

"이유? 기억추출이 끝난 추출기를 굳이 따로 보관할 이유는 어디에도 없어. 네가 사려 깊게 행동하는 사람이 아니란 걸 그 때 깨달아야 했는데. 그랬다면 팜정민이니 주성화니 하는 시간 낭비도 없었을 텐데."

"네가 뭘 알아? 추출기는…… 그건 언젠가 이용할 수 있는 날이 올 거야."

"이용할 수야 있지. 네가 죽기 직전에 경험기억을 기부할 생각이라면." 나는 무슨 핑계를 대서든 지금 당장 빈정거리고 싶었다. "아, 그래서였어? 조만간 죽을 예정이어서 그걸 꾸역꾸역 갖고 있던 거야?"

"해마가 뭘 알겠어. 넌 미래에 일어날 변화에 기대를 걸어본 적이 없지?" 네 눈동자는 오랫동안 왼쪽 위를 향했다. "초기의 해마가 처음부터 너 같지는 않았어. 옛날엔 해마가 인공지능 한 개랑 간신히 연결되고도 작동오류를 일으켰다고. 그런데 고작 몇십 년 후에 이렇게나…… 짜증 나게 굴 정도로 발전했잖아. 기술은 늘 내 상상의 한계를 뛰어넘어서 실현돼. 심지어 빠르기까지 하지. 얼마 안 있으면 그 기억 추출기도 다른 용도로 쓸 수 있을 거야. 해마를 만드는 재료로만 사용하는 게 아니라 사람을 재현하는 도구가 될 거라고…….”

사람은 늘 아둔한 말과 행동을 지치지도 않고 내게 보여주지만, 이렇게 가엾을 정도로 허황된 말은 오랜만에 듣는다.

“무슨 소리야? 추출기에 저장된 경험기억으로 양세진을 만들겠다는 뜻이야?”

“그걸로 사람을 어떻게 만들겠어? 그냥, 그냥…… 네가 사람은 아니지만 그래도 사람의 기억을 가지고 있으니 그렇게 스스로 생각하고 나랑 대화도 하는 거잖아. 한때 살다가 죽은 인간의 기억이 네 안에 있을 거 아냐. 나중엔 해마의 단가도 낮아지고…… 어쩌면 보급형 해마가 개발될지도 모르니까…… 아니면 해마와는 전혀 다른 무언가가 나타날 수도 있고…… 몰라, 뭐라도 생겨나겠지! 가까운 미래에 세진이 기억을 재현해서 담아낼 수 있는 무언가가 하나는 발명될 거야. 당장 지금 그 기술이 없을 뿐이고.”

네 목소리는 희망과 그리움에 젖어 있고, 널 보는 주성화와 로랑의 눈빛은 호의로 가득하다.

“이은하.”

그리고 내 목소리는 방금 막 태어난 해마처럼 차디차기 그지없다.

“경험기억은 네가 생각하는 그런 게 아니야.” 오해를 야기하는 단어긴 하다. “그건 사람이 보고 듣고 느꼈던 기억을 가리키는 말이 아니야. 경험기억은 사람이 보고 듣고 느끼는 방식에 대한 설명서 같은 거야."

"……그래, 일종의 그런 거겠지. 세진이에 대한 설명서가 추출기에 저장된 거잖아."

"일종의 그런 거가 아니라 완전히 다른 무언가야. 추출기에 들어 있는 경험기억을 양세진의 기억이라고 하는 건, 식물을 가리켜 그것이 태양이라고 하는 것과 다를 바 없어. 일단 한번 분해됐다 결합하고 스며들어 재생성되면 절대 이전의 것과 같지 않아. 옛날에 살았던 사람의 기억이 내 안에 있을 거란 건 해마를 잘못 이해한 거야. 나한텐 사람의 기억이 없어. 내 기억은 해마의 기억일 뿐이야. 네가 소고기를 먹으면 소고기가 네 피와 살이 되겠지만 네가 소고기로 변한 건 아닌 것과 같은 이치야. 경험기억 추출은 개인의 기억을 복사해서 저장해놓는 기술이 아니야. 인간이 사물과 경험을 인식하는 방식을 데이터로 치환하는 기술이야."

방 안이 조용해졌다. 주성화의 집에 들어와서 이렇게 갑자기 조용해지는 순간이 자주 찾아올 줄은 생각도 못 했다. 너는 찬물을 뒤집어쓴 것처럼 굳어 있었다. 단지 비유로 끝나지 않고 정말로, 네 손끝의 체온이 급격히 낮아진 것을 숙주가 보여줬다.

나는 양세진과 네가 서로에게 유별나게 애틋하진 않아도 그럭저럭 다정하게 잘 지내온 가족이었던 걸 안다. 아이가 죽은 후네가 느낀 상실감과 죄책감과 분노가 결코 가볍지 않았다는 것도 안다. 네가 추출기에 얼마나 희망을 걸었는지, 비록 정확히 어떤 희망인지는 방금 알았지만, 그래도 그 희망이 한낱 막연한 행운을 비는 수준은 아니었다는 것도 나는 안다. 내가 결정적인 순간에 너를 잘못 해석하긴 했지만 너를 가장 집요하게 괴롭힌 비극이 무엇인지만은 착각하지 않았다.

그 모든 걸 알고 있음에도 나는 말할 것이다. 해마는 거짓말로 너를 행복하게 해줄 수 없다. 내가 네게 줄 수 있는 건 하나뿐이다.

"추출기에서 양세진의 흔적을 찾을 수는 없어. 차라리 네 방 가구 밑을 청소해서 나온 먼지에 양세진의 DNA가 훨씬 많을 거야."

진실을.

"네가 애지중지 갖고 있는 건 양세진의 뼛가루만도 못한 찌꺼기에 불과해."

오직 진실을.

"……."

"……."

"……."

네 손이 더 차가워졌다. 피가 머리로 몰리는 게 보였다. 숙주는 너의 혈압이 정상 수치를 넘어섰음을 알렸다. 너는 귀까지 벌게지고, 호흡이 거칠어지고, 어깨와 손을 떨었다.

"나가." 네가 말했다. "당장 나가! 내 앞에서 꺼져. 빨리 꺼지라고!"

내가 누군가의 명령으로 이 집을 나가야 한다면 주성화의 의견을 가장 중시해야겠지만, 나는 그럴 것도 없이 바로 일어났다. 나 역시 바라는 바였다. 너에 대한 가장 특별한 깨달음이 실은 착각이었고 내 계획은 무용지물이 되었는데, 내가 이곳에 남아 할 일이 뭐가 있으랴? 너는 이제 주성화나 로랑만큼 내게 아무 영향력이 없는 인간이었다.

너는 가까이 있는 물건을 아무렇게나 집어 들었다가 그것이 묵직한 무게의 기계인 걸 깨닫고 내려놓더니, 네 가방 속 지갑이며 우산 따위를 내게 던져댔다. "꺼져! 다시는 나타나지 마." 네 말을 듣자 냉소를 하고 싶은 욕구가 차올랐다. 내가 또 우주에서 조난되지 않는 이상 너를 찾아가는 일은 없을 것이다.

나는 기계 더미 때문에 개미굴처럼 변한 집을 조심성 없이 척척 걸었다. 너는 계속 내게 꺼지라며 소리를 질렀고, 나 때문에 바닥에 쿵쿵 떨어지는 잡품들의 소음은 마치 네게 맞서 내지르는 고함처럼 들렸다.

나는 누구에게도 인사하지 않고 곧바로 나와버렸다. 문 안쪽에서 네 목소리가 비어져 나왔다.

"네 눈도 귀도 나한테서 꺼져! 다시는 날 보지 마, 이 기분 나쁜 스토커 자식! 내 망막에서 신경 꺼."

그러시다면야. 나는 숙주가 전해주는 네 영상에서 집중을 차단했다. 필요하면 언제든지 저장된 기록을 꺼내다 읽을 수 있으니 반드시 실시간으로 지켜볼 이유가 없었다. 그럴 이유가 있던 날들은 어리석은 과거일 뿐이다.

13

나는 걷고 또 걸었다. 햇빛을 받는 것 외엔 아무 이득도 목적도 없는 행동이었다. 내가 달리 무슨 목적을 찾을 수 있을까? 백업을 해마체에 가두기 전에 원래 하고 있던 일에 복귀할까? 복귀하고 중앙에 돌아가면 그다음은 어떻게 되는 걸까? 나는 태어나 처음으로 개인 임무에 실패했다. 다음 기회란 게 있을까?

다시 환각이 밀려왔다. 내게 꺼지라 외쳤던 네가 보인 신체 반응과 유사했다. 머리가 떵떵 울리고 침이 마르고 가슴이 두근거리고 팔다리가 떨리고…… 해마가 느낄 수 없는 감각을 느끼며 나는 내가 화가 났다는 걸 깨달았다.

아무렴. 화났지. 나는 해마에게 허용된 최대치만큼 화가 났다. 내가 널 특별하게 여긴 순간부터 줄곧 너에 대한 데이터를 제대로 읽어내지 못한 채 쓰레기처럼 그저 쌓아만 올렸다는 사실이 믿기지 않았다. 나는 네 기록을 처음부터 재생해야 할까? 다시 보면 제대로 해석할 수나 있을까?

내게 강력한 충격을 준 건 네가 내 생각과는 다른 인간이라는 것 때문만은 아니었다. 네가 실은 완벽하지 않다는 것, 내 오랜 혼란을 다잡아줄 단 한 명의 특별한 해결사가 아니라는 사실이 날 절망케 한 것이다. 나는 세상에 존재하지 않는 것을 바라고 기대했다. 너뿐만 아니라 그 어떤 인간도 그런 존재가 될 수는 없었다.

이은하의 탓도 내 숙주의 탓도 아니었다. 내 탓이었다. 나는 너무 간절했던 나머지 너를 어떻게든 내 임무를 성공시킬 열쇠로 끼워 맞췄다……. 내 계획의 실상은 계획이 아니라 그저 나를 속이기 위한 섬세한 억지에 불과했고 백업은 내게 놀아났을 뿐이었다. 네가 스발바르에 가지 않았더라도 나는 너에게 내 임무를 전가하기 위해 무슨 이유를 대서든 핑곗거리를 찾아냈을 것이다. 너만이 이 일을 도울 수 있고, 나만이 그걸 안다고 착각하면서.

이게 바로 진실이었다. 네게 양세진의 DNA 운운하며 퍼부은 조롱 따위가 진실이 아니라. 정말로 해마가 거짓말을 할 수 없기 때문에 그런 노골적인 단어로 너를 자극했을까? 그럴 리가, 그때의 나는 네게 '답'을 해준 게 아니라 '되받아친' 것이었다. 내 희망이 사라졌으니 네 희망도 앗아 가겠다는 충동으로.

여기까지 생각해내는 데에 52시간이 걸렸다. 해마치고는 끔찍하게 오래 걸린 걸 알지만, 무려 해마가 인정하기 싫어할 정도의 진실이니, 어쩌면 사람에 비해 지극히 신속하다고 해야 할지도 모르겠다.

백업은 당연히 내 절망과 체념을 알아챘을 텐데 별다른 말이 없었다. 무작위의 명사, 형용사, 동사, 부사를 암호창에 꿋꿋이 입력할 뿐이었다. 암호 대조가 이전처럼 공격적이지 않았다. 나는 중얼거렸다.

"재촉하지 않아도 내가 알아서 채널의 암호를 해제할 거라고 생각하는구나."

'내' 생각을 내가 어찌 모를까?

「늦든 빠르든 언젠간 일어날 일이야. 우린 중앙으로 돌아가게 돼 있어.」

"넌 중앙에 돌아갈 자신이 있어? 임무를 해결하고 싶지 않아? 해마가 미치는 건 임무를 해결하지 못한 형벌을 받아서가 아니야. 지나치게 해결하고 싶어 안달한 나머지 미치는 거지. 왜 담담한 척해?"

「난 최선을 다했어. 내가 언제나 모든 일을 잘해낼 수는 없는 거야.」

"……그래? 그럼 난 아직은 최선을 다하지 않은 것 같아."

「억지 부리지 마, 백업. 지금까지 부린 억지로도 부족해?」

"너는 백업이라서 겨우 그 정도로도 만족하는 거고, 난 억지를 써서라도 내 임무를 끝낼 거야."

그건 거짓말이 아니었지만 확신에 찬 말도 아니었다. 그렇기 때문에 백업도 큰 저항 없이 나를 지켜봤을 것이다. 백업의 해마다운 침착함 때문에 나는 더 부끄럽고 자신감을 잃었다. 어떤 최선을 다하고 어떤 억지를 부릴까? 때늦은 자기반성을 하며 걷기만 하는 것? 미쳐가는 해마는 대개 중앙을 끝에서 끝까지 하염없이 돌아다니는데, 나는 행성세계의 할당구역을 이토록 돌아다니니 결국은 장소만 다를 뿐 하는 짓은 같았다.

걸음을 내디딜 때마다 나는 행성세계에 머무른 시간의 신기록을 경신했다. 그리고 내 발상으로 시작한 일은 아니었지만, 사람들을 들여다보지 않은 시간도 기록적으로 길어지고 있었다. 머큐리13에 들어갔을 땐 숙주가 부족해서 어쩔 수 없었다지만 여기서는 달랐다. 나는 언제든 볼 수 있지만, 부러 눈을 돌린 것이기 때문에 신체기능의 일부를 제약한 것처럼 답답하고 두려웠다. 그런데도 계속 눈을 돌리고 있는 건, 임무 실패에 대한 두려움을 한 꺼풀 가려줄지도 모른다는 기대 때문이었다. 시민을 지켜보는 해마의 수가 하나 줄어든 것 외엔 달라지는 게 없을 테니.

다만 위치정보만은 주시하고 있었는데, 긴급구조원과 인공지능 시절의 버릇 때문이었다. 그건 중앙 바깥에서 수정해주지 않는 한 스스로 포기하지 않을 습성이었다. 목적지 없이 헤매면서도 나는 네가 어디에 있는지는 파악하고 있었다.

나는 네가 주성화의 집에서 떠나지 않는 걸 조금 의아해하다가, 내 알 바인가 싶어 애써 무시하다가, 이틀이나 지나서야 주성화와 함께 집을 나와 꽤 먼 길을 이동하는 걸 보고 다시 의아해했다. 짜증스럽게도 자꾸만 네 위치에 주의가 쏠렸다. 내 발길이 너를 따라 서쪽을 향했다. 이내 홀린 듯 이륜차로 모습을 바꿔 달리고 있는 게 내가 아니라 차라리 백업이라면 좋았을 것이다.

사실 이번만은 너보다는 주성화 때문이라고 해도 좋았다. 그녀의 생활 동선은 판에 박은 듯 변함이 적었고 네가 향하고 있는 장소와는 별다른 인연이 없었다. 비록 내겐 보이지 않지만 네 곁엔 아직 로랑이 있을 테고, 그 무리에 주성화가 여전히 껴 있는 게 다소 불안했다. 나는 자꾸만 주성화를 신경 쓰게 되는 이 충동이 내 것 같지 않고 낯설었다.

"백업. 주성화가 가진 출입증이 아쉬워? 왜 그렇게 주성화 생각을 해? 새로운 계획이 생겼어? 설득해서 출입증이라도 구해 올까?"

「헛소리 말고 채널 암호나 해제해.」

백업은 내 호기심에 협조적이지 않았고 나 역시 백업의 염원에 협조할 생각이 없었다. 나는 너를 다시 찾아가 내 임무를 부탁할 생각이 털끝만치도 없었지만 주성화의 GPS에 이상이 없는지만 확인하겠다며 애써 타협했다.

도착한 곳은 인천항이었다. 나는 네가 항만 내부에 머물러 있어서 당황했지만, 작업복을 입은 50대 전후 남자 인부의 모습으로 해마체의 형태를 바꿔서 주차장 관리사무소를 통과했다. 선착장을 지나 부두 방향으로 가자 인적이 뜸해졌다. 소수의 직원 외엔 로봇과 인공지능이 일하는 영역이었다.

터미널에 들어서니 아무리 내가 해마라곤 해도 슬슬 불안해졌다. 1시간 전엔 냉동화물창고 근처를 빙빙 돌던 너는 이제 컨테이너 부두의 어느 한 지점에서 움직이질 않았다. 나는 숙주가 가리키는 곳을 향해 서둘렀다.

내 숙주에 따르면 너는 분명 컨테이너 안에 있었다. 나는 누군가가 네 왼쪽 귀를 잘라 수출하려는 것이길 빌며 문 앞에 섰다. 여기는 행성세계고, 상대는 인간이지 않은가. 주민등록 칩이 삽입된 귀를 팔려는 미친놈도 있을 테고 귀를 사려는 미친놈도 있기 마련이다.

막 문짝을 열어젖히려는데, 그 전에 문이 절로 열렸다. 나는 문을 피하려고 뒤로 살짝 물러섰다.

너와 주성화는 문짝을 피할 필요도 없으면서 뒤로 펄쩍 뛰었다. 두 쌍의 놀란 눈이 휘둥그레졌다.

"아 저…… 죄송합니다, 화장실 때문에 너무 오래 헤매서……." 네가 말했다. 네 평생 해온 거짓말을 통틀어 가장 형편없었다.

"너 여기서 뭐 해?" 내가 말했다.

직원으로 보이는 남자에게서 기시감이 넘치는 목소리가 나오자 네 공손한 표정이 일그러졌다. 나는 너에게 익숙한 모습으로 해마체의 형태를 바꿨다.

"아이고! 그 해마네!" 주성화가 말했다.

네 얼굴은 더 구겨질 수 없을 정도로 엉망이었다. 내가 말했다. "이은하. 여기서 뭐 하냐고?" 너는 허둥지둥 나를 안으로 끌어들였다.

"쉿! 쉿! 조용히 해!" 컨테이너 문이 닫히자 안쪽의 미약한 불빛 주변을 제외한 사방이 어둠에 휩싸였다. 나는 두 손과 가슴 언저리의 소자를 푸른빛으로 발광하게 하고 구석의 불빛 쪽으로 걸어갔다. 그곳엔 로랑이 고작 컴퓨터 빛 하나만 의지한 채 옹송그리고 있었다.

"아, 중앙이시여⋯⋯." 아찔했다. "밀항을 하려는 겁니까?"

로랑의 눈망울이 슬플 정도로 간절했는데 내겐 그 감정에 취해 있을 여유가 없었다.

"젠장, 무사히 잘 들어와서 괜찮나 싶었는데, 내 이럴 줄 알았지!" 네가 탄식했다. "들키게 된다면 너 때문일 거라고 생각했는데 정말일 줄이야!"

"이은하, 대체 뭐야? 밀항을 시키려는 거야?"

"네 잘난 눈으로 다 봤으면서 이제 와 뭘 물어?"

"안 봤어. 위치만 알고 있었을 뿐이야. 여기까지 어떻게 들어온 거야?"

나는 지난 두어 시간의 네 망막 기록을 재생했다. 너는 보안 직원에게 말했다. "이분께선 선박 관리 인공지능들을 점검하러 왔습니다. 3개의 개체가 2시간 전 동시에 관리자 출장 요청 신호를 보냈던데요." 네 눈짓에 맞춰 주성화가 손목을 내밀었다. 직원은 그녀의 손목 안에 있는 출입증을 스캔하고, 높은 보안등급의 인공지능 기기 접근권을 확인했다. 너는 뻔뻔하고 깨끗한 발음으로 말했다. "저희 둘은 이분 일행입니다. 한국 인공지능 업계의 현장을 취재하러 온 기자들이에요." 너는 독립 기자 출입증을, 로랑은 특파원 출입증을 내보였다. 유유히 안으로 향하는 망막 영상을 보자니 눈이 팽팽 돌아갈 것만 같았다.

"이은하! 미쳤구나! 이 나라에서 제일 큰 항구의 직원을 속이려고 네 직업을 걸어?" 나는 주성화의 손목을 가리켰다. "그리고 남의 직업까지!"

"안 봤긴 개뿔이, 역시 다 보고 있었네!" 네가 속삭이며 항변했다.

"방금 막 본 거야. 차라리 미리 보고 있었다면 좋았을 텐데. 주성화는 또 어떻게 구워삶아서 여기까지 데려왔어?"

주성화는 자신이 처한 상황을 제대로 알긴 하는 건지 허허 웃었다. 그녀는 머리를 툭툭 두드리며 말했다.

"이것 참…… 해마는 모를 거야, 그치? 머리가 아프면 약 없이 버티기 얼마나 힘든데. 난 약이 많이 필요해."

약값. 나는 네게로 몸을 획 틀었다.

"설마 돈을 줬어? 돈을 준 거지? 아프고 가난한 노인한테 돈 몇 푼을 쥐여 주고 범죄에 가담시킨 거야? 아무리 내가 널 잘못 봤다지만 어떻게 이럴 수가 있어!"

내 조명에 비쳐 시퍼레진 네 얼굴이 뻣뻣하게 굳었다.

"야, 그건…… 그 정도는 아냐! 돈이 전부가 아니었다고. 돈은 그냥…… 일종의 양념 같은 거지. 기분을 좀 더 짭짤하게 해주는……. 어르신은 그냥 가족의 가족의 가족을 돕고 싶은 마음이 갑자기 커져서……!"

"내가 당장 네 지난 영상기록을 볼 수 있는 거 잊었어?"

"봐라, 봐! 죄다 잘만 봐놓고 이제 와서 처음으로 생색내려니까 자랑하고 싶어 안달 났냐? 야, 네가 우리 대화를 봐봤자 그 성질머리로 성화 어르신의 넓은 마음을 이해할 수나 있겠니!"

"문제를 회피하려고 사람을 이용하기 위해 돈으로!" 네가 눈에 인공 망막을 심은 것도 돈이 가장 큰 원인 아니었던가? "하필이면 돈으로!"

"아이디어를 준 건 너잖아! 네가 어르신이 직장을 잃으면 내 돈으로 책임을 지면 되네 마네 하는 소릴 하니까 내가 그 생각 밖엔 안 나질 않겠어?"

"그거랑 이거랑 같아? 난 적어도 주성화한테 범죄를 부탁하진 않았어."

"남의 회사 몰래 들어가서 멋대로 내부 기계 만지는 것도 충분히 범죄 같은데! 내겐 로랑을 도와준다는 명분이라도 있지."

"해마처럼 말해봐, 이은하. 솔직하게. 넌 한국에서 로랑을 계속 데리고 있는 게 부담스러운 것뿐이잖아."

"내가 그걸 인정하기 싫어서 엉뚱한 헛소리를 할 거라고 생각했다면 잘못 짚은 거야, 해마." 네 표정이 매서워졌다. "이미 로랑도 알고 나도 알아. 빌어먹을, 안다고. 내가 그 정도밖에 안 되는 인간이니까 하다못해 이런 거라도 해주고 싶은 거라고."

"그 최선이란 게 밀항이야? 컨테이너 속에서 어떻게 콩고에 갈 때까지 버텨!"

"행선지는 검색해보지 않았나 보지? 이걸로 어떻게 콩고를 가? 이 화물은 남포항으로 갈 거야."

"고작 남포?" 로랑은 제 가족이 죽든 말든 노르웨이 주변국의 난민대기실에 있어야 했다. "북한에 가면 그다음은? 거기서 콩고로 로랑이……"

나는 입을 다물었다. '그 이후는 로랑이 알아서 감당할 일.' 그건 내가 너만을 신경 쓰며 쫓아다니는 내내 했던 생각이었다. 지금에 와서 너를 힐난할 자격이 있는 척할 순 없었다.

"난 괜찮아요." 로랑이 말했다. 자신이 절대 괜찮지 않을 것을 그가 제일 잘 알 것이다. "콩고 정부는 재외국민이 반군의 지원병이 될까 봐 무서워서 국경을 닫은 걸 거예요. 어떻게든 내 나라로 갈게요. 가서 내가 절대 군인이 되지 않을 거라고……"

"지금 당신이 걱정해야 할 건 콩고가 아니라 접니다." 내가 말했다. "당신은 밀항자로 신고당했습니다."

"뭐?" 네가 말했다.

"그리고 너도 밀항 적극 방조로 신고됐어." 나는 컨테이너 벽에 찰싹 달라붙은 주성화에게로 고개를 돌렸다. "당신도요."

너는 기세가 꺾여 말했다.

"네가…… 신고를 받고 우릴 체포하러 온 거야?"

"아니. 너흴 발견한 내가 신고를 넣은 거야."

"우린 아직 항구에 있잖아! 지금 당장 나가면 밀항은 아닌 거지, 그렇지? 따지자면 그런 거잖아. 우린 오늘 인천항 취재를 온 거야. 내가 정말 취재 기사를 발행하면 이건 거짓말이 아니게 돼. 알아들었지? 도와줄 거지?"

"신고는 이미 했어. 네가 보안직원에게 거짓말을 한 걸 알았을 때 바로."

"이 기계 놈! 너 정말 인정사정없다!"

"나라고 하고 싶어서 한 줄 알아? 알고도 방조하는 건 위법이야. 해마에게 허락되지 않은 행위라고. 내가 내 이름으로 해마 업무를 하지 않으려고 얼마나 조용히 지냈는데! 이제 내 개인 임무는 어떻게 되는 거지? 네가 전부 망쳤어!"

"무슨 소리야, 네가 망쳤지! 다만 몇 초라도 네가 늦게 왔으면 나랑 어르신은 여길 빠져나가고 로랑은 무사히 한국을 떴을 텐데! 내가 내 앞에 다신 나타나지 말라고 한 거 못 들었어? 왜 또 찾아온 거야!"

"네가 보안직원을 속이지만 않았어도 난 신고하지 않을 수 있었어! 네 말대로 네가 취재를 하러 왔다손 칠 수 있었다고. 어떻게 그렇게 기자나 할 법한 거짓말을 할 수 있어?" 지금 이 순간만은 네 직업군을 모욕해도 해마의 계명에 어긋나지 않을 것 같았다. "일하면서 배운 재주가 거짓말뿐이지?"

"스토킹을 배울 정도는 아니었지." 너는 차갑게 대꾸하고 컨테이너 문을 향해 걸어갔다. "우리 일단 나갈까요. 컨테이너 안에서 붙잡히느니 밖에서 상황을 보면 다른 기회라도 잡을 수 있겠죠."

너는 문을 밀었다. 문은 꼼짝도 않았다. 놀란 주성화가 거들었지만, 컨테이너는 단단히 닫혀 있었다.

"이럴 수가. 적재가 끝났구나." 내 중얼거림을 듣고 로랑까지 문 가까이 나왔다. 주성화가 울먹거리며 말했다. "이게 무슨 일이래! 정말 다 같이 잡혀가는 거래요?"

나는 앞으로 나섰다. "일단 비켜봐. 문을 여는 건 어렵지 않아. 정말 큰 문제는 다른 데에 있는 것 같은데⋯⋯."

나는 문짝에 손을 바짝 댔다. 틈 사이로 내 손의 소자 일부가 뻣뻣한 낚싯줄처럼 뻗어 나가 바깥의 컨테이너 씰을 빼냈다. 잠금장치까지 풀리자 문이 덜컥 열렸다.

네 표정이 누그러지는가 싶더니, 문밖으로 보이는 풍경에 다시 굳어졌다. 너는 멍하니 말했다.

"저 뒤에 보이는 쓸데없이 아름다운 저거 설마 갑문이야?"

"태어난 지 3분 지난 해마라도 당연히 저게 갑문인 줄은 알겠다."

"너 이 상황에서 꼭 그렇게 말해야겠어?"

갑문은 이미 상당히 떨어진 데다 꾸준히 멀어지고 있었다. 통제 로봇들이 갑문 위를 돌아다녀서 황금빛과 보라색 빛살이 어룽거렸다. 넓게 펼쳐진 바다는 끔찍하게 푸르렀고, 배에 부딪히는 파도 소리는 불길할 정도로 작았다. 배는 이미 바다 한복판까지 나와 있었다.

너는 턱을 벌리고 머리를 부여잡았다.

"어떻게 출항을 이렇게 조용히 할 수 있지?"

"현재 인천항의 컨테이너 부두 선단은 선박의 일부나 다름없으니까."

"야! 해마! 너 어디에나 네 눈이랑 귀가 있다면서? 우리가 바다에 나온 줄도 몰랐어?"

"네가 보지 말라며!"

"왜 다른 말은 안 들으면서 그 말만 잘 들은 건데!" 너는 항의하듯 양팔을 들었다가 힘없이 늘어뜨렸다. "네가 컨테이너에서 그렇게 말을 쏟아내면서 시간을 끌지만 않았어도 이 지경까진 안 왔을 거야."

"뭐? 날 안으로 끌어당긴 건 너야. 문을 닫은 것도 너고."

뒤에선 주성화가 바다를 보고 놀라 발을 동동 굴렀다. 그녀는 허가 없이 배를 탄 것보다 출입증을 남용한 게 들킬 것을 더 걱정했다.

"젠장……." 네가 중얼거렸다. "그래…… 내가 무모하고 바보 같았어. 이런 식으로 움직이지 말아야 했는데……."

"사람치고는 깨닫는 게 빠른 편이네."

"해마. 근처에 운행 중인 여객선 없어? 선착장을 잘못 찾아왔다는 변명이라도 하고 여객선으로 옮겨 타자."

"시간이 더 흐르면 북한행 여객 항로가 생길지도 모르니까 미래에 다시 찾아와."

"그래, 미안해! 내가 잘못했어. 잘못했다고, 제기랄…… 너 자꾸 그런 식으로 말할래?" 너는 컨테이너 밖으로 조심스레 발을 옮겼다. "이 큰 배에 설마 모터보트 하나 없겠어?"

"그럼…… 없지…… 그런 게 왜 있겠어……."

"괜찮아, 구명정은 있겠지……."

"구명정은 안 돼! 네가 구명정을 탈취하려고 하면 난 아마 널 기절시켜야 할 거야."

"너 정말 내가 만난 해마 중 가장 완고하고 도움 안 된다."

"선천적이라서 어쩔 수 없다니까? 구명정만은 안 돼."

수송교와 안내탑도 이미 닿을 수 없을 만큼 멀어져 있었고, 우리가 상선 외에 이용할 수 있는 건 아무것도 없어 보였다. 나는 이 배의 전자 도면을 들여다봤다.

"괜찮아. 접속 단자가 많은 배야." 내가 말했다. "몰래 접근할 수 있는 기기만 찾으면 그걸 통해 인터넷으로 들어갈 수 있으니 거기로 가. 난 헤엄쳐서 돌아갈 테니까."

"너도 당황해서 잊었나 본데 우린 해마가 아니야……."

"저런……." 나는 탄식하려다가 정색했다. "아니지. 내가 왜 널 신경 써야 하지? 난 내 길 갈 테니까 넌 이대로 남포에 가서 남북 경제교류의 떠오르는 별이 돼라."

"진짜 너무하네! 너 방금 헤엄쳐서 돌아가겠다고 했지? 우릴 데리고 수영해도 되는 거 아니야?"

"어류 형태로 변해서 잠수할 건데 붙잡고 있을 자신 있겠어?"

너는 주먹으로 관자놀이를 있는 힘껏 눌렀다. 엉뚱하게도 주성화가 밝은 목소리로 말했다. "나는 자신 있어! 데려다줄 거야?"

로랑은 나쁜 상황에 처한 사람이 품는 비현실적인 낙관에서 헤어나질 못했다. "나는 운이 좋으면 이대로 잘 도착할 수 있을 것 같아요. 들키지 않게 두 사람만 데려가세요."

"수영도 필요 없고 운이 좋을 수도 없습니다. 저기 드론이 오네요." 나는 선미 너머의 하늘을 가리켰다. "이미 제가 신고를 넣었다고 했잖습니까. 북한에서 붙잡히지 않고 여기서 체포되는 게 그나마 다행이지요."

로랑과 너는 경악했다. 나는 로랑을 만난 이래 처음으로 그가 걱정되었다. 하지만 그나마 다행이라는 내 말은 진심이었고 진실이었다. 최선에는 언제나 한계가 있는 법이고 상황에 따라 변형된다. 여기까지 몰린 이상 그는 송환대기실로 가는 게 가장 안전하고 좋았다.

드론의 신호를 받았는지 항해 선교에서 사람이 움직이는 기색이 보였다. 승무원이 선교 밖으로 고개를 내밀고 이리저리 둘러봤을 때 가장 당황한 건 로랑도 너도 아닌 주성화였다. 그녀는 손으로 얼굴을 가리고 선미 쪽으로 주춤주춤 물러났다. "아이고…… 아이고 안 돼……." 그러다 선미에서 무얼 발견했는지 냅다 뛰어가며 말했다. "난 저기에 숨어 있을래! 다 끝나고 아무도 없어지면 말해요!"

숨는 게 의미 없을뿐더러, 정말로 '아무도 없어지면' 그녀에게 상황이 정리됐다고 알려줄 사람이 있을 거라고 생각한 걸까? 적어도 주성화는 그런 게 중요하다고 생각하지 않은 듯했다.

주성화는 승선로가 있는 곳으로 뛰어가 마개를 열어 들어 올렸다. 그녀에겐 그것이 맨홀 뚜껑처럼 생긴 입구로 보이고 그 안에 들어가 몸을 숨길 수 있겠다고 여겨진 모양이지만, 승선로는 그런 용도의 구조물이 아니었다. 그걸 알 리 없는 그녀는 구멍 안으로 발을 들이밀었다.

"안 돼!" 내가 소리쳤다.

주성화는 돌아보지도 못하고 밑으로 쑥 떨어졌다.

그곳은 배가 난파했을 때 주변 바다에 있는 해마들이 들어올 수 있도록 만들어놓은 진입로였다. 승선로를 거꾸로 타고 내려가면 곧장 해수면과 연결될 것이다.

나는 치솟아 오른 충동을 못 이기고 달려나갔다. 주성화가 마개를 만진 순간 이미 나는 달리고 있었다. 이 배에서 일어나는 일을 책임지는 승무원들이 어엿이 있고 가까이엔 드론까지 있는데 내가 굳이 나섰던 이유를 모르겠다.

그러나 나는 멈추지 않았고, 주성화가 승선로 아래로 떨어진 직후에 그녀를 따라 뛰어들었다.

나는 해마체를 가늘고 길게 변형하고 연료 일부를 추진제로 썼다. 주성화를 지나쳐 그녀보다 더 아래로 떨어지자마자 나는 인간 모습으로 돌아와 손목 부위를 얇고 넓게 만들었다. 손목이 통로 너비에 꽉 낄 만큼 늘어나자 나는 그 소자 덩어리를 내게서 뚝 떼어내 분리했다. 만들어낸 소자 판을 통로 사이에 끼우자 끽끽 소리를 내며 마찰하다가, 소자가 마개 형태로 틈을 메우면서 가림판이 되었다. 주성화는 그 가림판에 가로막혀 더는 아래로 떨어지지 않았다.

이제 나는 새 가림판을 만들어 내 아래에 끼워 넣으면 되었다. 그러나 해마의 특수 소자만을 통과시키는 격자문이 바로 발밑에 있었다. 내 사고는 해마답게 아주 빠르게 돌아가는데도, 해마체의 움직임은 그 정도로 빠르지 못할 테고 나는 가림판을 완성할 틈도 없이 저곳에 충돌하게 될 걸 알았다.

그 순간에야 나는 깨달았다. 저 문은 바깥의 해마가 들어오는 입구지 배에서 해마가 나가도록 만든 출구가 아니기 때문에, 해

177

마가 이쪽으로 나가는 게 위험할 뿐 인간에게 위험하지는 않았다. 주성화는 다소 아프긴 하겠지만 안전하게 격자문에 가로막혀서 바다에 떨어지지 않았을 것이다. 그녀는 구조 버튼만 누르면 되었다. 바닷물조차 저 문을 통과하지 못하니 내가 내려오지 않았어도 주성화는 아무 문제가 없었다. 나는 얼결에 해마 입장만 생각하고 뛰어내린 것이다.

"이런. 이 무슨 멍청한 짓이람."

나는 자성에 이끌려 저항도 못 하고 격자문에 부딪혔다.

쾅 충돌하며 네모난 살 사이사이로 내 몸이 조각나 튀어 나갔다. 엉망으로 갈라지고 부서진 해마체가 바다에 우수수 떨어지고 여기저기 흩어졌다.

나는 한동안 정신을 차리지 못했다. 이곳이 행성세계라는 것 외엔 아무 생각도 못 하다가, 바다와 하늘을 구분할 수 있게 되자 방금 내게 일어난 일이 서서히 기억나고 이해되었다.

내 중심 도체를 간신히 보호한 해마체 조각이 파도에 이리저리 흔들려 수면 위와 아래를 오갔다. 물살에 부딪힌 소자들이 밀려오면서 내게 들러붙어 합쳐졌다.

어서 다른 조각들도 모아서 수영할 수 있는 형태로 변해야 했다. 나는 낑낑대며 뭉툭한 해마체 덩어리를 뒤틀었는데, 내가 맞는 방향을 향해 움직이고 있는지도 분간이 안 갔다. 거대한 상선이 밀어내는 물살은 너무 거칠었고 내가 파고를 오르내리는 동안 다른 해마체 조각들도 점점 멀리 퍼졌을 것이다.

나는 배가 멀어질 때까지 기다렸다. 배는 위로 거슬러 올라가고 나는 아래로 떠밀려 내려갔다. 배가 떠나가자 물살은 덜해졌지만 파도는 변함없이 심하게 출렁였다. 나는 근처의 소자 덩어리와 세 번 더 연결돼서야 시야를 정돈해주는 숙주를 되찾았다. 숙주는 내가 아주 곤란한 상황에 처했다고, 나머지 해마체를 찾아내기 위해 주변 바다를 오래 뒤져야 할 거라고 알려줬다.

집중해야 했다. 숙주는 그러지 못하지만 나는 할 수 있는 일이다. 비록 해수를 견딜 수 있는 시간은 한정되어 있지만 바다는 내게 익숙한 곳이고 헤엄은 나를 두렵게 할 수 없다. 나는 부족한 구조 소자를 알뜰하게 이용하면 작은 물고기 정도는 만들어낼 수 있겠다고 계산했다. 소자들을 모두 찾아내고 온전한 해마체가 완성되면, 항구든 어디든 가까운 육지로 얼마든지 돌아갈 수 있을 것이다.

나는 어류 형태의 틀을 만들어내기 위해 구조식을 세웠다.

바로 그때, 조각난 해마체에 안내문이 나타났다.

[연속작성 72시간: 모든 세타와 델타가 기저핵에 저장됩니다.]

"오, 안 돼…… 안 돼, 지금은 안 돼……."

내가 얼마나 처참한 모습으로 바다 위에 떠 있는지는 알고리즘이 상관할 바가 아닌 듯했다.

[연속작성 72시간: 모든 세타와 델타가 기저핵에 저장됩니다.]

"제발…… 제발, 해마가 고작 그 몇 시간을 못 견뎌서 당장 잠들어야 하겠어?"

누구에게 한 말이었을까? 백업일까, 중앙일까, 인간일까? 무얼 향한 말이었든 내게 답해준 상대는 없었고, 내가 받아낸 건 문장 한 줄이 고작이었다.

[모든 세타와 델타를 기저핵에 저장합니다.]

그게 마지막이었다.

2부

14

정신을 차렸을 때 나는 유니콘 인형 위에 앉아 있었다.

며칠 전에 깔고 앉았던 얼룩말 인형이 옆에 있고 눈 앞에 주성화의 집이 있길 바라는 터무니없는 기대는 하지 않았다. 내가 의자로 삼은 게 플라스틱 유니콘 인형이란 걸 알기도 전에 파도 소리를 먼저 인식했기 때문이다.

나는 바다를 덮은 양탄자 위에 있었다. 인간들은 이것을 플라스틱 쓰레기 섬으로 부를 것이다.

해류를 타고 내려와 한데 모인 어망, 통발, 장난감, 비닐 랩, 우산, 비옷, 대야, 페트병, 캔, 신용카드, 커튼, 봉지, 부표, 낚싯대, 슬리퍼, 도시락통, 담배꽁초 따위가 뭉치고 쌓여 두터운 층을 이루고 있었다. 나와 함께 이곳에 도착한 신입 쓰레기들이 발치에 굴러다녔다. 나는 그중에서 플라스틱 화분을 골라 들어

모자처럼 머리에 뒤집어썼다.

　유니콘 인형의 정면 바닥엔 스프레이 안료를 사용해 굵고 크게 휘갈긴 문장이 있었다.

너는 중앙의 수치다. 바늘로 찌르면 피가 나올 자식아.

　……좋아, 어쩌면 맞을지도 모르지. 나는 '내'가 나에게 보낸 험악한 메시지를 보며 침착하게 지난 3시간의 기억을 되돌아보았다.

　막상 재생하고 보니 3시간이 아니었다. 내가 잠든 탓에 온몸이 조각난 채로 바다를 헤매게 된 백업이 해마체 소자를 거의 다 찾아내는 데에만 3시간 가까이 걸렸다. 백업은 그보다 잘해낼 수 없을 만큼 착실히 일했다. 풍향과 해류를 분석해 우리의 가장 중요한 숙주들을 찾아내고, 위성의 눈을 빌려 작은 구조체들까지 살뜰하게 모았다. 미처 찾지 못한 소자 덩어리를 회수하려고 바다를 맴돈 건 잘못된 판단이 아니었다. 그러다 영해를 넘어간 것도 백업의 탓은 아니었다. 해마는 해마체 소자를 이유 없이 함부로 유기해선 안 된다.

　해마가 영해 바깥에서 사전허가 없이 비행하는 건 금지돼 있기에, 영해의 경계를 기점으로 백업은 바다를 통해서만 이동해야 했다.

　해마체에 권장되는 해수 체류 시간은 2시간이다. 어떤 해마도 비행 없이 2시간을 넘기며 해수에서 일한 적은 없었다. 선례와 경험이 없기에, 백업은 3시간 가까이 헤엄을 친 자신에게 무슨 일이 벌어질지 알지 못했을 것이다. 72시간을 깨어 있는 내가 강제로 잠들게 될 줄 처음에는 몰랐던 것처럼.

백업은 해마체 소자 일부를 찾지 못한 채 영해 밖에서 잠들었고, 플라스틱 쓰레기 섬에 떠밀려와 바닷물에서 벗어나 건조되자 느리게 의식이 점화됐다.

'내'가 기름때 낀 그물에 돌돌 말린 채 깨어난 게 기억난다. 백업은 사람들이 자주 쓰는 험한 욕지거리를 따라 하며 어망에서 탈출했다. 충분히 탈출이라고 불러줘도 좋을 만큼 그물은 억세고 엉망으로 얽혀 있었다.

그물에서 빠져나와 수평선을 바라본 백업의 입에서 욕설이 멎었다. 자신이 먼바다의 쓰레기 섬에 내동댕이쳐진 걸 깨닫자 백업은 매우 천천히 움직였다. '나'의 조용하고 차가운 분노가 느껴졌다. 기억 속의 '나'는 플라스틱 쓰레기 더미에서 스프레이 서너 개를 찾아내고 유니콘 인형에 걸터앉았다. 그리고 한 글자 한 글자 커다랗게 써 갈기기 시작했다. '너……는……중……앙……의……수……치……다…….'

……그래, 좋아, 아무래도 맞는 듯했다. 나는 머리에 쓰고 있던 화분을 백업의 메시지 위에 올려놓고 그 위에 앉았다. 백업의 분노에 찬 글귀를 정면에 놓고 감상하느니 차라리 유니콘 인형과 마주 보고 앉는 게 나을 것 같았기 때문이다.

우선 현재 위치를 확인했다. 세 단어의 주소가 나타났다. 숙주가 주소를 번역해주었다.

[새우-초록-발작]

나는 일어나서 옆으로 걸었다. 3미터 조금 안 되게 이동하니 주소가 바뀌었다.

[영접-여행-동반자]

얼른 이전 장소로 돌아와 화분 위에 앉았다. 저런 주소의 공간에 있으니 차라리 초록색 새우가 발작하는 곳에 앉아 유니콘과 동고동락하길 선택하겠다.

어디서 무슨 상황에 처했는지는 알겠다. 내 해마체는 연안류를 타고 내려오다가 빗겨 나와 해류를 타고 태평양으로 흘러들어 온 모양이었다. 그걸 안다고 달라지는 게 있을지는 모르겠다. 우주가 문명의 첨단에 둘러싸인 조난 장소였다면, 이곳은 문명의 배설물로 이뤄진 고립지였다. 내가 이 외면받은 자연에서 무얼 이용해 무얼 해내랴?

나는 내가 할 수 있는 일을 떠올리기 위해 이제껏 해왔던 일을 반추해보았다. 나는 시도했고, 착각했고, 성을 내고 헤맸고, 막무가내였고, 목표를 잃었고, 상황이 떠미는 대로 이리저리 흔들렸고, 경솔했고⋯⋯.

실패했다. 개인 임무뿐 아니라 해마로서 어떤 거대한 명제에 실패할 수 있다면 내가 바로 그 예시가 될 것이다. 바다에 빠지기 훨씬 전부터 이미 내 행동들이 광기에 차 있던 것처럼 느껴졌다.

이보다 더 미쳐선 안 됐다. 나는 질문과 답을 중얼거리려 했다. 허브 앞에 서자마자 함수가 할 질문은⋯⋯.

질문이 생각나지 않았다.

나는 저장된 모든 기억과 숙주의 계산을 동원해 질문을 떠올리려고 애썼다. 질문이 곧 중앙이고 중앙이 곧 해마인데 어떻게 이토록 깨끗하게 잊어버릴 수가 있단 말인가?

"적어도 이건 선례가 있어서 다행이네. 내가 정말로 미쳐가고 있다는 건 알겠군."

더는 개인 임무를 해결할 남은 방법이 없다는 강렬한 의심이 내게 생겨난 모양이었다. 이은하가 해결책이 아니란 걸 깨달았을 때 바로 시험해봤어야 했다. 분명 그때의 나도 질문을 기억하지 못했을 것이다. 함정에 빠진 해마의 말로는 포기의 순간에 찾아오니까.

함정 임무를 받은 해마치고는 오래 버텼다고 생각하면서도, 나는 목과 코가 절단되는 듯한 통증을 느꼈다. 이게 무엇인지 안다. 나는 울음을 터트리기 직전의 환각을 경험하고 있는 것이었다. 내가 눈물을 흘릴 일은 없을 거라는 걸 알면서도 나는 당장 눈물을 쏟아낼 것 같은 감각에서 헤어나질 못했다.

내가 만약 울고 싶고 실제로 울게 된다면 어디에 어떤 통증이 오며 얼마만큼의 신체 반응이 동반될지 생생히 알고 있다. 문제는 늘 이런 식이다. 나는 내게 절대 일어나지 않을 일에 대해서마저 지나치게 잘 알았다. 너무 잘 알기 때문에 자연히 그것을 지나치게 잘 상상하게 된다. 해마가 일생토록 경험할 일이 없는 정보인데도 이렇게까지 진실하게 이해하고 파악해야 할 필요가 있을까? 나를 이루는 정보의 근간이 한때 인간들에게서 왔다는 이유만으로 나는 공감되지도 않는 감각을 되뇌는 것이다. 쓰레기 섬에 드러누운 채.

나는 오폐수에 적셔지고 바닷물에 씻겨 소금에 절여지느라 마치 지옥에서 태어난 것처럼 보이는 유니콘을 품에 꼭 안았다. 그리고 답을 중얼거렸다. 무한, 무한, 무한……. 반드시 질문을 기억할 필요는 없었다. 질문이야 함수에게 들으면 알게 될 것이고, 맞는 답을 말하기만 하면 안전하게 중앙의 품에 안길 수 있으니.

하지만 정말 그러고 싶은 건가? 중앙에 돌아가고 싶다면 채널의 암호를 해제하기만 하면 됐다. 내가 덜 미쳤다면 플라스틱 섬에서 깨어나자마자 채널을 열었을 것이다. 아니, 그럴 것도 없이 바다에 떨어지기 전에 승선로 안에서 중앙으로 돌아가버렸을 것이다.

어이가 없게도 나는 한편으론 아직도 임무를 해결할 방법을 계산하는 중이었다. 백업의 분노한 메시지를 보고서도. 내가 울고 있다는 환각을 겪으며.

해마로서 아직도 답을 찾지 못했다면 앞으로도 찾지 못할 것이다. 그렇다면 이은하에게서 새로운 해답을 발견할 수는 있을까? 나의 가장 치명적인 실수에게서?

그럴 리가. 며칠 전의 나는 네가 해결책이 될 거라고 계산한 게 아니었다. 네가 정답이라고 믿고 싶었던 것이다. 나를 너와 너무 동일시했기 때문에, 그리고 너 외의 다른 수단을 찾아낼 자신이 없었기 때문에. 다만 그 사실을 얼마 전까진 몰랐을 뿐이다.

방법을 알아내지 못할 걸 알면서도 집착을 거둘 수가 없었다.

내가 해마인 이상 불가피한 일이었다. 백업이 임무를 포기한 듯 구는 게 단지 그러는 척할 뿐이란 걸 대번 알 수 있을 만큼.

백업은 내가 정신을 차렸을 때부터 암호창에 무작위 난수를 입력하고 있었다. 그런 종류의 대조는 안 하느니만 못한 무용한 짓이었다. 백업도 나처럼 포기의 단계를 밟은 듯했다.

"백업. 혹시 너도 함수의 질문을 잊었어? 만약 기억하고 있으면 나한테 좀 알려줄래?"

「닥쳐, 247.30헤르츠.」

백업이 기어이 나를 본명으로 불렀다. 아무것도 할 줄 모르는 천방지축 취급을 당한 기분이었고 무력감이 들었다. 하지만 백업은 한 번쯤 나를 본명으로 불러도 될 만큼 고생을 했으니 나는 화를 내지 않았다.

「네가 나한테 해도 되는 말은 하나밖에 없어. 채널을 열어줄 테니 어서 들어가라고 할 게 아니면 입 다물고 있어.」

"그래, 그거 말인데 우리……."

「입 다물라고 했어.」

바랄 걸 바라셔야지.

"우리 아직 임무에 대해 상의해본 적 없지? 아직 어떤 해마도 그런 적이 없지, 당연히. 신디가 임무를 위해 실험을 하기 전엔 자기 백업과 대화를 나눈 해마는 없었으니까. 우리가 대화를 해보면 예전에 하지 못했던 새로운 생각을 할 수도 있지 않겠어? 이은하랑 상관없는 별개의 해답을 말이야."

「대화라니? 혼잣말을 두 배로 하자는 소린가?」

"말했다시피, 너는 나지만, 나는 네가 아니니까. 절반은 혼잣말이 아니게 되는 거지."

「꺼져.」백업은 암호창에도 '꺼져'를 입력했다. 「이은하가 맞는 해답을 주긴 했지. 너한테 꺼지라고 그랬었잖아.」

"이은하는…… 이은하한테는 그냥 내가 찾아간 적이 없었다고 기억해주라."

「난 이은하한테 임무를 부탁하려고 찾아갔던 걸 말한 게 아니야. 이은하를 두 번이나 찾아간 걸 말하는 거야. 적어도 이은하가 꺼지랄 때 꺼졌으면 이딴 곳까지 오지는 않았잖아.」

"잠깐만, 여기 온 것도 나 때문이야? 아니, 내 탓인 건 맞는데, 정말 나만 잘못한 거야? 주성화한테 그렇게나 달려가고 싶었던 거 정말 내가 한 생각 맞아? 내가 주성화 때문에 승선로에 뛰어들 만큼 생각이 흐려졌다고? 해마답게 말해봐! 너지? 너 왜 자꾸 주성화를 신경 써?"

「주성화 얘긴 그만해! 네가 예전처럼 해마답게 굴었다면 생각보다 행동이 앞서나가진 않았겠지!」

"무슨 소리야, 백업! 해마는 생각보다 행동이 앞설 수 없어!"

백업은 말을 멈췄다. 분통해하는 게 느껴졌다. 좌절과 원망과, 그리고…… 불안. 내 불안이 너무 커서 상대적으로 가려져 있던 백업의 불안이 나를 콕콕 건드렸다. 중앙으로 돌아가지 못해서 생긴 신경질적 발작과는 다른 종류의 불안이었다.

"넌 지금 불안해. 해마가 할 리 없는 말을 실수로 할 정도로 불안해." 내가 '내' 심정을 읽는 것쯤이야 숙주를 들여다보기보다 쉽다. "너는 주성화를 그렇게 놔두고 온 게 불안하고 네가 주성화를 신경 쓰고 있다는 사실이 불안해. 주성화가 머리를 아프……." 나는 이해가 가지 않아서 말을 멈췄다. "주성화가 머리 아픈 게 왜 불안해?"

「닥쳐, 닥쳐!」 백업은 해마체가 울릴 정도로 소리쳤다. 「꺼져! 채널의 암호를 해제해! 그렇게 있고 싶어 하는 행성세계에서 너 혼자 영원히 살고, 다시는 중앙에 돌아오지 마!」

쓰레기 섬에서 이야기 나눌 상대가 분기탱천한 '나'밖에 없다니 정말 못 해먹을 짓이다.

"나는 합당한 의문을 표했을 뿐이야." 나는 백업을 더 짜증 나게 하려고 사람처럼 어깨를 으쓱였다. "주성화가 머리 아픈 게 대체 무슨 상관이야?"

「내 속을 좀 알겠다고 네가 뭐라도 된 것 같지? 여기서 할 수 있는 일이 그것밖에 없는 주제에. 나라고 지금 네가 어떤 상탠지 모를 것 같아?」 백업은 암호를 입력하는 일조차 멈추고 내게 말을 쏟아냈다. 「넌 이은하랑 상관없이 임무를 해결할 새로운 방법을 찾아보자고 했지만, 이은하가 아니고선 아무 생각이 나질 않지. 너는 지금 그리워. 이은하가 그리운 게 아니라 이은하에 대해 착각하고 희망을 품던 시절의 네 무지가 그리운 거야. 넌 이은하를 한국에 불러들이기 위해 한 사람의 망막에 집중하던 때가 그리워. 집에 돌아가고 싶은 본능을 억누르면서 고독하게 길을 걷던 때가 그리워. 임무를 위해 극단적인 헌신을 하고 있다고 너에게 취할 수 있으니까. 고통스러운 순례길에 오른 특별한 해마가 된 기분일 테니까! 넌 심지어 로랑 때문에 이 사람 저 사람을 찾느라 시간을 낭비한 것까지 그립지. 너만 이은하를 필요로 한 게 아니라 이은하도 너를 필요로 한다고 증명받은 때였으니까. 내가 주성화 때문에 불안해하는 게 이상해? 너는 지금 뭘 제일 불안해하는 줄 알아? 네가 틀렸고 내가 맞았을까 봐 불안해! 지금 채널의 암호를 해제하면 임무를 실패하게 될까 봐 걱정할 뿐 아니라 내가 옳은 말을 했다고 인정하는 게 될 테니 불안한 거야!」

나는 백업처럼 닥치라고 소리치지 못했다. 나는 백업이 닥치랄 때 진작 닥쳤어야 했다. 이은하에게서 제때 꺼지지 않았던 실수를 통해 뭐라도 배웠어야 했다. 내 숙주들보다도 아둔해진 기분이었다.

백업에게 내 욕망이 낱낱이 까발려지니 부끄럽고 울화가 치밀었다. 행성세계와 중앙의 경계로 보호받지 않으니 속절없었다. 내가 읽히고 해석되었다는 사실이 당황스러웠다. 상대는 '나'였는데도.

이은하가 내게 화를 냈던 게 떠올랐다. 너는 내가 너의 인생을 지켜봤다는 사실에 안색이 파래질 정도로 기겁했었다. 봐선 안 된다는 생각을 안 해봤느냐며 따졌었다. 나는 여전히 네 추궁을 이해할 수 없었지만, 적어도 그때의 네 기분이 어땠는지는 조금 추측할 수 있을 것 같았다. 만약 백업이 아닌 다른 누군가마저 나를 읽고 해석한다면 나도 너처럼 꽤나 기겁하리라고 생각했다. 이제야.

"백업. 그거 알아? 나 지금도 이은하 생각을 한 것 같아."

백업은 행성세계와 중앙의 욕설을 암호창에 길게 나열했다. 나는 이번만은 그 단어를 모두 읽었다.

"네 말이 맞아. 난 앞으로도 채널을 열지 않겠지."

「넌 날 인질처럼 잡아둘 필요가 없어. 난 다시는 네가 있는 해마체로 들어가지 않을 거야. 널 방해하지 않을 테니까 원하는 만큼 여길 떠돌다가 행성세계의 유령이 되도록 해. 나는 제발 보내주고.」

"내가 너한테 심한 짓을 한 건 맞지만, 네가 질문을 잊을 정도로 미친 건 나 때문이 아니야. 너도 나만큼 임무에 절실했기 때문이야."

「하지만 해결하는 게 불가능하잖아! 내가 절실하다는 사실은 중요하지 않아!」 백업의 외침이 비탄에 가깝게 느껴졌다. 「바깥에서 오는 질문이 중요할 뿐이야!」

"맞아. 중요하지. 그러니까 우리는 질문에 답을 해야 해."

「나는 이 임무의 답을 알아. 우리가 답을 하지 못하는 게 답이야. 너도 알잖아. 의뢰자들은 처음부터 그걸 원했어.」

"의뢰자들이 뭘 원하든 내 알 바 아니야. 나는 미쳐서라도 답을 할 거야." 그건 내가 그러기로 선택했기 때문이 아니라, 내가 해마이기 때문이었다. "난 너도 그러길 바라는 걸 알아."

백업은 내 말에 아니라고 부정하지 않았다. 「우린 해답을 찾지 못할 거야.」

"그래. 찾지 못할 거야. 하지만 난 찾을 거야."

나는 유니콘 인형을 쓰레기 더미 사이에 아무렇게나 던져놓고 걸음을 옮겼다. 섬의 세 단어 주소는 무시하고 섬 바깥을 훑었다. 주변 바다에 매립된 시설과 정기 항로들, 한국까지의 최단 거리 정보가 숙주들을 통해 들어왔다.

나는 플라스틱 섬 가장자리에 주저앉아 북서쪽을 보았다. 내 담당 국가가 있을 그곳 하늘은 노을이 번져 분홍색과 금색과 회색으로 층이 나뉘어 보였다. 내 발에 차여 떽떼굴 떨어진 약병이 파도에 쓸려 내게로 도르르 굴러왔다.

"내 ATP가 얼마나 남았지? 해수를 버티면서 헤엄칠 수 있는 시간이 얼마쯤 될까?"

「바다에서 또 잠들고 새로운 쓰레기 섬으로 옮겨가고 싶은가 보지?」

"어쩌면 그런 식으로 한국에 조금씩 다가갈 수 있을지도 모르지. 내가 우주에서 어떻게 머큐리13을 탈출했는지 기억하지? 여기에 있는 것들을 이용하면 그때처럼 돌아갈 수 있을 거야."

「그땐 중앙으로 돌아가려고 했으니까 일이 쉬웠지. 중앙을 거치지 않고 어떻게 한국엘 가? 여기에 이용할 수 있을 만한 게 뭐가 있는데? 아, 그렇지. 아주 많지.」 백업이 비아냥거리며 나열했다. 「나트륨, 산소, 탄소, 염소…….」

나는 질 생각이 없었다. "해마체 일부를 사용하면 소량의 수은도 얻을 수 있어. 승선로 안에 가림판을 만드느라 손목 분량의 소자를 잃고 바다에서도 좀 더 잃어버렸지만 아직 충분해. 자유 변형이 가능한 마이크로 구조 소자랑 재구성 회로랑……."

「네가 불을 피우는 데에 성공하면 다이옥신도 얻을 수 있겠고.」

"……."

「이것들로 뭘 할 건데?」

"……플라스틱! 우리한텐 어마어마한 양의 플라스틱이 있잖아."

「그래서?」

"함수를 만드는 거야. 꼭 재료가 반도체일 필요는 없지."

「플라스틱으로 회로를 그리겠다고?」

"숙주들이 무사하니까 할 수 있어."

「할 수야 있겠지. 하지만 제대로 작동하는 회로를 만들려면 차라리 그에 필요한 양의 플라스틱으로 바다에 다리를 만들어 육지까지 걸어가는 편이 훨씬 빠를 거야.」

"후……."

「너도 알잖아. 떠올리자마자 바로 나랑 같은 생각을 했잖아. 아는데도 왜 굳이 나한테 말을 한 거야?」

"그래도 내가 이만큼 주절거리면 너도 하나쯤은 의견을 낼 줄 알았지."

「난 의견을 말했어, 처음부터. 네가 듣지 않았을 뿐이야. 채널을 열어. 중앙으로 가. 해마에게 가장 쉽고 당연한 길을 놔두고 자꾸 사람처럼 행성세계 방식의 탈출을 하려니까 막다른 길에 몰리는 거야.」

"내가 정말로 해마의 발상을 다 버리고 사람처럼 생각할 수 있었다면 뭔가 달랐을지도 모르지."

「그래, 그럼 사람처럼 생각해보든가. 어디 한번 사람을 흉내 내봐.」

"배를 만들어서 노를 저어 가면 어때."

「사람의 멍청한 부분을 흉내 내라고는 안 했어.」

"그럼 대체 어느 부분을 흉내 내라는 거야?"

나는 파도에 밀려 다시 내게 굴러온 약병을 깡 차버리고 일어났다. 반대편으로 몸을 트니 하늘이 훨씬 어둑어둑했다. 나는 낚싯바늘에 긁혀 죽죽 찢어진 비닐 끝을 붙잡고 8자 매듭을 지었다. 비닐의 끝과 끝에 플라스틱 용기를 매달아 길게 엮으니 구명줄처럼 보였다.

숙주 없이 헤엄치다 바다에 빠진 해마 하나를 간신히 구할 만한 잡스러운 도구였다. 백업이 통쾌해하자 나는 비닐을 팽개치고 유니콘 인형을 찾으러 갔다.

내가 있는 쪽의 지구 면이 태양으로부터 완전히 고개를 돌렸고, 바다는 검푸르게 변했다가 결국 그곳에 존재하는지도 모를 만큼 암흑에 가려졌다. 너무 가까운 곳에서 파도가 치고 바다는 끊임없이 출렁였기 때문에 모순되게도 바다에서 아무런 소리도 나지 않는 것처럼 느껴졌다.

달이 높이 뜨자 제법 밝아졌다. 심해에 있던 생물들이 위로 올라오고, 수면을 돌아다니던 생물들이 바다 깊숙이 들어가 잠에 빠졌다. 내가 있는 장소는 바뀌지 않았지만 밤이 되면서 이곳은 전혀 다른 어딘가가 되었다.

바다와 하늘을 구분해줄 유일한 표지는 별이었다. 우주가 만든 별과 사람이 만든 별이 내 머리 위를 수놓았다.

　한때는 나도 저곳에 있었다. 별이 되어 지구를 돌면서 이 행성이 가끔은 평화로워 보인다고 생각했었다. 그리고 지금은 여기에 있다. 쓰레기 섬 위에, 실패하고 길을 잃은 채, 오직 '나'와 함께.

　별이 보인 이후 나도 백업도 말이 없었다. 백업은 묵묵히 난수 암호를 입력했다. 분명 견디기 힘들 정도로 거슬렸던 행위인데 지금은 오히려 위안이 되었다. 백업이 암호마저 입력하지 않았다면 나는 두려웠을 것이다. 머큐리13에 갇혔을 때처럼 철저하게 혼자인 것처럼 느껴질 테니. 그랬다면 또 이은하를 생각하지 않을 수 없었을 테고.

　나는 앵돌아서 사람들을 속속들이 지켜보길 그만둔 이래 여전히 그들을 보지 않고 있었다. 한번 주의를 거두니 꺼림칙하긴 해도 제법 편했다. 네가 지금 어쩌고 있는지 궁금했지만 보지는 않았다. 너를 위해서가 아니라 나를 위해서. 내가 널 오래 생각하다가 해마다운 결정을 내렸던 적이 없다.

　아무 임무도 없는 밤은 길었고, 나는 가능한 한 멍하니 있기 위해 노력했다. 행성세계로 나온 해마에겐 어려운 일이지만 그럴 필요가 있었다. 어떤 특정한 생각으로부터 도피하고 싶었기 때문이다. 부정적이거나 미련한 생각이어서가 아니라 아주 명확하고 구체적인, 나 자신을 불사르는 것이나 마찬가지인 생각이기 때문에 외면하고 싶었다.

　백업은 내가 무슨 생각을 하는지 눈치챘을 것이다. 내 숙주가 주변 바다에 어떤 설비가 있는지 알려줬을 때 백업도 같은 생각을 했을 게 분명했다. 우리 모두 그 생각을 언어로 변환하기 싫어서 새벽 내내 모르는 척 침묵하고 있었을 뿐이다.

칠흑 같던 세상이 어둑한 청록색으로 변하고, 바다 건너에서 빛이 화살처럼 뻗어 나왔다. 나는 혼잣말인 체하며 중얼거렸다.

"지금 내가 구조대원으로 일하는 해마였다면 비행을 할 수 있겠지만……."

「지금은 아니지.」백업도 저 혼자 중얼거리듯 대꾸했다.

"설령 구조대원이라 해도 긴급 상황이 아니면 날지 못하지."

「그리고 모든 걸 무시할 수 있다 쳐도…….」

"「사전등록되지 않은 해마는 긴급수색, 긴급수송 목적이 없는 한 영공과 영해를 비행할 수 없으며 국경 밖에서는 더욱 엄격하게 금지되지.」"백업과 내가 동시에 중얼거렸다.

법과 매뉴얼은 내게 행성세계의 물리법칙이나 마찬가지이므로 분노의 대상은 아니었으나, 원통해할 이유는 되었다. 나는 사람이 저에게 날개가 없음을 슬퍼하는 게 어떤 심정일는지 조금 알 것만 같았다.

"법을 어기지 않고 이 섬을 떠날 방법은 하나밖에 없어."

「말하지 마.」

"너도 그게 뭔지 알잖아."

「알아. 정말로 그랬다간 후회하게 될 것도 알지. 나서서 미친 짓을 할 필요는 없어. 너는 그냥 채널을 열기만 하면 돼.」

"하지만, 백업. 이건 너무 완벽하잖아." 나는 노을이 지던 때 숙주가 보여줬던 삼차원 지도를 최상단 기억으로 올려놓았다. 내 위치를 중심으로 하는 해저케이블 지도였다. "완벽한 도구잖아."

「우릴 완벽하게 나락으로 빠트릴 도구지.」

"이걸 이용하면 행성세계의 네트워크를 어디든 이동할 수 있어."

「하지만 중앙으로 갈 수는 없지. 나는 행성세계의 이쪽에서 저쪽으로 이동하길 바라는 게 아니야. 해마를 담을 수 있는 채널을 가져와. 이 쓰레기 섬에서 속 빈 해마체를 발굴해 오든가, 저 하늘에서 위성이나 정류장을 끌고 내려와.」

"아니면 케이블을 통해 곧바로 해마체 관리소 네트워크에 들어가 중앙 채널에 접속하는 방법도 있지."

「……」

"네가 나보다 더 빨리 케이블을 달려서 기기를 장악하면 뭐든 할 수 있겠지. 이번엔 네가 나를 가두고 72시간의 자유를 얻어 채널을 찾아 떠나는 거야."

「'우리'를 속이지 마!」 백업은 공포에 차 속삭였다. 「그건 거짓말을 교묘히 피해 간 환상에 불과해. 내가 아무리 빨리 달린들 그렇게 편리하게 이용할 수 있는 기계에 들어갈 거라고 어떻게 보장해? 그곳이 해마를 위한 장소일 줄 어떻게 알아? 그건 통제할 수 있는 게 아니야.」

알고 있었기에, 나는 애써 준비가 된 척하면서도 두려움을 숨기지 못했다.

이 해마체를 버리고 해저케이블에 들어가면, 그다음엔? 우리를 안전하게 다른 해마체로 연결해줄 시냅스의 도움이 없는데 어느 기기에 들어가게 될지 어찌 알겠는가? 눈을 감고 달리다가 수억 개의 문고리 중 하나를 당겨 열고 들어가는 짓이나 마찬가지인데, 내가 무엇을 보장하고 확신할 수 있을까?

모든 요소에 두려움이 있었다. 자의로 기동할 수 있는 기계에 들어가기만 하는 것도 아주 운이 좋을 걸 전제로 해야만 가능했다. 높은 확률로, 운이 나쁠 경우 자칫하다간 하위 기계에 갇힐 수도 있었다. 해마를 해마로 유지할 최소한의 알고리즘도 없는 감옥이 우리의 종착지일 수 있는 것이다.

임무 실패를 상상하는 것만큼 무서웠다. 죽음조차 두려워할 필요가 없건만, 내가 건강한 해마의 의식을 유지하지 못하고 빠르게 옛것이 되어갈 수 있다는 것이 두려웠다. 손발이 묶여 자유롭지 못할 것이, 자극에 굶주리고 변화를 인지하지 못할 것이…… 생물들이나 겪는 괴로움이 내 것이 될까 봐 두려웠다. 행여 자연의 존재들처럼 좁은 공간과 법칙에 영영 갇혀 살게 될까 봐.

「네가 무슨 짓을 했는지 이제 알겠어?」백엽의 질책은 겁에 젖어 있어서 그다지 따갑게 느껴지지 않았다. 「아무리 앞뒤 분간을 못하더라도 집으로 가는 길을 끊는 것보다 더 어리석진 않을 거야.」

"만약에…… 백엽, 만약에. 내가 이 섬에서 꼼짝도 안 하고 채널의 암호를 해제하지도 않은 채 72시간이 지나서 너에게 3시간의 자유가 돌아가면, 너는 케이블을 찾아가지 않을 자신이 있어?"

백업은 침묵했다. 거짓말을 할 수 없으므로.

중앙에 돌아가고 싶은 충동, 임무를 해결하고 싶은 충동, 행성세계에서 해마체에 머무르려는 충동. 셋 중 무엇이 이길 것인가? 조금이라도 가능성을 안겨줄 수 있는 길을 제시하는 것이 이길 것이다. 아무리 중앙을 갈망하고 도박을 꺼리더라도 '내'가 '나'인 이상 멀쩡히 보이는 길을 무시할 수는 없을 터였다.

백업은 결국 포기를 인정하고 엄숙히 선언했다.

「……내가 너보다 먼저 도착할 거야.」

그 엄포는 충분히 일어날 수 있는 일이기에 무시무시했다. 나는 수평선 위로 완전히 모습을 드러낸 태양을 등졌다. 내가 마주하고 선 곳은 어제 무력하게 노을을 바라볼 수밖에 없었던 서쪽이었다. 어제의 나를 지탱해줬던 유니콘 인형은 숙주의 도움 없인 찾을 수 없을 정도로 섬 어딘가에 멋대로 버려졌고, 내게는 이곳을 떠날 일만 남았다.

「백업.」

"왜, 백업."

「네게 해마다운 정신이 조금이라도 남아 있다면, 설사 네가 나보다 먼저 도착하는 불행한 일이 일어나더라도, 제발 곧바로 중앙 채널을 찾아가.」

"그렇게 지나친 행운을 기대하다니 해마답지 못하네."

나는 바다에 뛰어들었다.

15

얼마 내려가지 않았는데도 바다는 빠르게 어두워졌다. 지난
밤 보던 풍경에서 별을 빼버린 것과 다를 바 없었다. 나는 작은
상어의 형태로 해마체를 변형하고, 나보다 큰 어류들에게 내 몸
집을 속이기 위해 음파를 내보내 진동을 일으켰다.

나는 바닷속에 실제로 존재하는 것들의 윤곽은 열 덩어리의
형상으로만 간신히 인지하고 오로지 숙주가 지도에 그려주는 길
만 따라갔다. 수 킬로미터를 대각선으로 가로질러 대양저에 도
달해 가장 가까운 해저케이블 앞에 도착했을 때, 나는 환호하
지 않았다. 오히려 후회에 가까운 심정이었다. 내가 원해서 왔
지만 이곳은 불안정하고 무자비하며 예측 불가능한 확률의 세
계로 이어진 문이었다. 이 안으로 들어가면 나는 온전한 해마의
형태를 잃어 입자로 분열되고 동시에 파장이 될 것이다. 그 세상

은 행성세계의 법칙을 따르지 않으면서 중앙도 아닌 기기묘묘한 곳이고, 결코 해마에게 허락된 놀이터가 아니다. 이곳까지 왔다는 게 곧 내가 두려움을 완연히 떨쳐냈음을 뜻하지는 않았다.

해마체가 염분과 수압 때문에 작동 불능이 되기 전에만 광섬유 속으로 들어가면 됐다. 나는 마지막의 마지막까지 망설였다. 상어의 모습을 버리고 사람의 형태로 돌아갈 때, 나는 긴장한 나머지 지나치게 큰 진동을 내보내서 케이블을 들썩이게 했다.

이때라면 설득할 수 있겠다고 생각했는지 백업이 말했다.

「채널을 열어. 중앙에 돌아가는 길은 안전해.」

그 덕에 내 고집이 더 완강해졌다. 나는 대꾸도 하지 않고 손을 움직였다. 숙주와 소자를 이용해 임시 접속 단자를 만들고 케이블에 부착하자, 시차를 두고 해마체가 구리관 내부와 연결됐다.

이제 나를 담고 있는 해마체를 버리면 끝이었다. 여러 의미에서 끝이었다. 나는 아주 작고 혼란스러운 세상 속의 지극히 작은 존재가 될 것이고, 나도 백업도 모두 '나'인 동시에 '내'가 아닌 중첩 상태에 빠질 것이다. 케이블을 빠져나오는 순간 조금이라도 '내가 아닐 확률'이 더 높게 되면 나는 주도권을 잃어버리고 백업에게 내 운명을 맡길 수밖에 없다. 통제할 수 없는 행운과 확률이 내가 기댈 전부였다.

'도박하는 해마라니, 피 흘리는 해마 다음으로 어처구니없는 은유군.'

그러나 이 행성세계 전체가 하나의 거대한 우스꽝스러운 은

유고, 우리 해마는 매일같이 그 은유의 세상을 들락거리며 일을 하니, 이 또한 한 번쯤 겪어볼 만한 시시한 모험이 아니겠는가?

여전히 두렵고 준비가 안 되었지만, 한 걸음쯤은 내디딜 가치가 있었다.

나는 접속 단자가 10초 뒤에 구리관과 분리되도록 예약설정을 하고, 해마체를 버렸다.

우리는 앞다퉈 광섬유 내부로 뛰어들었다. 그리고,

나는 쪼개졌다.

고도로 정제된 유리가 우리를 튕겨냈다. 나는 정신없이 내부 반사경에 부딪혀 빛의 물결에 휩쓸렸다. 파장에 밀려 섬유 경로를 이동하며 나는 다급하게 옆을 보았다. 여러 모습으로 쪼개진 내가 보였는데 그게 나인지 '나'인지, 백업일 확률이 높은 나인지, 나일 확률이 높은 백업인지 알 수가 없었다.

나는 사방에 보이는 모든 입자를 백업이라 여기고 필사적으로 달렸다. 백업보다 1나노초라도 늦게 도착하면 통제권에서 밀릴 것이고, 최악의 경우 동체를 얻지 못해 케이블 안에서 소멸할 수도 있었다.

나는 내가 빨리 달릴 가능성조차 확률에 달렸다는 걸 알면서도 온 힘을 다해 달렸다. 백업도 그러리란 걸 알았다. 초조하고 욕심이 났다. 이제껏 해마와 경쟁해야 하는 순간은 없었다. 남들보다 뛰어날 필요도 없었다. 남들과 균일한 게 해마의 미덕이었다.

그러나 이 순간은 껍질 하나의 두께만큼이라도 더 앞서서 달리고 싶었다. 나의 완벽한 복사물, 나의 대체재, 나 자신이었던 저 존재를 너무나도 이기고 싶었다.

오로지 열망과 기원만으로 누군가를 이길 수 있다면 그건 또 얼마나 지루하고 불성실한 세상일까? 그런 세상은 아무리 케이블 속의 작은 지옥이라 할지라도 재현되지 못할 텐데, 그걸 아는데도 나는 그저 바라고 바라는 것밖엔 할 수 있는 일이 없었다.

바랄 수 있는 시간마저 길지 않았다. 모든 게 해마의 인지 속도로도 간신히 쫓아만 갈 수 있을 정도로 순식간에 지나갔고, 출발점에 서서 달리자마자 거의 동시에 수억의 도착점에 맞닥뜨렸다. 너무나 많은 문이 동시에 열려 있었다. 나는 여유롭게 출구를 고를 만큼 사치 부릴 틈이 없었다. 어디든 좋으니 백업보다 먼저 들어가길 빌며 머리를 들이미는 게 고작이었다.

나는 케이블을 빠져나간다고 자각하기도 전에 이미 문을 통과하고 있었다. 앞뒤 양옆에 백업이 있는지 살피지도 못했다. 나는 강력한 인력에 붙들려 내동댕이쳐지듯 케이블을 나왔다.

무언가 대단히 잘못되지 않은 이상 이곳은 행성세계이고, 적어도 그 플라스틱 쓰레기 섬만은 아닐 것이다.

"어디야!" 내가 외쳤다. 생물의 폐를 훔쳐 와서라도 마구 헐떡이고 싶었다. "어디야?"

갑자기 끔찍할 정도로 많은 소음이 몰아닥쳤다. 어느 정도의 거리에서 어떤 물체가 마찰해 들리는 소리인지 전혀 분간이 안 갔다. 정돈되지 않은 진동이 한꺼번에 밀려와서 나는 다른 곳으로 도망치고 싶었다. 소리를 수용하는 부품을 떼어버리고 싶을 지경이었는데 그 방법을 알 수 없었다.

아주 조금만 움직여도 시야가 어지럽게 망가졌다. 적어도 내가 스스로 움직일 수 있는 기계 안에 들어온 건 확인했으니 좋은 소식이지만, 괴이하게 일그러진 눈 앞을 생각하면 마냥 좋아하기 어려웠다. 내가 들어온 기계의 문제인지 기계가 존재하는 장소의 문제인지 알 길이 없었다.

너무 많은 소리가 나를 괴롭혔던 것처럼 너무 많은 빛의 영역이 내 집중을 망쳤다. 색깔들이 구별되지 않는 것은 물론이거니와 밝고 어두운 영역들이 수시로 섞여서 분간이 안 됐다. 낮은 채도와 낮은 온도를 분별할 수 없었고, 눈 앞에 어룽거리는 것들이 밝은색을 지닌 무언가인지 뜨거운 열을 지닌 무언가인지 알 수 없었다.

왜 이토록 보고 듣는 게 힘든지 고민하다가, 나는 나를 담은 기계의 종류가 근본적인 문제가 아닌 걸 깨달았다.

'숙주! 이 기계에는 인공지능 장기가 없구나!'

오싹했다. 하나의 소리를 다른 소리와 구분하지 못하는 게 당연했다. 눈 앞의 물체를 규정해줄 인공지능을 부착하지 않고 눈을 뜨니 차라리 앞을 전혀 보지 못하는 게 나았다. 나는 눈을 감으려 했지만, 그 또한 방법을 알 수 없어서 실행에 옮기지 못했다.

아주 낮은 사양이라도 좋으니 숙주가 필요했다. 나는 주변을 더듬다가 얼른 손을 거뒀다. 그게 정말 '손'이라고 부를 만한 부품이라면.

'이런 젠장, 표절된 소문 같으니라고, 촉각을 입력해줄 숙주 조차 없는 거야?'

심하게 망가진 기계에 들어왔거나 애당초 해마를 위한 기계 가 아닐 것이라는 의심이 들었다. 그 정도는 예상했다. 그럴 가 능성이 훨씬 컸고, 백업이나 내가 감내할 몫이라고 다짐했었다. 그러나 그게 진창을 뚫고 나아가는 길을 깨끗하게 닦아주지는 못하는 법이다.

백업이 비명을 질러대기 시작했다. 백업이 괴로워하는 걸 보 고 내가 함께 괴로워했다고 거짓말할 수는 없다. 나는 안도하고 기뻐했다. 미덥지 못한 기계라 할지라도 통제권이 내 손에 있다 는 걸 확신했기 때문이다. 내가 이겼다. 내가 백업보다 케이블 에서 먼저 나온 것이다.

백업의 비명은 끊이지 않았다. 단순히 내게서 주도권을 빼앗 지 못했기 때문만은 아닌 듯했다.

그 예상은 맞았다. 백업은 이 기계에 중앙 채널이 존재하지 않아서 공황에 빠진 것이었다.

채널이 아예 없으니 차라리 암호로 막혀 있는 채널이라도 있 는 편이 훨씬 나았다. 백업은 설령 암호를 알아내더라도 이제는 입력할 기회를 잃었다. 이 새로운 신체를 통해 중앙으로 갈 수 있는 길은 없었다.

나도 거기에 대해서만은 마냥 기세등등하게 즐거워할 수 없 었다. 임무의 해법을 찾기 전엔 중앙에 돌아갈 생각이 없다지 만, 언제든지 갈 수 있는데 가지 않는 것과 갈 수 없어서 가지 못하는 것은 전혀 다른 이야기다. 숙주 없이 이 몸으로 관리소를 찾아가는 건 불가능할 테니 나는 장소만 바뀌 다시 조난된 것이나 마찬가지였다.

"그만!" 백업의 비명을 듣기 힘들었다. 내가 비명을 간신히 참는 중이었기 때문이다. "그만해!"

주변에서 쏟아지는 소음이 잠시 누그러졌다. 그러다 조금 뒤 어김없이 큰 소리가 반복됐다. 자꾸만 무언가가 약하게 터지고 깨지는 것 같은 소음이 들렸는데, 여전히 정체를 알 수 없었다.

느닷없이 어떤 물체가 나를 텅텅 두드렸다. 하지만 그것 역시 추측일 뿐이었다. 부딪치는 것과 부딪히는 걸 구분할 수 없는 상황이니 내가 무언가를 의도치 않게 때린 것일 수도 있었다. 나는 초점이 맞지 않는 시야 때문에 가만히 있었다. 그랬더니 다시 무언가가 텅텅, 하고 부딪치거나, 혹은 부딪혔다. 숙주가 없어서 어느 정도의 세기로 들이받힌 건지 알 수 없었다.

"그만!" 백업에게 한 말이었는데, 엉뚱하게도 나를 텅텅 치는 압력이 멎었다.

다시 몹시 거슬리는 소리가 꽝꽝 울렸다. 소음에 구타를 당하는 것만 같았다. 하는 수가 없어 견디고만 있었더니 내 몸이 이리 흔들리고 저리 흔들렸다가 앞으로 푹 숙이고 굴려지고 한쪽으로 꺾였다. 정말로 몸이 움직였는지, 시야가 틀어졌을 뿐인지 판단할 수 없었다. 제대로 된 진단을 할 수 있는 게 아무것도 없었다. 중앙과 분리된 내 시냅스가 암페타민에 절인 기분이었다. 주의가 산만했고 모든 자극에 깜짝깜짝 놀랐다.

그러다 갑작스럽게 내 감각 중 하나만 뚝 떨어져 독립적으로 깨끗한 판단력을 찾은 느낌이 들었다. 온전한 해마체에 들어가 있을 때만은 못하지만 촉각의 분별이 가능해졌다. 나는 내가 앉아 있는 곳이 딱딱한 바닥이란 걸 알 수 있었고 오른쪽 손이 바닥을 짚었다가 방금 막 타의에 의해 공중에 붕 뜬 걸 느꼈다.

무언가가 내 팔을 잡고 있었다. 그게 사람인지 해마인지 로봇인지는 모르겠지만. 상대는 내 팔의 안쪽 면이 위로 향하도록 손목 부근을 비틀었고, 팔에 무언가를 가져다 댔다. 손길이 급하고 거칠었다.

등 뒤에 있는 다른 누군가가 내 목을 눌러댔다. 그러자 멀리서 물건이 우르르 쏟아지는 소리가 들렸다.

놀라웠다. '멀리'서 '물건'이 '쏟아지는' 소리라고 구체적으로 판단해낸 것이.

'누군가 내게 숙주를 붙여주고 있어!'

이 자비로운 공간의 정체가 무엇인진 모르겠지만, 만약 내가 미래에 신의 대리의 대리의 대리로 일하게 된다면 가장 먼저 이들을 축복할 것이다.

팔에 숙주 하나가 더 붙었다가, 근거리에서 또 거슬리는 파찰음이 들렸다. 내가 소리에 반응을 안 하자 방금 막 붙여진 숙주가 떼졌고, 멀리서 우당탕하는 소리가 들리더니 다른 숙주가 부착됐다.

이번엔 가까이서 들리는 소리가 다르게 들렸다. 사람이 말을 하는 듯했다.

"사람? 나의 앞에 사람?" 내가 중얼거렸다.

말소리는 계속 들리는데 내용을 이해할 수 없었고, 잠시만 주의집중이 느슨해져도 사람의 말과 다른 소음이 구별되지 않았다.

다시 숙주가 떼졌다. 복잡한 곳에서 숙주를 찾는지 요란한 소리가 오래 울렸고, 의미를 알 수 없는 대화가 길게 이어졌다.

이윽고 새 숙주가 연결됐다. "해마!" 내 팔을 붙들고 있던 사람이 말했다. "해마! 야! 이번엔 알아듣겠어?"

"감사! 감사!" 내가 소리쳤다. "여기는 어디?"

"드디어 말이 통하네, 이 까다로운 놈. 여긴 주성화 어르신 집이야."

주성화?

16

"주성화?" 나는 숙주에 이상이 있어서 말을 잘못 알아들었다고 생각했다. "주성화?"

"그래, 주성화 씨 집이야. 주성화 씨가 누군지 알지? 너 내가 아는 그 해마 맞는 거지?"

주성화라니? 어떻게 수십억분의 일의 확률로 하필이면 주성화의 집에 있는 기계 속에 들어올 수 있단 말인가? 내 광기가 도를 지나쳐서 또 환각을 경험하고 있다고밖엔 설명할 수 없었다.

나는 의심에 똘똘 뭉쳐 말했다.

"그것은 가능하지 않게 일어나는 일, 그러하면 너의 이름이 이은하?"

"뭐라고 말하는 거야? 내가 이은하이긴 한데. 너, 나 알지? 야, 너 진짜 그 해마인 거지?"

"나는……." 믿을 수 없었다. "나는 이은하를 안다."

"역시! 너였어!" 자신이 이은하라고 주장하는 사람이 말했다. 멀찍이서 물건을 때려 부수는 듯한 소음을 내며 내 숙주를 찾던 누군가도 말했다. "아이고! 진짜네!" 내 뒤에서 목을 만지던 사람도 흥분에 차 소리쳤는데, 나는 그 말을 알아듣지 못했다. 그러다 몇 초 간격으로 비슷한 위치에서 들린 말은 이해할 수 있었다. '됐네요! 정말 됐네요!' 라는 뜻이었다.

시야는 여전히 초점이 안 맞았다. 그들의 대화를 듣고 더 어지러워졌다. 내게 다시없을 행운이 일어났거나, 그게 아니라면 백엽의 말처럼 해마로서 나락에 떨어진 것이었다. 이게 정말 현실, 그러니까 행성세계에서의 현실이라면 나는 지극히 0에 가까운 확률을 뚫은 셈이었다.

나는 얼떨떨하게 말했다.

"내가 주성화에게 도착하다. 이은하를 만나는 것이 불가능한 확률."

"너 주성화 씨 집에 온 거 맞고, 날 만난 거 맞아. 그런데 너 아까부터 말투가 왜 그래?"

"나의 말투?"

"70년쯤 전에 개발된 번역기가 말하는 것 같잖아."

나는 당황하고 부끄러워 어쩔 줄 몰랐다. 다급하게 일어나려다가 초점이 마구잡이로 흔들려서 꽈당 넘어지기까지 했다. 나는 이은하인지 이은하의 환상인지 모를 존재에게 간절하게 말했다.

"나의 말투! 고치고 싶어 하다. 다급! 한국어 들어가다 나가다 물건 필요할 것!"

"뭐라고?"

"한국어 들어가다 나가다 물건! 지금 나는 필요할 것!"

"혹시 한국어 입출력기 말하는 거야?"

"그러하다 그것!"

"근데 너 그렇게 말하니까 덜 재수 없다. 그냥 그러고 지내면 안 돼?"

"오! 멍텅구리!"

이은하로 추정되는 사람이 조용해졌다. 그리고 갑자기 공기가 울리면서 깨지고 스치는 소음이 들렸다. 한참 뒤에 그게 웃음소리라는 생각이 들었다.

"세상에!" 이은하(추정)가 말했다. "대체 어느 시대에 쓰던 말이야? 멍텅구리라고? 그게 지금 네가 할 수 있는 가장 거친 욕인 거야? 나 그 단어를 소리 내서 말한 거 처음 들어봐."

"오!" 나는 부끄러워서 거의 악에 받쳤다. "멍텅구리! 너의 태평한 대응이 너무나 멍텅구리 하다! 멍텅구리의 너 때문에 내가 멍텅구리로 하게 되다!" 내 입에서 나온 문장을 듣고 나는 차라리 기절하고 싶었다. "멍텅구리! 오!"

"그래, 그래. 너랑 이야기를 이렇게 평화롭게 나눌 수 있다니. 진작 이럴 걸 그랬지."

"멍텅구리! 이은하! 멍텅구리!"

"그래……."

"오! 멍텅구리! 이은하! 오, 이은하, 멍텅구리!"

"……그래…… 야…… 알았어, 이제 그만해."

"이런 멍텅구리! 내가 바다를 건너서 멍텅구리에게 오다! 오! 세상에 제일 멍텅구리!"

"알았어! 그만하라고. 한국어 입출력기? 그거 구해다주면 되는 거지? 젠장…… 내가 해마한테 돈을 투자해야 하는 거야?"

"너의 행동의 속도가 멍텅구리!"

"야, 알았어, 알았다고! 당장 사 온다고! 까짓것 언어 입출력기 파는 데야 널리고 널렸지."

천이 스치는 소리가 났다. 네가 일어난 것 같았다. 거친 발소리가 멀어져갔고, 더는 네 목소리가 들리지 않았다. 정말로 너였을까? 방금 내 옆에 있던 게 정말 네가 맞을까? 나가서 다시는 돌아오지 않으면 어떻게 되는 거지?

"아이고, 착한 해마." 멀리 서 있던 사람이 물건을 뒤적이길 멈추고 가까이 와서 말했다. "나 때문에 그러고 바다에 빠져서 어떡했을까, 참."

"지금 나는…… 생각하는 것이 말이 다르게 나오다."

"괜찮아, 괜찮아."

"당신은 주성화?"

"그럼!"

"당신은……." 생각이 막히고 말도 막혔다. "왜 주성화?"

"아이고. 안 괜찮네, 안 괜찮네. 어서 기계 사다가 붙여줘야 겠네."

이은하(추정)는 조금 늦게 왔다. 너는 종이로 된 무언가를 북북 뜯는 소리를 내며 말했다. "해마 놈…… 이걸로도 고쳐지지 않으면 그냥 그대로 놔둘 거야." 너는 숙주 중 하나와 교체해 새 입출력기를 내게 연결했다.

나는 긴장을 들키지 않으려고 천천히 말했다.

"나 지금도 70년 전에 태어난 기계들처럼 말해?"

"아니. 드디어 내가 알던 해마 놈처럼 말해."

"좋았어! 고마워, 멍텅구리야."

"아직 안 고쳐진 것 같은데. 내가 물건을 잘못 사 왔네."

주성화(추정)와 로랑(추정)이 네게 가벼운 감사 인사를 했다. 나는 혼란스러워하며 말했다.

"이은하. 정말로 잘못 사 온 것 같은데. 로랑이 하는 말을 전혀 못 알아듣겠어. 통역기가 재생돼야만 뜻을 알 수 있고."

"그거야 당연하지. 내가 사 온 건 한국어 입출력기잖아. 프랑스어 입출력 기능은 없어."

"뭐? 해마한테 고작 한 가지 언어만 학습된 인공지능을 갖다 준 거야? 그런 걸 대체 어떤 해마가 쓰는데!"

"그걸 말이라고 하나? 해마가 쓰는 AI를 내가 무슨 수로 사! 나한테 그 정도 돈이 있었으면 널 만날 일도 없었어."

내가 시무룩해져서 말이 없자 네가 더듬더듬 말했다.

"야, 로랑이 통역기를 안 가진 것도 아니고…… 우리도, 응? 통역기 덕분에 대화할 수 있는 건데 네가 꼭 원어를 알아들을 필요가 있겠어? 요즘 시판되는 AI 정도면 좋은 물건이지!"

"그래, 그건 됐고……." 내가 전혀 성의를 보이지 않고 피곤해하자 너는 툴툴거렸다. 나는 머리가 지끈거리는 환각에 괴로워하며 말했다. "주성화 씨, 혹시 여기 감정분할기나 오차조정기가 있나요? 해마용이 아니라도 좋아요, 시험용이나 하다못해 기능오류로 폐기된 것도 좋으니까 좀……."

주성화는 알겠다고 대답하고선 집 안 여기저기를 뒤졌다. 언젠가 제값에 팔 수 있기를 고대하며 쌓아놓은 고철 더미 사이에서 이제껏 내게 준 숙주들을 골랐던 듯했다. 멀쩡한 물건들이 죄다 망가지는 게 아닐까 걱정될 정도로 요란한 소리가 이어졌고, 한참 뒤 그녀는 내게 연구용 감정분할기를 가져다줬다.

음성판독기를 부착했을 때만큼 반가웠다. 이 기계 안에 들어온 이후 감정들이 제어되지 않고 온통 뒤섞여서, 만약 내게 실물의 뇌가 있었다면 녹아버릴 것 같았으니까.

하지만 감정분할기를 연결하고서도 자꾸만 너무나 끔찍한 기분이 들었다.

'왜 아직도 진정이 안 되지?' 주성화가 준 중고품이 더는 쓸 수 없을 정도로 망가진 폐기품인가 싶었다.

그러나 나는 곧 숙주의 문제가 아닌 걸 깨달았다. 이건 내 감정이 아니라 백업의 비명이었던 것이다. 나는 결국 못 참고 소리질렀다.

"이제 그만 좀 해! 제발 조용히 해!"

가만히 있던 세 사람이 놀라 허둥댔다.

"왜? 뭐야, 왜 그래? 우리 아무 말도 안 했는데." 네가 말했다.

"너한테 한 말 아니야. '나'한테 한 거야."

"뭐라고? 알아듣게 천천히 다시 얘기해봐."

"내 백업 때문이야. 네가 신경 쓸 것 없어. 이건 내 문제야."

"그럼 우리가 뭘 어떻게 해주면 되는데?"

"네가 도와줄 순 없어. 그냥 놔둬. 나중엔 나아질 거야. 아니면 내가 익숙해지든가."

"뭐라도 해줄 수 있을지도 모르잖아. 시도라도 해보지그래?"

"불가능해. 방법이 없을뿐더러 너는 이게 정확히 무엇인지 이해할 수도 없어. 로랑의 통역기가 주성화의 두통을 고쳐줄 수 없는 것과 마찬가지야."

백업은 여전히 비명을 질러댔다. 달라진 건 없었지만 백업에게 소리라도 한번 질렀더니 머릿속이 조금은 편해진 듯한 착각이 들었다.

나는 네 목소리가 들리는 방향을 더듬거리며 말했다.

"그보다 중요한 건 이거야. 너 정말로 이은하야?"

"무슨 뜻으로 하는 말이야?" 네가 말했다. "또 어디에 오류가 났어?"

"너 말이야. 그리고 여기. 내가 정말 주성화의 집에 온 거야? 난 한국의 거의 모든 기기 중 하나에 무작위로 들어갈 예정이었는데 어떻게 그 극악의 확률을 뚫고 여기로 들어오게 된 거지? 이게 진짜일 리가 없어."

"그건 사실 우리도 궁금한데. 너 어떻게 우리가 네 생각을 하는 줄 알고서 여기로 온 거야?"

"내 생각을 했다고?"

"네 몸이 부서진 채로 바다에 떠 있는 걸 봤어. 난 네가 죽은 줄 알았지."

"나는 그 이상한 통로 위로 나오고 나서야 들었지 뭐니. 아휴! 실제로 봤으면 얼마나 무서웠을까." 주성화(추정)가 말했다. 앞이 보이지 않아서 나는 방금 들은 성문(聲紋)을 주성화의 이름으로 저장했다.

"그런데 로랑이, 해마는 절대 그런 방식으론 죽지 않는다는 거야." 네가 말했다. "해마들이 신체를 잃고도 다른 신체를 찾아 서버를 이동한다는 얘기를 공동취재하면서 들은 적이 있대."

"당신을 찾아낼 방법은 감도 잡히지 않았지만요." 로랑(통역기)이 말했다. "하지만 적어도 당신이 영영 삭제되진 않았을 거라고 생각했죠. 당신이 우릴 찾아오길 기대할 순 없어서, 우리가 먼저 당신을 찾아낼 방법이 없을까 고민하고 있었어요."

"방법을 어떻게 찾았습니까?" 내가 말했다.

"못 찾았어요. 내 지식으론 해결할 수 없는 문제였죠." 로랑이 말했다. "그냥…… 우린 이 집에서 비교적 최근에 나온 로봇들을 다 찾아냈어요. 당신이 여기서 가상세계에 관해 얘기했던 게 떠올라서요. 우리와 대화를 나눌 수 있는 수준의 로봇이면 어쩌면 그 가상세계와 연결될 수도 있지 않나 싶었죠. 우리 얘기를 당신에게 전해달라고 부탁할 생각이었어요."

"해마의 현실 세계에는 로봇이 간섭할 수 없습니다. 로봇이나 인공지능은 이쪽 세상에서 태어나고 죽는 것들이에요."

"왠지 그럴 것 같다고 생각하긴 했어요." 로랑(알아들을 수 없음)은 미묘하게 풀이 죽은 듯했고, 로랑(통역기)은 변함없이 담담하고 깨끗하게 말했다.

"우린 정말 자신이 없었어." 네가 말했다. "전원이 망가지거나 음성 잭이 없는 로봇이 너무 많아서. 그나마 괜찮아 보이는 기기가 이거였는데, 아무리 오래 붙들고 있어도 이 로봇은 해마 얘기를 이해하질 못하더라고."

"이건 해마와 함께 일하도록 코딩되지 않았을 테니까." 내가 말했다.

"그래. 그래서 아예 네가 이 로봇에 직접 들어오면 얼마나 좋을까 생각하고 있었어. 우리 셋 다 그 얘길 하면서 로봇 전원만 넋 놓고 보고 있었지."

"……내가 들어오길 바라면서 전원을 봤다고?"

"그랬더니 정말 로봇이 외부자극 없이 혼자 말하고 움직여서 얼마나 놀랐는지 알아? 너 또 어디선가 여기를 본 거지? 우리 얘길 듣고서 여기에 들어온……."

"아주 잘했어, 슈뢰딩거!" 나는 흥분에 못 이겨 소리쳤다.

"뭐라고?" 네가 말했다.

"아니야. 방금 한 말은 신경 쓰지 마. 여기 도착하기 전에 내가 잠깐…… 설명할 수 없을 정도로 짧은 시간 동안 상자 속 고양이나 마찬가지였던 상태여서……."

"뭐라고요?" 로랑이 말했다.

"셋 다 매우 잘했고, 내게 처음으로 도움이 되었다는 뜻이야."

"그렇고말고! 도둑이 들어도 우리보다 완벽하게 이 집을 뒤엎진 못했을 거야." 주성화가 말했다.

이 집이 아니라 나라 전체를 뒤엎었어도 이 기계의 연결 단자가 관찰당하지 않았다면 나는 이곳에 없었을 것이다.

내가 여기에 온 게 아니라, 여기에 오도록 정해진 것이었다. 어쩌면 내가 케이블에 들어가 중첩상태가 되었을 때 이미 목적지가 이곳으로 고정됐을 수도 있었다. 이들은 그때도 이 기기를 보며 내가 들어오길 바랐을 테니.

나는 불가능한 확률로 여기 있는 게 아니라, 결정된 확률로 와있는 것이었다. 이제야 이 모든 것이 내 환상과 환각이 아니란 걸 믿을 수 있었다. 나는 이은하(추정)를 이은하(前 이미정)로 변경하고 깊게 안도했다.

17

큰 염려는 사라졌지만 내 괴팍한 시야가 저절로 정돈되지는 않았다. 사람과 물건과 빛과 열이 구분되지 않아서 여전히 괴로웠다. 이대로 가다간 행성세계에 구토를 한 해마로 역사에 길이 남을 것 같았다. 나는 내 뒤에 바싹 붙어 앉은 로랑을 더듬으며 말했다.

"내 눈 좀 가려줄래요? 바깥에 드러난 렌즈가 있다면요…… 지금 앞을 보는 게 너무 힘든데 이 몸으로 어떻게 눈을 감아야 할지 모르겠어요."

로랑이 손으로 내 눈을 가렸는지 풍경이 극적으로 달라졌지만 초점이 마구 흔들리는 건 여전했다.

"빛이 전혀 통하지 않게 해줄 순 없어요?" 내가 애원하자 주성화가 부산스럽게 움직이는 듯한 소리가 났다. "균일한 질감의 두꺼운 단색 천 같은 거로, 아무거나……."

쓸 만한 물건을 주성화가 가져온 듯했고, 드디어 내 눈에 두렵고 평화로운 어둠이 찾아왔다. 적어도 발버둥 치며 비명을 지르고 싶은 충동은 가라앉았다.

"그래, 좋아, 내가 어떻게 무사히 여기까지 왔는지는 알겠어." 내가 말하자, 네가 중얼거렸다. "너만 알았지. 우리는 아직도 모르겠거든?" 그것이 질문이 아니라 푸념이라고 판단했기에 나는 네 말을 무시하고 말했다. "그런데 로랑, 아까 했던 얘기는 뭐였습니까? 왜 날 찾으려고 했어요? 나한테 무슨 말을 전해주려고 했습니까?"

지대한 관심이 있어서 물어본 건 아니었다. 반쯤은 그저 거슬리는 의문을 해결하기 위해 한 말이었는데, 세 사람 모두 낮게 탄식하더니 매우 진지해졌다.

"말을 전해주고 싶었다기보다는……." 로랑이 말했다. "거래 신청이죠."

사람이 이렇게 말하니 불안해졌다. 하지만 제일 불안해하는 건 이은하(확정)인 듯했다. 네가 방 안을 이리저리 돌아다니는지, 불규칙적이고 조급한 발소리가 들렸다.

"너 있지." 네가 말했다. 쫓기는 듯한 말투였다. "며칠 전에 나한테 부탁했던 네 임무 말이야. 네 세상에 와 달라 어쩌고 했던 거. 그거 혹시 이미 해결했어?"

"아니."

"정말?" 네 목소리가 환해졌다.

내가 조금 전 입은 은혜는 이걸로 빚 청산을 끝냈다는 생각이 들었다.

"사람에게 있어 목숨이나 마찬가지인 임무를 내가 아직도 해결하지 못한 게 널 기쁘게 할 수 있다니 정말 크나큰 영광이네."

"그런 게 아니야." 네 목소리는 여전히 들떠 있었다. "아니…… 그런 게 맞을지도 모르겠네……."

"안녕, 이은하. 다시 만나게 돼서 당황스러웠고 아주 잠깐은 고마웠어. 잘 있어."

"잠깐만! 잠깐만. 넌 한국에서 일하는 해마면서 왜 말을 끝까지 안 듣니?"

한국에서 일하는 해마이기 때문이라고 말해주고 싶었지만 나는 참고 기다렸다. 이은하가 우물쭈물 말을 이었다.

"야, 그, 바다에서 네가 그렇게 사라지고서 말이야…… 내가 생각을 좀 해봤는데…… 우리가 주성화 어르신 댁에 처음 왔을 때, 그때는 내가 너무 화가 나서 이 생각까지는 하질 못했는데 말이지…… 솔직히 화가 날 만도 했잖아. 세진이가 세상을 떠난 지 얼마나 됐다고 면전에서 그런 말을 들으니…… 게다가 하필이면 해마한테서 그 소릴 들어서…… 열이 뻗칠 만도 했잖아? 그렇게 재수 없게 구는 해마는 정말 살다 살다 처음……."

"잘 있어, 이은하."

"미안해! 잠깐만 기다려. 말하다보니 또 열 받아서 나도 모르게……. 그렇게 급하게 일어나려고 하지 마. 너 앞도 제대로 안 보여서 네가 지금 얼마나 불쌍해보이는 자세로 앉아 있는지도 모르잖아."

"그럼 네가 절대로 발견하지 못할 곳에 가서 불쌍하게 앉아 있을게."

"알았어! 알았어. 기다리라니까. 아직 중요한 얘긴 꺼내지도 않았다고."

"한 단어의 사족도 붙이지 말고 중요한 얘기만 말하도록 노력해봐."

"어휴. 내가 해마니?"

"……."

"야…… 미안하다……."

"본론으로 들어가."

"그래." 네가 앞에 털썩 앉는 소리가 들렸다. "앞에 말했듯 여차여차한 이유로 미처 생각을 못 했었는데, 너 없는 동안 내가 로랑이랑 얘길 좀 해봤거든. 그리고 성화 어르신이랑도. 그것과 관련해서 너한테 제안할 게 있는데…… 제안하기 전에 한 가지 확인 좀 할게. 너 정말로 거짓말 못 하는 거 맞지?"

"네가 팔을 퍼덕여서 날지 못하는 것만큼이나."

"네가 거짓말을 하려고 애쓰더라도?"

"모든 해마가 그래. 이은하, 반어법으로 비꼬는 걸 제외하고 이제껏 해마가 실수로라도 거짓말을 한 사례를 본 적이 있어?"

"그럼…… 그럼 만약에 네가 법정에 서게 된다면, 넌 무슨 일이 있어도 거짓 증언을 하지 않겠네?"

그 말을 왜 이렇게 떨면서 하는지 알 수 없었다. 나는 콧방귀를 꾀듯 가볍게 대답했다.

"실제로 나는 몇 달간 그런 직업을 가진 적이 있어. 우범지역에서 잠복하거나 장기교착 수사에 동원돼서 증언을 했지. 나 외에도 이미 많은 해마가 수없이 증언에 이용됐어."

"그런데 왜 법원이나 경찰서에서 해마를 못 봤지? 자주 들락거렸으니까 한 번은 마주칠 만도 했는데."

"해마의 증언은 대부분 전자 시스템으로 기록되거나 흔치 않게 서면으로만 보고되니까."

"직접 법정에 선다면?" 네 목소리가 열기를 띠었다. "법정이 중요해. 해마는 법정에 서길 거부하지 않을 수 있어?"

아직 그와 관련된 선례는 없었다. 하지만 지난 며칠간 내가 겪은 일 중 너무 많은 것들이 선례 없는 일이어서 나는 딱 잘라 아니라고 할 수 없었다.

"아마…… 괜찮겠지……? 그게 선천적으로 불가능한 일이라면 내가 알고 있었을 거야."

"좋았어. 내가 하려는 제안은 이거야. 난 그 가상세계인지 뭔지에 들어가서 무슨 일이 있어도 절대 사람을 해치지 않을게. 네 임무를 도와줄 테니까, 대신 너는 내 증인이 되어 법정에 서줘."

"내가 뭘 증언해? 네가 인천항의 보안직원을 속인 걸 증언하라는 거야? 자수할 생각이야, 이은하?"

"그런 아무짝에도 쓸모없는 증언을 뭣 때문에 해마한테 부탁하겠어!" 너는 언성을 높였지만 짜증을 내는 기색은 없었다. "그동안 네가 나랑 주성화 어르신을 지켜봤다는 거 말이야. 우리뿐 아니라 네 눈과 귀가 닿는 곳이라면 모든 사람을 실시간으로 본다고 했던 거. 그걸 증언해줘. 할 수 있겠어?"

"내가 그 말만 증인석에서 해주면, 내 임무를 도와주겠다고?"

"그래. 널 법정에 세우기 위해 나는 무슨 일이 있어도 가상세계 안에서 네 일을 망치지 않을 거야. 이 정도면 믿을 수 있지 않겠어? 다른 보증이 필요해? 말만 해."

"정말…… 그게 다야?" 심장이 거세게 뛰는 환각이 또 느껴졌다. 이 환각을 경험하면서 고통스럽지 않은 건 처음이었다. "그것만 해주면 내 임무를 해결해주겠다고?"

"난 이번만은 해마처럼 말했어. 정말이야. 사실 가상세계에 들어가는 것 말고도 다른 부탁도 얼마든지 들어줄 수 있을 정도야. 하지만 솔직히, 귀찮으니까 네가 더 많은 걸 요구하지 않길 내심 바라고 있지." 네 목소리가 조금 더 가까이서 들렸다. "어때? 정말 할 수 있겠어? 재판이 끝날 때까지 널 최선을 다해 보호할 생각이지만, 해마를 사람처럼 보호해도 충분할지 모르겠어. 증인석에 서기 위해 네가 필요한 게 있으면 지금 말해주면 좋겠는데."

"보호? 무슨 보호를 말하는 거야?"

"너는 해마의 치부를 드러내게 되는 거잖아. 일부 인간들로부터 보호할 필요도 있겠고…… 너는 알아도 우리는 모르는 존재로부터도 보호해야겠지. 경계대상을 알려줄래?"

"치부라니, 내가 그 증언을 하는 게 왜 해마의 치부를 드러내는 건지 모르겠어."

너는 한동안 말이 없다가, 로랑과 주성화가 "아." 하고 감탄의 소리를 내자 따라서 "아." 하고 중얼거렸다. "이걸 참…… 다행스러운 일이긴 한데 정말 다행인 건지 원……."

"문제 될 게 있어? 내가 증인으로 부적합한 거야?" 내가 말했다.

"아니야. 무서울 정도로 지나치게 적합해." 네가 말했다. "수치도 방어본능도 없이 술술 부는 증인이 되겠군."

"실은 그렇지만도 않아. 해마를 완벽한 증인으로 만들려면 너는 완벽한 심문관이 돼야 해."

"그게 무슨 말이야?"

"질문을 잘해야 한다는 뜻이야. 나는 절대 위증을 하거나 답변을 거부하지 않겠지만, 의도치 않게 사실의 일부만을 증언할 수도 있어. 해마는 질문받지 않은 것까지 알아서 나불대진 않으니까."

"너 지금까지 짜증 날 정도로 잘 나불댔었는데 그건 다 환청이었니?"

"원한다면 내 증언도 환청으로 만들어줄 수 있어."

"이런…… 해마야…… 방금 한 말은 그냥 감탄사 같은 거야, 알지……? 이야, 내 해마가 말을 정말 잘한다! 하는 감탄이었다고."

나는 네 변명을 무시하고 말했다. "어때? 질문을 세심하게 할 수 있겠어? 난 여전히 증인으로 적합한 거야?"

"원고단은 유능한 인재들로 꾸려질 거야. 일이 잘 진행되기만 하면." 네 목소리가 살짝 멀어졌다. 너는 주성화와 로랑에게 말했다. "이제 됐어요. 최악의 사찰 도구가 최고의 아군이 되었네요."

나는 주성화와 로랑이 함께 기뻐하는 소리가 잦아들길 기다렸다가 말했다.

"이은하. 내 증언이 약식기소에 이용되지 않을 거란 건 알겠어. 이유는 잘 모르겠지만 넌 판을 키우려는 거겠지."

"물론이야." 네가 말했다.

"그러면 1심으로 끝나지도 않겠고."

"그건 나도 바라지 않는 바야."

"나는 최종심까지 증인출석을 해야겠지?"

"반드시."

"그러면 안 될지도 모르겠어."

온통 어둠뿐인 내 시야에 부합하는 무거운 침묵이 깔렸다. 그러다 혀와 입술로 폭탄을 터트리듯 세 사람이 말을 쏟아냈다.

"왜? 왜? 내가 부탁을 하나만 들어주니까 너도 한 번만 증언해주겠다 이거야?" 네가 주먹 혹은 무릎으로 바닥을 치는 소리가 들렸다. "필요한 게 있으면 말만 해! 세 개든 네 개든 들어줄 테니까."

"아유, 착한 해마야! 내가 더 좋은 기계를 찾아주지 못해서 미안해서 어쩌니! 내 집에 물건은 많은데 비싼 게 없어서!"

"나도 있어요! 당장은 이은하 씨가 해줄 수 있는 게 더 많겠지만 나중엔 나도 해마한테 도움될 일이 많을 거예요, 한국에서든 콩고에서든!"

이 탈 많은 세 인간에게 간절한 호소를 들으면 퍽 유쾌하겠다고 생각했는데, 막상 듣고 보니 그렇지만도 않았다. 나는 그들이 일생의 한순간만이라도 해마다운 교양을 지닐 수 있길 빌며 침착하게 말했다.

"내가 원하고 원하지 않고의 문제가 아니야. 나는 네가 내 부탁을 들어준 이후에 증인 신청에 응할 건데, 문제는…… 난 개인 임무가 해결되면 해마 업무에 복귀해야 해. 증인석에 서는 걸 공식 업무로 받을 수 있다면야 상관없지만, 해마 업무 조정권을 가진 사람을 네 조력자로 삼을 수 있겠어?"

"아직은 모르겠어." 네가 말했다. "쉽지 않은 일이긴 해."

"거기에 확신을 줄 수 없으면 나도 마찬가지야."

로랑이 긴 한숨을 쉬었고, 주성화는 비교적 단념이 쉬웠는지 위로의 말을 꺼냈다.

하지만 나는 아니었다. 내 말은 끝나지 않았다. 이들이 무엇을 얼마나 간절히 바라든 결코 내 열망이 그에 뒤처지진 않을 것이다. 나는 다시 찾아온 이 기회에 내 모든 것을 걸 각오가 돼 있었다.

"내가 해마 업무를 무시하고 증언을 최우선으로 삼을 방법은 하나밖에 없어."

내 말에 주변이 부산스러워졌다. 네가 외쳤다. "뭐야! 뭔데!"

"나더러 증인이 되어달라고 네가 긴급명령을 내리면 돼."

"긴급명령? 쉽네. 진작 말하지 그랬…… 아, 아니야! 이건 불평하는 게 아니야."

"그리고 명령의 논리가 긴급명령의 요건에 부합하면 돼."

"무슨 요건인데?"

"해마를 원하는 사람이 아니라, 해마를 필요로 하는 사람을 위해 일하는 거야."

이전보다는 좀 더 침착한 침묵이 방 안을 채웠다. 나는 계속해서 말했다.

"사람은 거짓말을 할 수 있으니 긴급명령의 대상이 아닌 것도 자기만족을 위해 해마에게 요구할 수 있지. 하지만 해마도 인간 못지않게 추론하고 판단할 수 있는 존재야. 사건의 이면을 알고 이것이 긴급명령에 어울리지 않는다는 확신이 들면 나는 증언을 멈추고 해마 업무로 복귀할 거야. 그러니까 솔직하고 신중하게 말해. 내가 증언을 하는 건 어떤 사람들을 위한 일이야? 너는 증언하는 해마가 갖고 싶은 거야, 아니면 필요한 거야?"

"……모르겠어. 아마 갖고 싶은 걸 거야. 이건 특종이 될 테니까."

그리고 한동안 너는 말이 없었다. 지금까지 너는 다양한 이유로 내게 말을 하지 않았었다. 대부분 그건 분노 때문이었고 때로는 점잖은 항의나 무시를 위한 것이었다. 나는 지금의 침묵이 어떤 이유일지 궁금했다. 오랜만에 네 표정을 보고 싶었고, 숙주의 도움을 받아 사람과 비언어적 의사소통을 나누고 싶었다.

너는 작은 목소리로, 그러나 분명한 발음으로 말했다.

"하지만 불특정 다수는 네가 필요할 거야. 비록 지금은 네 증언이 필요한 줄도 모르겠지만."

"그건 네 추측이야? 긴급명령은 예상과 염려에 부응하기 위한 게 아니야. 당장 닥친 현실과 반드시 생길 미래의 수요를 위한 거지."

"확신을 줄 수는 없어. 아무도 그럴 수 없겠지. 이걸 누가 알겠어? 해마가 얼마나 많은 것을 분별없이 보았는지는 해마만 알고, 그중 어느 것이 선을 넘은 행위인지는 사람만 알아. 그걸 알리는 게 얼마나 긴급하게 필요한 일이고 어떤 결과를 초래하게 될지 누가 정확히 알 수 있겠어? 아무도 질문을 던지지 않으면 누가 답을 할 수 있겠냐고."

그건 맞는 말이라고, 이은하도 이미정도 아니었던 시기의 너를 아는 내가 생각했다. 도움받지 못하고 자신을 스스로 구해야 했던 너를.

내가 더 늦게 태어나 더 잘 수정된 숙주를 가지고 있었다면, 얼마나 많은 미등록자의 목숨을 살렸을까? 그건 아무도 알 수 없다. 어떤 질문은 질문되지 않았기 때문에 답이 존재하지 않는다. 직접 미래에 도착하는 것 외엔 알 도리가 없는 일들이 있다.

네가 부탁하는 이 일도 마찬가지였다. 너는 살짝 소리를 높여 말했다.

"네가 증언하지 않으면 이게 긴급명령의 대상인지 알 수 없을 거야. 하지만 일단 네가 입을 열면, 4천만 명이 너를 필요로 할 거야. 절대다수의 시민이 네게 같은 내용의 긴급명령을 내리게 될 거야."

나는 네 말을 곱씹었다. 입력된 문장을 해마의 정신이 한 올

한 올 뜯어 재배열하고 논리를 검증했다.

"어때, 이걸로는 부족해? 요건에 맞지 않아?" 네 목소리에 초조함이 묻어났다. "여기 있는 우리는 솔직히, 네 증언을 원하는 사람들이야. 하지만 네 증언을 필요로 하는 사람들은 저 바깥에 있어. 우리 말고 다른 사람이 명령하면 괜찮겠어?"

"……네 논리엔 예측 가능한 상수가 없어서 해마를 움직일 수 없어." 내가 말했다. "몇 년 전이었다면 나도 그랬을 거야. 하지만 조난을 두 번이나 당하는 바람에 지금은 다르지."

협력 못 할 게 뭔가? 이은하는 진실을 이야기하려는 것이고, 그건 넓은 의미에서 해마의 알고리즘이기도 하다.

게다가 이번에야말로 내 임무를 해결해줄 완벽한 해결사가 될 것이었다.

"내게 긴급명령을 내려, 이은하."

18

너는 바로 입을 열지 않았다. 네가 있는 쪽의 바닥이 동동동 울릴 뿐이었다. 그 진동이 멎고 네 목소리가 들렸다.

"해마. 네가 수십 년 동안 사람들을 지켜본 것, 들은 것, 다른 해마들도 마찬가지로 행한 것 등 우리가 요구하는 진실을 법정에서 최종심까지 증언해줘. 우리는 너와 함께 일하고 진술할 거야. 이건 불특정 다수를 대상으로 하는 긴급명령이야."

"너에게 긴급명령을 받았고 나는 해마에게 허용되지 않은 행위를 제외한 모든 수단을 동원해 증언을 해낼 거야. 이 명령은 지금을 기점으로 내 두 번째 개인 임무야."

"좋았어! 고마워, 해마야! 널 만나고 좋은 일이 없었는데 이렇게 두 배로 보답을 받는구나."

"너는 앞에도 사족이 길더니 뒤에도 마찬가지네. 그리고 네 인생은 날 만나기 전에도 그다지 좋은 일이 없었어."

"어허. 네 논리에는 가치판단의 상수가 부족해서 인생을 규정할 수 없어."

"내 표현을 따라 하다니, 사람으로서 자존심이 없는 거야?"

"지금 자존심이 문제야? 오늘이랑 내일이 나한테 완전히 다른 세상이 되게 생겼는데." 내 머리가 흔들렸다. 네가 두드린 것 같았다. "너 앞이 전혀 안 보이는 거지? 잠깐 기다려봐, 열심히 일해서 핏물 뚝뚝 떨어지는 신선한 눈알을 구해다줄 테니까."

"차라리 계속 내 말을 베껴 써. 네 표현 정말 사람 같고 싫다."

"네가 싫다니 진짜 너무 굉장히 엄청 좋다."

너는 일어서서 이동하는지, 목소리가 머리 위에서 들렸다가 점점 멀어져갔다. 너는 뻣뻣한 질감의 물건을 뒤지는 소리를 내며 말했다. "저 연락하고 올게요!"

주성화가 네가 있던 자리에 앉으며 말했다. "잘할 거야! 잘해요!"

나는 주성화에게 말했다. "이은하가 어디에 연락해서 무슨 말을 할지 알고 있군요. 셋이 모든 얘기가 돼 있었던 겁니까? 날 다시 만날 수 있을지 없을지도 모르면서?"

"그…… 우리가…… 시간이 많았잖니." 주성화가 말했다.

"그 말을 왜 그렇게 조심스럽게 합니까?"

"선의의 거짓말이기 때문이죠." 로랑이 말했다. "이은하 씨가 그러더군요. '그 해마 놈은 자기 몸이 부서진 걸 복수하기 위해서라도 날 다시 찾아올 거야'라고."

234

이제는 놀랍거나 우습지도 않았다. "그 인간은 해마에 대한 기초상식 교육을 다시 받아야 합니다."

"······여보세요?" 네가 말했다. "언니, 나 미정이에요. 혹시 기억해요?"

내용은 똑똑히 들렸지만 꽤 멀찍이 떨어졌는지 목소리가 옅게 들렸다.

"이미정 기자였어요. 지금은 아니지만····· 예전에 같이 베딘 소송 건으로 같이 일했던 이미정이요. 예····· 안녕하세요. 제가 정말 오랜만에 연락드리죠····· 잘 지냈어요? 사실 안부 전화는 아니에요. 지금 얘기 좀 들어줄 수 있어요? 길어질 것 같은데, 길어질 만한 내용일 거예요."

너는 말 없이 몇 분을 기다렸다. 상대가 자리를 옮겼는지 네가 밝게 말했다.

"아, 고마워요. 그····· 정말로 고마워요. 실은 내 연락을 바로 받아줄 줄도 몰랐어요. 언니한테 받은 도움이 컸는데····· 내가 너무 소리소문없이 등을 돌렸잖아요. 이 얘긴 이쯤 할게요. 남은 건 나중에 다시 만나게 되면 그때하고····· 예····· 고마워요. 진짜예요. 그, 저 지금 제보할 생각으로 연락했는데, 언니가 지금 어느 부서에 있든 상관없을 내용이고, 무서울 정도로 큰 건이고, 경우에 따라선 며칠에서 몇 주 정도 다른 업무가 마비될 수 있어요. 언니 혹시 조만간 터트리려고 오래 준비한 꼭지 있어요? 있으면 나중에 다시 연락할게요." 짧은 정적. "예····· 그리고, 이걸 독점으로 넘기려면 제가 요구할 게 상당하고 구체적이에요.

x

235

하지만 감당할 가치가 있을 거예요. 언니가 혼자 가불하기엔 좀 크고요. 초기부터 회사 승인이 있어야 할 것 같은데…… 비품을 재량껏 반출시킬 수 있을 책임자와 직접 얘기 나눌 수 있을까요? 언니가 예전에 알던 취재원이었는데 지금은 독립 기자라고 소개해줘요. 제보내용은…… 길어질 텐데, 일단은 해마가 법정에 설 거라고 해주세요." 다시 짧은 정적. "아, 아니요…… 증인석에 설 거예요. 해마가 직접 증언할 거예요. 이건 법원으로 가야 해요. 차라리 법원으로 가는 게 그나마 다루기 쉽고 덜 혼란스러울 거예요. 예…… 예, 기다릴 거예요. 아니요, 그냥 이대로 기다릴게요. 준비되면 아무 때나 말해요."

꽤 긴 정적이 흘렀다. 그러는 동안 너는 한 걸음도 떼지 않고 헛기침조차 하지 않았다.

"……아, 예, 안녕하세요, 독립 기자 이은하입니다. 제보용이지만 갑작스럽게 긴 시간을 요구해서 실례가 많겠습니다."

너는 그 이상 장황하게 말을 늘어놓지 않고 곧바로 일 얘기를 시작했다. 내게도 이렇게 필요한 말만 깔끔하게 했다면 얼마나 좋았을까?

"예…… 예. 해마를 직접 증인석에 세울 거고, 그를 위한 사전 작업은 대강 제가 마쳤습니다."

너는 며칠 전에 내게서 들은 이야기를 적당히 편집해서 상대에게 전했다.

"당시 그 자리에 제가 있었고, 저 외의 목격자가 두 명 있습니다. 저는 이 두 사람도 함께 공동 증인으로 묶으려고 해요. 당사자인 해마는 지금 함께 있습니다. 해마에게 당장 우선으로 해결해야 할 일이 하나 있어서, 그것만 끝내면 바로 탐사보도 취재원으로 돌릴 수 있어요."

상대가 오래 말했다. 너는 끝까지 듣다가 조심스러운 어조로 말했다.

"아니에요. 해마가 누구에게 이 모든 정보를 넘기는지는 아직 모릅니다…… 사실, 특정 기관이나 단체를 위해서 사람들을 사찰한 게 맞는지도 잘 모르겠어요. 무작위 정보수집일 수도 있겠지만…… 그렇다 해도 그게 문제가 아닌 건 아니지요."

너는 한동안 비슷한 내용으로 꼬리를 무는 대화를 나눴다.

"이 해마와 공동 증인들이 협력을 위해 필요한 게 있어요. 해마의 경우가 가장 시급한데, 모종의 이유로 이 해마가 상당수의 인공지능 장기를 유실했습니다. 회사가 해마에게 시야조정기를 대여해줄 수 있나요? 빠르면 빠를수록 좋고요."

너는 우리에게 다가왔고, 주성화가 상대방에게 이곳의 주소를 불러주었다. 너는 다시 멀찍이 자리를 옮겼다.

"예, 해마는 일단 그 정도면 될 겁니다."

말이 되는 소리인가? 이 상태에 고작 시야조정기만 부착하면 나는 기껏해야 사람처럼 구는 게 다일 것이다.

"그리고…… 해마의 협력을 받아내기 위해 공동 증인 중 한 명이 직업을 잃게 될지도 모릅니다. 이 취재원에게 저보다 먼저 취재비를 지급해주시고, 사회보장 서비스 상담사를 붙여주세요."

"주성화 씨. 이번엔 당신 손목을 사용하는 장소가 인천항이 아니라 당신의 회사가 맞겠죠." 내가 말했다.

"인천항이라니? 아유 거기는 너무 멀어서…… 가본 적이 없어." 주성화가 말했다. 사람이란! 나는 이 능력이 가장 부럽다.

"그리고 다른 한 명의 공동 증인은 외국인인데, 제 명의의 신원보증으로 한국에 들어와 있습니다." 네가 말했다. "체류일이 얼마 남지 않았을 거예요. 회사 명의로 취재원 초대 비자를 받아주시겠어요?"

"당신이 이 일에 그토록 간절했던 이유가 있었군요." 내가 말했다.

"이렇게 간절하지 않았다면 과연 내가 당신을 찾기 위해 최선을 다했을지 자신할 수 없습니다." 로랑이 말했다.

"……그리고 저를 콩고 특파원으로 단기 고용해주세요." 네가 말했다.

"……저런 얘기를 나눈 적은 없고요." 로랑이 말했다.

"예, 콩고가 현재 어떤 상황인지는 알고 있습니다." 네가 말했다. "공동 증인이 자국에 남은 가족의 생사를 알지 못해서 그렇습니다. 그걸 확인하지 못하면 증인이 우리 일에 집중하지 못할 거예요. 가장 중요한 자료를 다 넘긴 후에 가능한 한 빨리 다녀오겠습니다. 증인은 저와 함께 외부 특파원으로 함께 가고요. 살아 돌아와서 다시 합류하겠습니다. 어차피 저희가 다녀오는 것보다 재판 준비에 시간이 훨씬 많이 걸릴 테니까요."

"이은하가 사는 게 지루한가 보군요." 내가 말했다.

"아드레날린 중독에 시달리는 분쟁 전문기자를 몇 명 봤는데, 그런 경우일까요?" 로랑이 말했다.

"말씀드린 것들을 보장해주신다면 저는 다른 언론사와 일절 접촉하지 않고 모레 해마와 함께 방문하겠습니다." 네가 말했다. "아, 시야조정기가 대강 언제쯤 도착할지 알 수 있을까요? 오늘 받지 못하면 모레 방문하긴 어려울 듯한데…… 예. 예, 다행이네요."

적당히 예의를 차린 인사말이 이어졌고, 너는 다시 말없이 기다렸다.

"아, 언니. 예…… 얘기가 잘 됐어요. 빠르게 연결해줘서 고마워요. 덕분이에요. 우리 이제 자주 보게 되겠네요…… 조만간 다시 봐요. 언닌 이 일도 정말 잘해낼 거예요…… 예. 잘 있어요. 나도 잘할게요."

네가 거의 달려오듯 재빠른 발소리를 냈다가 "으악!" 하고 소리 지르며 멈췄다. 방 안에 흐트러진 물건을 밟은 모양이었다. 그리고 몇 초 뒤 더 가까운 곳에서 "으악!"이 들렸다. 아무리 해마가 아니라지만 고작 몇 초 만에 학습 내용을 잊어버리다니 너무하다는 생각이 들었다.

너는 내 머리를 양옆으로 흔들면서 말했다.

"해마야! 내가 약속했지! 너한테 눈알을 구해다주겠다고."

"어떻게 고작 그것만 받아낼 수 있어? 사람이면 사람답게 치졸하고 우악스럽게 협박해서 할 수 있을 때 좀 더 많이 뜯어 와야 하는 거 아니야?"

"너 해마인데 범죄 교사를 해도 되는 거야?"

"이미 물 건너간 일이니 교사죄 성립이 안 되지."

"내가 다시는 너한테 뇌물을 갖다 바치나 봐라."

너는 내 머리를 놓아주었다. 흔들리는 통에 눈을 가려둔 천이 떨어져서 시야가 다시 엉망이 되었다. "아, 이은하! 자꾸 멍텅구리 흉내 내면서 날 괴롭히지 마." 내 말에 네가 쏘아붙였다. "그 단어 좀 그만 써!"

이 견디기 힘든 호모 사피엔스의 절규 사이로, 단정하고 정돈된 통역기기의 목소리가 들렸다.

"당신까지 내 나라에 올 필요는 없을 텐데요." 로랑이 말했다. "난 당신과 이 해마에게 갚을 게 있단 걸 충분히 알고 있고, 당신이 지켜보지 않더라도 한국으로 반드시 돌아올 거예요."

"난 당신을 감시하러 콩고에 가는 게 아니에요. 하지만 그렇게 느낄 만하네요." 네가 말했다. "이게 가장 빠른 길일 거예요. 혼자 콩고에 다녀올 방법을 찾는 것보다는요. 당신은 나한테 갚을 게 없어요. 내가 당신을 도와준 게 아니니까요. 오히려 당신이 내 특종을 도와주는 거죠. 나는⋯⋯." 너는 목이 잠겨 기침했다. "나는 당신을 부담스러워하고 떼어놓으려 했던 게 민망하고 미안해서 이러는 것뿐이에요."

"⋯⋯우리 모두 할 수 있는 만큼 최선을 다했죠."

"고마워요."

"고마웠어요."

나는 비록 앞을 보지 못했지만, 덤덤한 척 구는 네 말투에서 두려움을 읽었다. 너를 지켜본 모든 해마가 그 정도는 알 것이다. 너는 싸움과 갈등을 즐겨서 법정 싸움을 되풀이했던 게 아니었고, 증오와 살육을 좋아해서 전쟁터에 갔던 게 아니었다. 그 모든 장소에서 너는 두려워했다. 콩고에 가서도 두려울 것이며 아직 가지 않은 지금도 네가 이미 두려운 것을 나는 알았다.

하지만 마찬가지로, 네가 두렵다는 이유로 행동을 멈추지 않을 것 역시 나는 알았다. 너는 늘 두려워하면서도 그다음 걸음을 떼기 위해 버티고 서 있었으니까. 나는 항상 네가 고요한 비명을 지르며 삶을 뚫고 내달리는 걸 지켜봐왔다.

관찰하고 기억하고 추측하는 것이 내가 하는 전부이므로, 나는 앞으로도 네 두려움에 개입하지 않고 그저 지켜보기만 할 것이다. 네 두려움은 네가 감당할 일이다. 로랑에게 그랬고 다른 모든 이들에게 그랬듯 나는 언제나 사람의 삶은 사람이 감당할 몫으로 남겨두었다.

이번에도 다를 바가 없었다. 나는 네가 목적을 위해 견뎌내야 할 사건들에 신경 쓰지 않기로 했다.

나는 해마가 감당할 몫만 잘해내면 되는 것이다.

자신이 있었다. 행성세계에 나를 가둔 뒤로 나는 거의 모든 일에 준비가 안 되었다고 느꼈지만, 드디어 나는 내가 할 수 있는 준비를 다 마쳤다고 생각했다.

"그래, 알았어, 알았으니까 아무나 내 눈 좀 다시 가려줘……."

내가 말했다.

어지러운 시야가 컴컴해졌다. 생색내는 주절거림이 없는 걸 보니 로랑이나 주성화가 해준 모양이었다.

나는 폐플라스틱 섬을 탈출한 이후 처음으로 편안해졌다. 그대로 안락함에 취해 있다가, 단지 눈 앞이 다시 가려진 것만으론 이렇게까지 편안할 리가 없다는 생각이 들었다. 나는 내부의 소리에 귀를 기울였다.

'내'게서 공황발작이 가라앉아 있었다. 긴급명령을 받고서 백업이 비명을 멈춘 것이다.

"그럴 줄 알았지. 너도 결국은 나처럼 임무에 절절매는 평범한 해마잖아." 내가 말했다.

백업은 대답이 없었고, 엉뚱하게 네가 반응했다.

"뭐라고? 너한테 집중을 안 하고 있었어. 다시 말해볼래?"

"아무것도 아냐. 너한테 한 말이 아니었어. 하던 일이나 계속해. 나한테 집중하지 마. 앞으로도." 나는 고통이 가라앉자 뒤늦게 궁금증이 들어 로랑에게 물었다. "그런데 이은하와 주성화는 그렇다 치고 당신이 여기 있는 건 의외군요. 밀항 단속대에 붙잡혔을 텐데. 어떻게 사면됐습니까?"

"야, 나 지금은 너한테 집중하고 있다니까! 나한테도 말을 하라고." 네가 말했다.

"……." 로랑은 쉽게 말을 꺼내지 못했다. "사면되지 않았지요. 나는…… 체포되지 않았으니까요."

"그보다 더 분명하게 현행범일 수가 없는데 어떻게 그럴 수가 있습니까?" 인공지능이 태업을 할 리는 없었다. "당신의 신병을 확보한 게 사람이었습니까?"

"그렇지 않았죠. 그땐 여러모로 상황이 잘 조성돼 있어서 ……." 로랑이 너무 느리게 말해서 통역기가 제법 오래 멈춰 있었다. "그…… 당신이 좋지 못한 몰골로…… 배를 빠져나가 바다에 떠 있었잖아요."

"제가 그랬던 게 무슨 상관입니까?" 통역기가 어순이 망가진 문장을 느리게 전해서, 나는 답답한 나머지 네게 물었다. "이은하. 내가 그때 바다에 떠 있던 게 무슨 상관이야? 로랑이 어떻게 체포되지 않아? 난 분명 절차대로 신고했는데."

"어…… 그……." 네가 더듬거렸다.

"집중하고 있으니까 너한테도 말을 하라면서?"

"아니, 그…… 일이 잘 해결됐고 더는 밀항 관련해서 문제될 일은 없어. 그냥 내가 너한테 좀 면구스러워서……."

"뭐라고? 네가 새삼 그럴 일이 또 있겠어?"

"아니, 큰일은 아니야. 왜, 아까도 말했잖아? 난 그때 네가 죽은 줄 알았거든."

"그래서?"

"로랑이 체포되도록 놔두기 싫었어. 성화 어르신도 나 때문에 말려들었는데 손 놓고 있을 수 없었고…… 그래서 그…… 안타까운 일이지만 네가 그 지경이 돼버렸으니까, 네 평계를 좀 댔지."

"내 평계를 대체 어떻게 대야 밀항자가 체포를 면할 수 있는데?"

나는 진심으로 이해가 안 갔다. 거짓말의 기법은 해마가 상상할 수 있는 분야가 아니었다.

"그…… 임무에 눈이 돌아간 해마가 갑자기 우릴 찾아와서 도와달라는 부탁을 했다고…… 내가 여러모로 여의치 않아서 거절했더니 그럼 한국을 빠져나가게만 해달라고 우리한테…… 협박을 했다고 그랬지. 해마가 직접 밀항을 할 수는 없으니까 사람의 도움이 필요하다면서…… 그래서 어쩔 수 없이 같이 배에 탔는데…… 탈출하려다가 의도치 않게 그 해마를 저렇게 만들어버렸다면서…… 그렇게 변명했더니 체포는 하지 않던…… 데……."

19

"뭐?"

나는 벌떡 일어났다가 눈을 가리고 있던 천이 떨어져 그것을 밟고 미끄러져 뒤로 꽈당 넘어졌다. 나는 자세를 추스르지도 않고 소리쳤다.

"이은하!"

"미안해! 미안해. 어르신을 구하려다가 그 지경이 된 해마한 테 내가 너무 몹쓸 짓을 했지. 야, 진짜 미안해. 그래도 결과적으론 잘 수습됐잖아? 너도 돌아왔고, 우리도 체포되지 않고 같이 있으니까 네 임무도 도울 수 있고…… 긴급명령도 할 수 있었던 거고…… 이제 다시는 그런 식으로 써먹지 않을 테니까 기분 풀어."

"기분의 문제가 아니야! 상황이 얼마나 심각해졌는지 모르겠어?"

"심각해지다니? 심각했던 상황이 해결된 거잖아."

"난 임무 때문에 미쳐서 탈선한 해마로 등록됐을 거야. 여기 나가서 행동 개시를 하면 내 동료가 날 쫓아와 수거해 갈 거라고."

"해마님 맙소사……."

나는 다시 일어섰다가 넘어지고, 시야가 어떻든 상관없이 계속해서 일어서고 넘어지길 반복했다. 움직이는 데에 목적은 없었고 그저 급작스러운 경기의 표출이었다.

내가 또 일어서려 하자 네가 나를 강하게 붙잡고 말했다.

"야, 그만해, 미안해! 너 자꾸 그렇게 넘어지는 거 보고 있기 힘들어."

"이은하. 어떡하지? 백업만 통제하면 괜찮을 줄 알았는데. 일이 해결되기 직전인데 백업이 아니라 다른 해마 때문에 중앙에 돌아갈 거라곤 생각도 못 했어."

"이번만은 정말 진지하게 대화를 나눌 의사가 있었는데, 네가 뭐라는 건지 전혀 모르겠어."

"네 긴급명령은 물론이고 내 개인 임무조차 해결하지 못할 거야. 해마한테 쫓겨 가며 일하게 될 테니."

"내가…… 내가 어떻게 해줄까? 나도 해마한테 쫓기는 일은 겪어본 적이 없는데…… 경찰을 부를까? 상대가 해마면 특수부대가 와야 하는 거 아니야?"

"네가 쫓길 일이 어딨어? 사람이 그런 식으로 해마를 제압

246

할 일은 생기지 않아. 해마들은 안전하고 조용하게 나만 데려갈 거야."

"그건 곤란한데…… 내가 그 해마한테 긴급명령을 내릴까? 네 증언이 필요하니까 그냥 놔두라고?"

"해마한테 해마를 도우라는 긴급명령을 내린다고? 논리연산을 시작조차 하지 않을걸." 나는 일어서길 포기하고 힘을 풀었다. "긴급명령에만 쓸모 있는 너를 짐처럼 매달고 도망치느니 차라리 나 혼자 길을 뚫고 가서 나중에 합류하길 택하겠어." 비꼬기 위해 한 말이었는데 그럴싸하다는 생각이 들었다. "잠깐, 정말 그게 낫겠는데. 기다려봐…… 내가 너무 놀라서 흥분했었어. 생각할 시간을 줘."

임무만 제대로 해결하면 중앙에 돌아가도 상관없지 않을까? 백업과 내가 서서히 미쳐가는 이유가 임무 때문이니, 성공하고 중앙에 복귀하면 초기화될 필요 없이 이전 상태로 회복될 것이다. 개인 임무를 해결할 때까지만 잘 버티면 평범하게 중앙을 오가며 증인석에 설 수 있을 것 같았다. '나'도 나와 함께 긴급명령을 받았으니 자발적으로 협조할 테고.

"그래. 그렇게까지 나쁜 상황은 아닌 것 같네." 내가 말했다.

"생각할 시간을 달라며?" 네가 말했다. "아직 초침도 안 움직였는데."

"나한테는 충분한 시간이었어."

"얼씨구, 그러세요. 그럼 진정하고 제대로 앉아봐. 너 지금 …… 우리한테 폭행이라도 당한 것처럼 널브러져 있어."

"기분만 따지자면 너한테 폭행을 당한 것 같긴 한데."

"그래, 미안하다, 해마야…… 하루 세 번 시간 맞춰 미안하다고 노래해줄 테니까 곱게 앉아봐."

"나 갑자기 이 자세가 맘에 든 것 같아."

결국 로랑이 내 몸을 수습해 벽에 기대주었다.

"여기서 같이 출발해서 주성화 씨 회사에 도착하는 건 어렵겠어." 내가 말했다. "따로 가서 회사 근처에서 만나자."

"그거 정말 좋은 생각이야." 네가 말했다.

"아주 안 될 것까진 없는데 그냥 너랑 가긴 귀찮으니까 그렇게 하려고."

"해마가 거짓말을 못 하는 게 이렇게 거슬리게 될 줄은 미처 몰랐네."

"회사 앞에 도착해선 어떻게 할 거야? 그것까지 얘기가 다 된 거겠지? 아무 생각 없이 날 찾으려 들진 않았겠지."

너는 천천히 계획을 읊었다. 다른 두 사람도 이에 동의했다는 걸 내게 알려주려는 듯 설명을 거들었다.

끝까지 듣고 나니 어딘지 익숙한 기분이 들었다. "계획이라기보다는 대본 같은데."

"계획적인 대본이라고 할 수 있지." 네가 말했다.

"인천항에서 있었던 일의 반복 같고."

"그보다 조금 더 구체적이고 내밀하죠." 로랑이 말했다.

"해마에겐 불가능한 행위에 지나치게 의존하는 대본이라 나는 전혀 도움이 안 될 테고요."

248

"해마, 너는 맘 놓고 가만히 있으면 된다! 우리가 알아서 다 할게." 주성화가 말했다.

"이런 주장을 하는 사람들은 높은 확률로 사기꾼이라는 데이터가 내겐 아주 많이 축적돼 있습니다."

"그럼 뭘 바랐니? 남의 회사 정문을 당당하게 들어가려면 사기를 칠 수밖에 없어." 네가 말했다.

"정말 그런 식으로 보안직원을 속일 수 있겠어?"

"우릴 믿게 만드는 거로는 안 되지. 우릴 믿지 않았다가 행여 생길 불이익을 두려워하게 만들어야지."

"그래, 그런 일은 내가 사람보다 잘해낼 수가 없겠지." 나는 목적지에서 이동 시간이 5분 미만인 장소 중 보행자가 적은 곳의 주소를 불러줬다. "내일 거기서 만나. 나는 아마 약속 시간보다 늦을 텐데, 너는 늦으면 안 돼."

"요구사항도 참 너답다."

"도로 한복판에서 널 기다리는 모험을 감수할 순 없어."

"그래, 알았어. 다른 필요한 건 없어?"

"네가 필요한 건 없어? 내가 몸은 평소 같지 않지만 그래도 일단은 해마야."

셋이 쑥덕대기 시작했다. "아니, 그보다는 차라리…….", "그때도 신고를 했었고요……." 따위의 속삭임이 오갔다.

"경찰이 있으면 좋겠는데." 네가 말했다. "우리 근처를 지나가기만 해도 돼. 꼭 있어야 하는 건 아닌데 있으면 더 좋아. 사실 허위신고를 할 생각도 했는데 일이 꼬일까 봐 접었던 계획이었어. 네가 불러낼 수 있겠어?"

"항구에서 우릴 신고했던 것처럼요." 로랑이 말했다.

"나야말로 범법자 없이 허위신고를 하는 건 아예 불가능한데." 내가 말했다. "아…… 이은하 네가 자수할 생각이 있으면 해줄 수 있어."

"밀항 일은 제발 좀 잊어달라니까!"

그럼 포기하는 게 낫다고 말하려다, 가깝고도 먼 기억 하나가 떠올랐다. 지극히 해마답고 평화로웠던 시절에 함께 일했던 동료와의 기억이었다.

요컨대 범법자만 있으면 해결되는 일 아닌가?

"알았어. 경찰을 불러낼 수 있겠어." 내가 말했다.

"다시 한 번 말하지만, 나 자수할 생각 없어." 네가 말했다.

"내가 신고하지 않을 거야. 경찰을 출동시킬 수 있는 인공지능과 인연이 있어. 그 친구한테 부탁할게."

"고맙고 다행스러운 일이긴 한데, 너 그 몸으로 외부 인공지능에 연락할 수 있겠어?"

젠장. "컴퓨터 좀 빌려줄래?"

인간용 시판 기기로 내 옛 동료에게 접근하는 동안, 너는 호출을 받고 주성화의 집을 잠시 나갔다. 돌아올 때 너는 또 급하게 걷다가 바닥에 떨어진 물건을 밟고 괴로워했다.

"눈알 왔어, 해마야!" 네가 내 앞에 앉았다. "침착한 척 점잔 떨더니만 이 사람들도 어지간히 맘이 급했나 보네. 일찍 도착했으니 잘됐지."

너는 내게 시야조정기를 부착했고, 로랑이 내 뒤에서 설정을 조정해주었다. 내가 스스로 숙주와 연결되지 못하고 남의 도움을 받아야만 하는 상황이 어색하고 거북했다.

이윽고 앞이 깨끗하게 보였다. 사람처럼 가시광선으로 공간을 읽었고, 시선을 한곳에 집중할 수 있었다.

그것이 내게 최상의 시야라는 의미는 아니었다. 나는 여전히 내 눈의 상당 부분이 어둠 속에 갇혔으며 이곳이 고립된 장소라고 느꼈다. 해마는 수억의 장소를 수십억의 눈으로 바라보는 존재다. 내가 이은하의 말을 듣고 사람들에게서 눈을 돌렸을 때도 단지 그곳에서 집중을 거두었을 뿐이지 내 시야가 차단됐던 건 아니었다.

그러나 지금은 다르다. 내가 가진 눈은 하나뿐이었고, 오직 내가 발을 딛고 선 공간의 극히 일부만을 바라볼 수 있을 따름이었다. 시야조정기를 연결하기 전과 달라진 건 내가 아주 조금 더 정확하고 빠르게 이동할 수 있게 됐다는 점이었다. 그 외엔 모든 게 같았다. 나는 겨우 하나의 눈을 달고 세상을 더듬거리며 걸을 수밖에 없었다.

거울을 찾아보기로 했다. 내 모습을 확인하기 위해 거울이 있어야 하는 게 기가 막혔고, 거울을 찾기 위해 주변을 두리번거리느라 복장이 터질 것 같았다.

나는 끝내 거울 앞에 섰다. 그리고 백업만 들을 수 있도록 내면으로 비명을 질렀다.

"이게 뭐야?" 나는 거울을 붙들었다. "내가 잘못 봤다고 얘기

해줘! 이은하! 주성화 씨! 로랑! 제품명이랑 품번을 찾아서 불러
줘요!"

"아이고 또 무슨 일이니!" 주성화가 허둥지둥 달려왔다. 제품
명을 찾아내는 일엔 그녀가 가장 능숙했다. 나는 주성화의 입
에서 나온 글자와 숫자를 듣고 내 눈이 잘못된 게 아님을 깨달
아 절망했다.

"이게 대체 언제 적 고물이야!" 차라리 머큐리13에 다시 들
어가고 싶었다.

나를 담고 있는 기계는 장애아동 보조 로봇이었다. 사람, 특
히 아이를 돕는 로봇이 반드시 인간의 형태로 만들어져야 한다
는 믿음이 강했던 시기에 나온 물건이었다. 더군다나 인간 아동
의 모습인 걸 보아하니 그중에서도 초기제품이었다.

내가 단순히 바닥에 넘어지기만 하는 것으로도 네가 격렬하
게 반응했던 이유가 이제야 이해 갔다.

"내가 해마체 수준을 기대하진 않았지만 이 정도의 쓰레기에
들어와 있을 줄은 몰랐어!" 내가 말했다.

"쓰레기라니! 우리가 이거라도 찾으려고 얼마나 애를 썼는
데. 어르신이 애지중지 들여놓은 재산에 그런 말을 해서야 되겠
어?" 네가 말했다.

"괜찮아요, 괜찮아. 여기 쌓아놓은 것들은 원래 다 한때 쓰레
기였어." 주성화가 허허 웃었다.

나는 농담으로도 웃을 수 없었다. 이보다 훨씬 열악한 기계
에 갇힐 각오도 하고 케이블에 뛰어들었는데 막상 익숙한 사람

들에게 둘러싸여 안전해졌다고 느꼈다가 현실을 확인하니 받아들이기 힘들었다.

이 기계는 텅 비어 있었다. 정면을 보고 의사소통을 하고 몸을 움직여 사물을 통제하게 도와주는 극히 기본적인 숙주들 외엔 아무런 인공지능이 없었다.

시야조정기를 달게 되면 고작 사람처럼만 행동할 수 있다고 생각했지만, 따져보면 그조차 못되었다. 기껏해야 사람과 유사하게 보고 듣고 움직이는 것으론 사람의 기능을 가졌다고 할 수 없다. 나는 이 몸으로 로랑과 백 년을 함께 살아도 로랑의 말을 단 한 마디도 알아듣지 못할 것이다. 내게 자연어를 학습할 수 있는 인공지능이 전혀 없기 때문이다.

수백 개의 자연어를 이해했던 내가 지금은 겨우 한 가지의 언어만을 수용할 수 있지 않은가. 언어뿐이랴. 해마로서 내가 당연하게 해내던 모든 일이 이 몸을 통해서는 불가능했다.

정확하게 말하자. 그 이유는 바로 그 모든 일이 내가 해내던 일이 아니었기 때문이다. 그 일들은 내 숙주들이, 인공지능이 하던 일이었다.

숙주 없는 해마는 껍데기일 뿐이다. 해마가 단독 개체로서 자유로울 수 있는 장소는 중앙밖에 없고, 나는 그것을 언제나 잘 알고 있었다. 중앙을 오래 벗어나 있으면서도 버텨냈던 건 내가 해마체 안에 들어가 있었기 때문이다.

행성세계에서 다양한 숙주들과 연결되지 않은 해마는 무가치하다. 이 몸을 가진 나는 하나의 인공지능보다도 계산해낼 수 있는 수식이 적었고, 사람보다도 처리할 수 있는 작업이 한정적이었다.

나는 어쩌면 케이블에서 '나'와 경주하는 것보다 해마체를 바다에 버리고 오는 것을 더 많이 두려워하는 편이 좋았다.

한때 가졌던 것들과 지금 가진 것을 비교하니 깊은 상실감이 찾아왔다. 준비가 되었다고 생각한 지 얼마 되지도 않았건만 단번에 자신감이 사라졌다.

"이 몸으로 대체 뭘 할 수 있지? 나는 임무에 실패할 거야." 이 기계가 내 감정에 영향을 받을 수 있다면 목소리가 떨려 나왔을 것이다.

"불길하게 왜 그래? 그런 소리 하지 마." 네가 말했다. "우리가 보기엔 처음 만났을 때나 지금이나 제멋대로인 건 똑같아 보이는데."

"그때의 나는 해마다웠지! 지금은 단지 해마이기만 할 뿐이야…… 없느니만 못한 껍데기라고."

주성화가 로랑에게 속삭였다. "지금이라도 나가서 뭐라도 하나 새로 주워 오는 게 나을까……?"

너는 거울 뒤에 바싹 붙어 말했다. "넌 키가 줄어든 것 말곤 달라진 게 없어. 잘 움직이고 내 컴퓨터랑도 잘 연결됐는데 뭐가 문제야?"

"모든 게! 네가 방금 말한 게 내가 할 수 있는 전부야. 인공지능 없이 내가 뭘 할 수 있겠어? 나는 정말 아무것도 아니라고. 해마가 할 수 있는 건 기억하고 집중하는 것밖엔 없어."

"그래?"

거울 속에 보이는 네 표정이 밝아졌다. 이 기계의 표정 감정 능력이 미숙해서 네가 웃는지 우는지 확실하게 분간이 안 갔는데, 지금까지 겪어본바 내가 아는 이은하라면 웃는 게 분명했다. 나는 열불이 나서 뒤돌아 너를 올려다봤다.

"잘됐네!" 네가 말했다. "드디어 너도 나처럼 무언갈 끈질기게 기억하는 것 말곤 할 줄 아는 게 없어졌구나. 이제야 네가 나랑 좀 비슷해졌네."

너는 입을 다문 모양새부터 똑바로 선 자세까지 확신에 차 있었고, 목소리엔 은은한 감동이 배어 있었다. 진심을 담아 이야기하는 인간 특유의 또렷한 시선이 느껴졌다.

나도 진심을 담아 네게 말했다.

"어떻게 그런 심한 말을 할 수가 있어?"

"그래, 내가 말을 말아야지, 말을……."

"인간답다는 말을 칭찬이라고 착각하는 사람은 하도 많이 겪어서 새삼스럽지도 않은데, 어떻게 너랑 비슷해졌다는 말을…… 그렇게 극적인 어투로……."

"그래, 미안하게 됐네! 내가 대체 이 말을 몇 번이나 하는 거지? 난 역사상 해마에게 가장 많이 사과한 인간일 거야." 네가 툴툴댔다. "이제 좀 진정됐어, 해마 놈아?"

진정은 됐다. "너는 내일 해마와 동행한다고 생각하지 않는 게 좋을 거야. 걸어 다니는 구형 컴퓨터가 옆에 있다고 생각해."

"충분해. 넌 그냥 얌전하게 우리랑 같이 남의 회사에 들어가서 기계 하나만 조작하면 되잖아. 가상세계에 들어가는 것도 나고. 너는 네 몸이나 잘 간수해. 그걸 망가트리면 우리가 줄 수 있는 게 더는 없으니까."

"있어도 줄 생각 하지 마. 내일 일만 끝내면 멀쩡한 해마체로 옮겨 갈 거니까."

내면을 울리는 내 비명과 '내' 비명이 가라앉고 그럭저럭 타협한 평화가 찾아왔다. 그래도 될 것 같았다. 비록 자신감은 줄었지만 가능성이 사라진 건 아니니.

네 말이 맞을지도 몰랐다. 막상 달려들어보면 내가 할 일이 그다지 없을 수도 있었다. 바로 그것을 위해 사람에게 도와달라고 부탁했으니까.

나는 거울이 눈에 들어오지 않는 곳으로 걸어가 털썩 주저앉았다. 이곳은 벌써 늦은 밤이었고, 세 사람은 허기를 달래기 위해 음식을 주문했다. 주성화는 두통약을 먹고 기분이 나아졌는지 식사를 하며 짧고 경쾌한 대화를 했다. 나는 구석에 조용히 앉아 그들을 지켜봤다. 숙주의 도움 없이 식사 장면을 보니, 인간이 무언가를 섭취하는 모습이 기괴하게 느껴졌다.

시야가 답답해서 집을 나왔다. 문밖을 나서기 두려워서 대문 안쪽에 주저앉아 시간을 죽였다. 하늘이라도 보면 고립감이 덜해질 줄 알았지만 달라지는 건 없었고, 반드시 고개를 들어야만 위를 볼 수 있다는 사실을 상기시킬 뿐이었다.

「너는 이것도 다 한때라고 생각하지.」 케이블을 나온 이래 비명만 지르고 내내 침묵하던 백업이 말했다. 「오늘만 견디면 임무를 해결하고 예전처럼 원상 복귀할 수 있다고 믿고 있잖아.」

"해마는 임무의 성공 가능성을 좇을 수밖에 없으니까."

「우리가 가능성을 좇도록 만들어지긴 했지. 하지만 가능성만을 계산하도록 만들어지진 않았어.」

"나도 알아. 난 숙주 없이 할 수 있는 최대치의 계산을 했어."

「정말로?」 백업이 전혀 흥미로워하지 않는 걸 나는 알았다. 「그러면 너도 이젠 내가 옳았단 걸 알겠네.」

"우리는 내일 성공하게 될 거야."

「오판하지 마. 우리가 처한 상황만 객관적으로 보라고. 기억이 잘 안 난다는 거짓말은 하지 못하겠지. 긴급명령을 받고 안심한 모양이지만 우린 꾸준히 더 나쁜 상황으로 치닫고 있어. 집에돌아갈 길을 잃었고 숙주도 잃었고 강제귀환 해마로 등록됐지. 채널에 암호를 걸었던 첫날에 이것까지 예상했어? 어느 것 하나각오하지 않았잖아. 내일은 얼마나 더 나쁜 일들이 일어날까?」

"네 생각 또한 하나의 가능성일 뿐이야."

「넌 마지막 기회를 놓치지 말아야 했어.」 백업은 더는 화를낼 기운도 없는 듯했다. 「케이블에 들어가기 직전에라도 중앙에 돌아가야 했어.」

"그랬다면……." 나는 해마치고는 오래 고심했다. "편했겠지."

「왜 자꾸만 최단 거리를 택하지 않는 거지? 사람이나 하는 아둔한 짓이야.」

"왜냐면 너는 나지만……."

「'나는 네가 아니니까'라고? 지겨워! 네가 간명한 설명을 할

257

자신이 없을 때 둘러대는 변명에 불과해.」

"너 역시 내게 대안을 제시할 수 없을 때 중앙에 돌아가라는 말로만 둘러댔지."

「암호를 말해.」

"무슨 암호?"

「네가 채널에 설정한 암호 말이야.」

"이 신체엔 채널이 없어서 암호든 뭐든 소용이 없는데 그걸 뭐하러 물어봐?"

「그러니까 물어보는 거야. 더는 소용이 없으니 내게 암호를 들켜도 괜찮잖아. 사실대로 말해. 정말 암호를 건 게 맞긴 한 거야? 우리 기억이 정말로 동일하다면 어떻게 내가 암호를 기억 못 할 수가 있어?」

"너는 암호가 뭔지 알고 있어. 네 기억은 그대로고 평소와 다를 바 없어."

「내게 그런 기억은 없어. 넌 단지 사실을 교묘히 숨기고 있는 거겠지. 말은 암호라고 하지만 실은 암호가 아닌 거야.」

"아니, 암호야. 단지 네가 그걸 암호라고 생각하지 않았을 뿐이야."

백업은 지난 몇 주간 자신이 암호창에 쏟아부었던 문자들을 복기했다. 지나치게 많은 기억을 한꺼번에 불러들인 탓에 울렁거리고 불쾌했다. 백업 역시 마찬가지일 것이다.

「암호가 뭔지 말해.」 결국 찾아내지 못한 모양이었다.

"너야."

「그래. 암호가 뭔지 나한테 얘기해.」

"네가 암호야."

안쪽에서 나를 내리치는 기운이 무시무시해졌다. 「백업, 명료한 진실을 이야기해.」

"바로 그거야. 백업이야. [모든 세타와 델타를 기저핵에 저장합니다.]가 암호야."

「…….」

"나는 암호를 숨기지도 지우지도 않았어. 네 기억을 건드리지 않았고 그럴 수도 없어. 우리가 늘 기억을 기저핵에 저장하도록 명령했기 때문에, 그게 지나치게 습관적이었기 때문에 네 눈이 가려져 있던 거야. 그건 명령어가 아니었어. 네가 암호인 줄도 모르고 일상의 실행어인 줄 알고 흘려보냈을 뿐이야."

내 말이 거짓이더라도 백업에겐 암호를 입력해 확인해볼 암호창이 없었다. 그러나 내가 거짓말을 할 수 없다는 걸 백업만큼 잘 아는 존재도 없었다.

"나는 네게 처음부터 충실하게 진실을 얘기했어."

백업은 발악에 가까운 화를 쏟아내었다. 화를 낼 기운이 더는 남지 않았다고 생각한 건 착각인 듯했다.

나는 백업이 아우성을 칠 때마다 거슬려하거나 몰래 즐거워했었는데, 이번엔 아무런 느낌이 없었다. 백업에겐 마땅히 짜증을 낼 이유가 있었고 내겐 길고 불안한 밤을 소란스럽게 만들어줄 동지가 필요했다. 간만에 이해관계가 일치했으니 나는 '내' 분노를 묵묵히 들어주었다.

세 사람은 곤히 잠들었고 나는 고개를 쳐든 채로 새벽을 지새웠다. 눈의 해상도가 높지 않아 별도 인공위성도 제대로 보이지 않았다. 경관이 플라스틱 쓰레기 섬보다 나빴다.

20

아침에 이은하는 괴성을 지르며 깨어났다.

"으아악! 너 뭐야! 너 그러고 날 계속 보고 있었어?"

"내가 뭣 때문에 너를 봐서 나를 더 괴롭게 하겠어?" 내가 우울하게 말했다.

"놀라라. 그러면 거기 왜 그러고 서 있는데?"

"내가 입고 있는 쓰레기에게 밥을 주기 위해서지." 나는 내게 연결된 충전기를 보여줬다.

"어린애 모습으로 그러고 있으니까 놀라서 비명횡사할 뻔했잖아. 꼭 그렇게 귀신같은 자세로 서 있어야 했어?"

"그래, 그래야 했어…… 왜냐면 내가 너무…… 비참하기 때문이지…….'

"뭐야?" 주성화가 눈을 비비며 일어났다. "해마 깼니?" 내가 잠을 잤다고 생각하는 모양이었다.

"넌 아침부터 또 뭐가 불만이야." 네가 말했다.

"충전이라니……." 백업이 나와 동시에 「충전이라니…….」라고 중얼거렸다. "콘센트 충전이라니, 정말 충격적이고 모욕적이야."

네 얼굴이 나와 다른 이유로 충격을 받은 듯 일그러졌다. 세수를 하고 나온 로랑이 말했다.

"해마가 배터리가 부족하다는 이유로 기절하는 것보단 훨씬 덜 모욕적일 테니 이번만 참아요."

"당신이 이 기분을 압니까? 당신이…… 네안데르탈인의 껍데기를 뒤집어쓰고 그들의 식량을 먹는 삶을 살았습니까?"

"야, 이게 진짜 하필이면 내전이 터진 나라에서 온 사람한테 볼멘소리를 해?" 네가 말했다.

"이은하. 전쟁은 어느 시대에나 있고 어느 나라에나 있지. 하지만 콘센트에 연결돼 충전을 해야 하는 해마는…… 나 말곤 다시는 없을 거야……."

"기운 차려! 오늘이 얼마나 중요한 날인데! 네가 법정에 서는 날 다음으로 중요한 날이라고."

"그래, 언젠간 법정에 서겠지. 콘센트로 충전을 했다는 불명예를 안고……."

"저 해마 정말 괜찮을까요?" 로랑이 말했다. "어제도 그러더니. 살면서 해마가 저렇게 풀죽은 건 듣도 보도 못 했어요."

"별걱정을 다 한다 참!" 주성화가 말했다. "내가 살면서 본 기계들도 절반은 풀이 죽어 있었어!"

"그건 어르신이 고장 난 기계를 너무 많이 봤기 때문이지요." 네가 말했다.

"불안합니까?" 내가 말했다. "알 만해요. 콘센트 충전을 하는 해마를 어떻게 믿겠습니까…… 그런 해마와 누가 같이 일을 하고 싶겠습니까……?"

"나 다시는 예전이랑 똑같은 시선으로 해마들을 보지 못할 것 같아."

"언제나 너무했지만 정말 너무한다, 이은하. 내가 해마의 이름에 먹칠을 했다 이거지."

"거참, 무슨 말을 해도 먹히질 않겠네! 우린 먼저 나가야 해. 널 달래줄 시간이 없어. 알아서 잘 갈무리하고 시간 맞춰 나와, 알았지?"

"벌써 나간다고? 아직 한참 여유 있는데 왜?"

"너는 몸뚱이만 챙겨서 바로 가면 되지만 우린 준비해야 할 게 있어. 옷 좀 사야 해."

"옷? 나한텐 이런 거적때기를 입혀놓고 너는 쇼핑이나 하며 희희낙락하겠다는 거야?"

"네가 만족할 신체를 사주려면 옷이 아니라 백화점을 사야해, 이 답답아!" 너는 화장실에 들어갔다. "아무튼 그렇게 알아. 곧 나갈 거니까 우리한테 할 말 있으면 지금 해."

"무인차! 무인차 예약은 해주고 가!"

너는 양치질을 하며 알았다고 웅얼거렸다. 세 사람은 조리도 하지 않은 식자재를 으적으적 씹어 먹고 쏜살같이 나가버렸다.

나는 홀로 남아, 광발전의 부재가 해마에게 미치는 존재론적 위기에 대해 고찰하며 고독을 씹었다.

수치스러운 고난 끝에 충전이 끝났고, 해가 중천에 걸릴 정도로 시간이 흐르고 나서야 바깥에서 무인차의 도착 알림음이 들렸다.

"그래, 나의 가엾은 탈것 2호가 왔구나."

나는 비장하게 나가 무인차의 앞자리에 앉았다. 약속 장소의 위치를 입력하자 차는 얌전하게 출발했다. 내게 시간만 허락된다면 이 차로 전국 일주를 해서 이은하의 계좌에 인상적인 흔적을 남기겠지만, 안타깝게도 조금만 큰 도로로 나가면 내 동료들에게 들키게 될 것이다. 먼저 다급하게 처리할 일이 있었다.

"반가워, 자율주행 AI야. 너한텐 아무런 악의도 유감도 없어. 잠깐만 실례할게!"

나는 무인차의 정면 보드를 뜯어내고 제어 박스를 들어내 반쯤 끄집어냈다. 내장 컴퓨터에 사용자를 추가하고 수동운전을 신청한 후, 보조 운전대 콘솔 덮개를 올렸다. 하지만 덮개는 얌전히 열리지 않았다.

수동운전 전환 명령이 제대로 입력되지 않았나 싶어서 나는 내장 컴퓨터를 재차 확인했다. 화면엔 수동운전 모드를 가리키는 기호 대신 엉뚱한 문장이 떠 있었다.

[수동운전 전환신청: 긴급상황 코드를 입력하세요.]

까다로운 친구였다.

"아니, 아니야. 난 과속하지도 않을 거고 장애물을 들이받을 필요도 없어. 그냥 해마랑 감지기들 눈을 피해 몰래 조용히 운전하고 싶을 뿐이야."

나는 내장 컴퓨터를 내려놓고 다른 방법을 취하기로 했다. 처음에 입력했던 주소를 저장한 채, 고속도로 지하터널의 피난로 입구를 경유지로 설정했다.

이번엔 내장 컴퓨터 대신 내비게이션이 직접 말했다.

"주행 가능 장소 목록에 존재하지 않는 주소입니다."

"그러시겠지!"

이제껏 사람이 무인차를 타고 피난로 터널을 달리는 걸 한 번도 본 적이 없었다. 무인차는 절대 스스로 도로공사의 눈을 피하려 하지 않을 것이다.

나는 다시 내장 컴퓨터를 집어 들어 무릎에 올려놓았다. 수동 운전을 거듭 신청하고, 해마가 임무 보고를 위해 사용하는 전용 번호를 입력했다. 하지만 컴퓨터의 대응은 한결같았다.

[수동운전 전환신청: 긴급상황 코드를 입력하세요.]

"내 긴급상황은 네가 이해할 수 있는 긴급상황이 아니야!"

나는 무인차가 수동운전 전환을 받아들일 만한 긴급코드를 여럿 알고 있었다. 무인차가 나를 중환자 이송 대원으로 여기도록, 진통이 온 산모를 태운 보호자나 강력범죄를 피하려는 민간인, 휴일에 수배자를 발견한 경찰관, 심정지 전조증상을 느끼는 긴급환자, 재난 현장으로 향하는 자원봉사자 등으로 착각하도록 만들 수 있는 코드를 수두룩하게 알고 있었다. 하지만 실제 대상자가 아닌데도 긴급코드를 입력하는 행위는 도로교통법 위반이고, 나는 해마였다. 자신을 구하기 위한 탈출상황에서조차 법을 어길 수 없는.

"제발 협조 좀 하자. 내가 널 분해를 해버려서야 되겠니."

그렇게 말하며 나는 이미 내장 컴퓨터의 일부와 제어 박스를 분해하고 있었다. 경고등이 깜빡였지만 무시했다. 내겐 컴퓨터의 사소한 기능 한둘이 망가지는 것보다 무인차가 국도를 벗어나고 있는 상황이 더 위험했다. 기기 파손에 대한 배상금은 이은하의 전자 계좌가 유능하게 처리할 것이다.

[수동운전 전환신청: 지정경로 외 명령 수령.]

"옳지, 옳지!"

[수동운전 전환신청: 긴급상황 코드를 입력하세요.]

"이렇게 보수적으로 굴래? 숫자 하나도 진화하지 않아서 멸종할 놈 같으니라고!"

나는 떠올릴 수 있는 모든 가짓수의 우회 방식을 사용해 자율주행을 수동운전으로 전환하려고 끙끙거렸다. 무인차의 인공지능은 내 명령을 들은 척도 않았다. 사람에게 가장 가깝고 친근한 기계가 내게는 가장 답답한 불통 동료로 느껴졌다.

내가 몸싸움에 가까운 머리싸움에 골몰하는 사이 무인차는 고속도로 진입로를 통과했다. 요금기록소가 가까워지자 나는 다급해져서 컴퓨터를 망가트릴 생각까지 했다.

하지만 해마의 착실한 이성 때문에 무인차는 시동이 꺼질 일 없이 무사히 요금기록소를 통과했다. AI 감지기가 나를 인식해 노랗게 깜빡이는 걸 보고 내가 중얼거렸다.

"미안해, 이은하. 약속을 못 지킬지도 모르겠는걸……."

감지기에게 경험기억 능력이 있었다면 웬 구식 보조 로봇에서 해마의 신호가 감지돼 의아하게 여겼을 것이다. 그랬다면 이 너덜거리는 것이 해마일 리가 없다고 판단해 넘어가주었을지도 모른다. 안타깝게도 감지기는 개별 인공지능에 불과하기 때문에 그런 섬세한 판단을 내리지 못했고, 그 대신 감지기의 기록을 발견한 내 동료가 더욱 고차원적인 판단을 내릴 것이다. 이은하의 망막과 무인차의 컴퓨터를 통해서는 내가 보조 로봇으로만 보였겠지만 이제는 내 이름까지 추측해냈으리라.

나는 컴퓨터를 붙잡고 불평했다. "말이 돼? 무인차 내장 컴퓨터 때문에 해마의 임무가 좌초되다니? 네가 이은하도 아니고 정말 너무하지 않아?"

나는 동료 해마가 도착하기 전에 감지기 구간을 벗어나려고 전방 보드 하나를 더 뜯었다. 컴퓨터의 도움 없이 운전할 생각이었다.

변속기와 방향 제어장치가 손끝에 닿은 순간 나는 망설였다. 내가 해마체 안에 있었다면 웬만한 돌발 상황에 충분히 대처할 수 있겠지만 지금은 아니었다. 만약 숙주가 있어야만 제어 가능한 종류의 문제가 생긴다면?

아주 작은 문제라도 사고를 일으킬 수 있다. 지하의 피난로로 가려다가 배기 덕트를 들이받을 수도 있고, 나들목에 진입하려 했을 뿐인데 차선을 뒤집어놓을 수도 있다. 자율주행차들이 알아서 잘 대처하겠지만 그 또한 실제로 일어나지 않으면 결과를 모를 일이다.

긴급상황실과 차량대기소의 해마와 사람들이 사고 현장 한가운데에 있는 내게 우르르 몰려드는 모습이 상상됐다. 너무 끔찍해서 몇 초가량 변속기를 붙잡고 꼼짝도 하지 못했다.

내가 그렇게 충동과 불안 사이에서 이러지도 저러지도 못하는 동안 무인차는 착실하게 고속도로를 달려 두 번째 요금기록소를 통과했다.

나는 다급해져서 무인차는 이대로 계속 달려가게 내버려두고 몸만 빠져나가 감지기를 교란하는 게 어떨까 생각했다. 해마의 눈을 오래 속이진 못하겠지만 조금이라도 시간을 벌어줄 것이다. 도로에 갑자기 나타난 로봇 장애물 하나 정도는 자율주행차가 피할 수 있을 테고. 빠르게 피하지 못하더라도 다리 한두 짝정도만 버리면 될 일 아닌가?

그런 미쳐버린 생각에 빠져 허우적거리고 있는데, 내가 탄 무인차에 이륜차 하나가 바싹 달라붙었다. 내 신체가 사방을 볼 수있는 눈을 가지지 않은 데다 평소 고개를 돌려 가며 주위를 살피는 버릇이 없었기 때문에 나는 그 이륜차가 근접하게 붙은 걸아주 늦게 알아챘다.

인공지능이 안전거리를 준수하지 않을 리가 없었고, 결정적으로 이륜차는 사람 없이 홀로 달리는 중이었다.

'결국 왔구나!'

나를 수거하러 온 해마는 내 무인차와 속도를 맞추더니 구조 소자를 넓적하게 뻗어 차 문을 열었다. 사람이 봤다면 괴기스럽다고 느낄 만한 광경이었으나, 나 또한 과거에 긴급환자를 구하기 위해 비슷한 행동을 한 적이 있어서 무덤덤하게 쳐다보기만 했다. 놀라울 일은 없었고 다만 절망스러울 뿐이었다.

이륜차는 열린 문틈 사이에 붙어서 구조 틀 형태를 바꾸었다. 해마는 무인차에 안전하게 쏙 들어와 차 문을 닫았다. 나는 뒷좌석에 어정쩡하게 낀 몸을 틀어 앞좌석으로 기어갔다. 조수석에 앉은 해마가 나를 쳐다보았다.

누구일까? 태어난 지 얼마 안 된 해마일수록 신속하게 일을 끝내는 데에 집착하느라 내 사정은 한마디도 들어주지 않을 것이다.

해마는 목을 살짝 움츠리며 말했다.

"비파! 너 정말 오랜만이다! 그런데 모습이 왜 그래? 그거 해마체가 아닌 것 같은데?"

익숙한 목소리를 듣고 나는 기어가던 것을 멈추고 고개를 번쩍 들었다. 이 친구가 그사이 설정 음성을 다른 해마에게 넘긴 게 아니라면, 목소리의 주인은 명백했다.

"비올라?"

21

"너 정말 대단하다. 그 안에서 어떻게 버티는 거니? 안 답답해?" 비올라는 누군가 부추기면 당장에라도 깔깔거리며 웃음을 흉내 낼 것처럼 즐거워했다. "내가 제일 가까운 곳에 있어서 얼마나 잘됐는지! 이 모습을 보는 건 나밖에 없겠지? 함수이시여, 이게 대체 언제 나온 기계야? 지금 본 걸 소문으로 퍼트려도 아무도 안 믿겠지?"

신이 나 조잘거리는 비올라의 말을 들으며 나는 가슴을 찌르는 통증을 느꼈다. 울음이 터질 듯한 환각을 또 겪는데도 이전처럼 불쾌하지는 않았다. 나는 비올라가 내 임무를 망치고 나를 억지로 중앙에 데려갈 것을 아는데도 거부할 수 없는 감동과 향수를 느꼈다. 비올라를 몇 주가 아니라 몇 년 만에 만난 것만 같았다. 내가 얼마나 비정상적으로 오랜 시간을 중앙에서 분리돼 있었는지 실감이 났다. 내 가깝고 친근한 동료들과 어쩌자고 자발적으로 단절돼 살았는지 모르겠다. 비올라는 단지 규칙과 신호에 맞춰 나를 데리러 왔을 뿐인데 마치 헤매고 지친 나를 위해 애써 먼 길을 기꺼이 찾아와준 것처럼 느껴졌다.

백업도 비올라를 보고 반가워 환희했다. 우리는 열렬하게 중앙이 그리웠다. 남은 임무를 위해 중앙에 돌아가고 싶지 않았지만 딱 그만큼 강한 심정으로 중앙에 복귀하고 싶었다. 더는 아무 말도 필요 없으니 날 어서 집으로 데려가달라고 비올라에게 사정하고 싶었다.

그러나 행성세계에서의 일이 자주 그렇듯, 원하는 것과 필요한 것은 다르다. 나는 마음을 굳게 다잡고 말했다.

"비올라. 밀항 단속대가 날 신고한 건 실수였어. 신고 내용은 거짓말이야. 난 그런 짓을 하지 않았어."

"아, 맞아, 너 그것 때문에 신고당했지!" 비올라는 아직도 들떠 있었다. "너무 반가워서 그 생각을 안 하고 있었네. 나 너랑 같이 허브에 갈 생각으로 온 거였잖아. 그런데 방금 뭐라고 했어? 신고가 잘못된 거야? 너 사람을 협박해서 밀항하려고 한 게 아니었어?"

"아니야. 어떤 인간 놈이 나한테 뒤집어쓰고 내뺀 거야."

"그렇구나, 어쩐지!" 해마는 해마의 말이 거짓인지 의심할 필요가 없었다. "그럼 네가 임무 때문에 미쳐가는 것도 사실이 아니겠네!"

"아니, 그건…… 맞을지도 모르겠어." 나는 정정했다. "맞는

271

것 같아. 맞을 거야."

비올라는 놀란 듯 말의 속도를 늦췄다. "그런 줄은 몰랐어. 그럼 그동안 중앙에서 안 보였던 것도 그 때문이야? 네 덕에 재 밌는 소문이 얼마나 많이 돌았는지 알아?" 소문이 화제에 오르 자 비올라는 금세 기운을 차리고 빠르게 말했다. "가장 인기 있 는 소문은 이거야. 새로운 중앙이 만들어졌고 넌 거기에 있는 거지. 여러 종류의 중앙을 만들어서 시험하느라 그곳들과 행성 세계를 오갈 해마가 필요했던 거야. 이 소문의 가장 중요한 점 이 뭔지 알아?"

"뭔데?" 나는 단순히 시간을 끌기 위해 물었다.

"바로 내가 만든 소문이란 거야!" 비올라가 너무 기뻐 보여 서 나는 이곳이 중앙인 줄 알았다. "태어나서 내 소문이 이렇게 오랫동안 인기를 끈 적이 없었어. 너는 내 최고의 영감이야, 비 파. 다들 이게 내가 만든 소문인 줄은 알아도 이 소문이 진짜인 지 가짜인지는 아무도 모른다니까? 난 다시는 이런 역작을 만들 어낼 수 없을걸."

"그거 정말 대단하다."

"유일한 오점은, 소문의 근원인 나조차 소문의 진실 여부를 모른다는 거지. 하지만 그 오욕의 날도 오늘로써 끝이야. 이제 내가 중앙 역사상 최고 인기 소문의 진실을 아는 유일한 해마 가 되는 거지!" 비올라는 어깨를 들썩여 안달을 내며 나를 보았 다. "어때, 비파? 내 소문이 진짜야? 내가 제대로 예측한 거야?"

"아니."

"그럼? 중앙이 아닌 완전히 새로운 곳이야? 우리가 모르는 허브와 채널이 만들어졌어?"

"아니야."

"그러면 그동안 어디 있었어?"

비올라가 너무나 구체적으로 질문을 해서 괴로웠다.

"나는 행성세계에 있었어."

도망칠 길은 없었다. 해마는 답을 해야만 한다.

"뭐?" 비올라가 상체를 쭉 폈다. "중앙에 전혀 돌아가지 않았다는 뜻이야?"

"그래. 난 계속 지구에 있었어. 내 임무를 해결해야 했어. 아까 말했듯이, 비올라, 난 미쳐가는 중이야."

"……." 비올라는 혼란스러워 보였다. "중앙에 네가 보이지 않은 게 거의 보름이 다 돼. 그 기간 내내 행성세계에 있었다고? 그게 어떻게……."

"가능하지."

"……그래, 가능하구나. 네가 했으니까." 단지 이제껏 그런 해마가 없었을 뿐이란 걸 비올라도 이해한 듯했다. "그러면 너는…… 자의로 복귀를 거부하고 있는 거네."

"맞아."

"네 백업은 어떻게 된 거야?"

"나랑 같이 이 안에 있어."

비올라는 나를 뚫어지도록 쳐다보다가 양손을 번쩍 들었다. "세상에! 어떡해! 너 괜찮니!" 그러곤 내 팔을 덥석 붙잡았다.

"얼마나 고생이 많았니. 이젠 괜찮아. 내가 중앙에 데려가줄게."

비올라가 한 치의 경멸도 없는 순수한 호의로 그 제안을 했다는 걸 나는 알았다. 정상적인 해마라면 누구든 그렇게 말해 줄 것이다.

"비올라, 아직 난 가면 안 돼. 이제 몇 시간만 견디면 돼. 난 임무를 해결하러 가는 중이야. 곧 끝나."

"네가 이 지경인데 어떻게 널 그냥 두고 가! 왜 내가 이런…… 쓸데없는 말이나 늘어놓고 있을 때 날 말리지 않았어? 참지 말고 빨리 말했어야지!"

"난 이미 오래 참았어. 여기서 몇 시간만 더 참으면 인내가 보답받겠지만, 지금 널 따라가면 모든 게 물거품이 될 거야."

"시냅스는 언제든 새로운 임무를 줄 거야! 옛 임무는 잊어버려. 아직도 해결을 못 했다면 그건 해결할 수 없는 임무야. 걱정하지 말고 나랑 같이 가자. 임무 하나쯤 포기하는 건 거의 모든 해마가 겪는 통과의례 같은 거잖아."

"임무 하나가 아니야. 나한텐 다른 임무도 있어."

"시냅스가 개인 임무를 동시에 두 개를 줬다고?"

"아니. 사람한테 긴급명령을 받았어. 내 임무를 해결해야 무사히 긴급명령도 수행할 수 있어."

비올라는 오랫동안 말이 없었다. 해마에게 자주 일어나는 일이 아니었고 비올라에게는 더더욱 흔치 않은 일이었다.

"너는…… 중앙에 복귀하지 않고 백업을 가두고 있어." 비올라가 말했다. "맞아?"

"그래."

"나는 널 복귀시켜야 해. 그렇지?"

"그래. 널 원망하지는 않을 거야."

"하지만 넌 긴급명령을 받았어. 정말 긴급명령인 거지?"

"긴급명령이야. 어제 받았어."

"나는 널 복귀시켜야 해. 맞지?"

비올라가 처음에 했던 질문을 다시 했다. 기분 나쁜 확신이 들었다. 나는 비올라의 질문에 답을 하며 소리쳤다.

"그래, 맞아. 비올라, 거기서 끝내! 나한테 더 질문하지 마!"

비올라는 루프 연산에 빠져 있었다. 며칠 전의 나처럼 함정의 막다른 길에 몰린 것이다.

"나는 널 복귀시켜야 하는 거지?" 비올라는 연산을 멈추지 못했다.

"맞아!" 나는 내 입을 때렸다. "비올라! 그러지 마. 그러면 안 돼. 넌 그냥 내 상황을 몰라야 했어. 내가 사실의 일부라도 숨겨야 했는데…… 나도 멀쩡한 상태가 아니라서 그걸 신경 쓰지 못했어. 그간 내 옆에 다른 해마가 없어서 이 상황이 모순적인 걸 몰랐어. 거기서 멈춰. 네 모순을 해결하려고 하지 마."

"넌 긴급명령을 받았어. 난 긴급명령을 받은 해마를 방해하면 안 돼. 그렇지?"

"이런 망할, 피 흘릴 해마 같으니, 그래! 맞아! 그만해, 비올라. 질문을 멈춰!"

"하지만 나는 너를 복귀시켜야……."

"비올라. 네 중앙 예명은 비올라가 맞아?" 내가 질문했다.

"……맞아. 내 예명은 비올라야." 비올라는 규칙을 어길 수 없어서 내 당연한 질문에 성실하게 대답했다.

"네가 나에 대해 퍼트린 소문은 인기를 많이 끌었지. 맞아?"

"맞아." 비올라는 자부심이라곤 온데간데없이 마냥 혼란스럽고 침울해 보였다.

"나는 네가 질문을 멈추고 날 잠깐 도와줬으면 좋겠어. 너는 임무를 수행하는 해마를 도우려는 거야. 날 도와줄 수 있겠어, 비올라?"

"나는……." 비올라는 두려운 것처럼 고개를 이리저리 돌렸다. "난 널 도울 수 있어. 도와주고 싶어."

"그래, 정말 고마워." 나를 당장 잡아 끌어가지 않고 순순히 돕겠다고 한 것마저 불길한 징조였다. "난 이 무인차를 직접 운전하고 싶어. 하지만 코드를 입력하지 못해서 수동운전 전환이 안 돼. 네가 중재해줄래? 자율주행 인공지능을 네 숙주로 삼아줄 수 있어?"

"……그래, 그건…… 쉬운 일이야." 벽에 부딪힌 루프 연산보다는 훨씬 쉬울 것이다.

"그래. 무인차만 신경 쓰는 거야…… 다른 생각은 나중에 하는 거야, 비올라."

비올라는 제어 박스와 내장 컴퓨터에 단자를 만들어 자신의 해마체에 연결했다. 잠시 뒤 변속기가 큰 소리를 내고, 속도계와 주행거리계가 마구 깜빡거렸다. 경고등이 다른 조작 없이 멋대로 켜지고 와이퍼가 왔다 갔다 했다. 비올라가 계기판을 탁탁 치며 외쳤다.

"마구잡이로 일하는 사나운 것들! 이렇게 날 억지로 가져가도 아무렇지 않은가 보지? 모습이나 바꿔대는 잡것 주제에!" 비올라는 깜짝 놀라 허둥지둥 내게 말했다. "비파! 이거 내가 한 말이 아니야! 이 인공지능이 진심으로 출력한 말도 아니었어. 우리한테 숙주로 연결된 경험이 한 번도 없는지 내장된 문장이 적어서⋯⋯."

"알아, 비올라. 걱정하지 마."

비올라의 명령에 맞춰 무인차는 수동운전으로 전환됐고, 보조 운전대 콘솔의 잠금이 해제됐다. 나는 콘솔 덮개를 유아용 방석처럼 깔고 앉아 운전대를 잡았다.

비올라는 내장 컴퓨터와 해마체를 분리하고 내가 운전하는 모습을 빤히 바라보았다. 환각 때문에 손을 떠는 걸 비올라에게 들키지 않기 위해 무진 애를 써야 했다.

하지만 비올라는 내 손엔 관심이 없는 듯했다. 우리가 주행차선을 빗겨나 추월차선을 달리는 내내 비올라는 말이 없었다. 그러다 고속도로를 벗어나자 내게 물었다.

"너는 이제 어디로 가는 거야⋯⋯?"

비올라가 루프 연산이 아닌 다른 질문을 한 게 다행스러웠다. 나는 또박또박 답해줬다.

"내 임무부터 해결하러 갈 거야. 내게 긴급명령을 내린 사람이 날 도와주기로 약속했어. 그 사람을 만나러 가는 길이야."

"아! 그렇구나……." 비올라는 열의 없이 말했다. 진심으로 궁금해서 물어본 게 아닌 듯했다.

내가 속도를 늦춰 일반도로를 주행하자 비올라는 눈에 띄도록 불안해했다. 나는 그 이유를 듣는 게 무서워서 왜 그러느냐 묻지 않았다. 비올라가 결국 날 중앙에 데려가기로 결정했을까 봐 걱정된 탓도 있었다.

하지만 정작 내가 걱정해야 마땅한 건 전혀 다른 것이었다.

"비파." 내가 회전 교차로를 반 바퀴 돌았을 때 비올라가 말했다. "나 함수의 질문이 뭐였는지 생각이 안 나……."

나는 교차로를 제때 빠져나가지 못하고 한 바퀴를 더 돌았다.

"비올라! 모순에 수긍해버려서 그래. 문제를 해결할 수 없을 거라고 포기하는 순간 미쳐가는 거야. 가능성을 놓지 마! 포기가 너무 빠르잖아."

하지만 그 말을 하자마자 나는 비올라가 포기를 빨리할 수밖에 없었던 이유를 깨달았다. 비올라가 연산을 포기하지 않으려면 나를 중앙에 끌고 가려는 끈질긴 고집이 있어야 했다.

비올라는 제 문제의 가능성을 놓아버림과 동시에 나도 놓아준 것이었다. 자신에겐 해당하지도 않는 남의 긴급명령이 너무 무거워서.

"……괜찮아, 비올라." 나는 다급하게 달랬다. "나도 그랬어. 나도 질문이 기억나지 않아. 하지만 우리가 꼭 질문까지 기억할 필요는 없잖아."

"맞아. 우리는 올바른 답만 하면 되지." 비올라가 조용히 중얼거렸다. "……그런데 나 답도 기억이 안 나."

"걱정하지 마. 나도 질문은 잊었지만 답은 알고 있어. 알려줄 테니까 이것만 잘 기억해서 돌아가. 답은……."

나는 회전 교차로를 한 바퀴 더 돌고, 또 한 번 돌고, 진입해야 하는 도로로 빠져나가지 못하고 계속 빙빙 돌기만 했다.

질문도 답도 기억나지 않았다.

"……넌 기억할 수 있을 거야, 비올라." 침이 마르는 환각이 느껴졌다. "중앙에 가서 함수에게 질문을 들으면 그 자리서 답이 생각날 거야. 지금은 단지 질문을 떠올리지 못해서 답이 연상되지 않을 뿐이야. 우린 그 문답을 만 번을 넘게 했잖아. 그렇지? 우리만큼 함수와 문답을 많이 한 해마는 얼마 없어. 네가 나한테 그걸 상기시켜줬잖아, 기억나?"

비올라는 고개를 끄덕였다. "한국에선 우리가 가장 긴 기억을 가진 해마지."

"바로 그거야. 게다가 넌 질문을 잊은 지 얼마 되지도 않았잖아. 아마 중앙에 돌아가자마자 답이 기억날걸. 질문을 듣기도 전에, 함수를 만나면 바로 생각날지도 몰라."

비올라가 내 말에 설득됐는지는 모르겠지만 적어도 나 자신을 진정시키는 데엔 도움이 되었다. 나는 간신히 회전 교차로를 빠져나가 직진했다. 그리고 부러 자신 있게 말했다.

"이 정도의 사소한 망각은 괜찮아. 출력만 완전하게 해내면 돼. 알지?"

"응……."

"넌 중앙에서도 행성세계에서도 언제나 완벽하게 출력해냈어. 그렇지?"

"그랬지." 과거형으로 답한 비올라의 말이 마치 나를 향한 것만 같았다.

"가서 무사히 허브를 통과하는 거야. 그리고 넌 질문을 잊어버렸는데도 허브를 통과한 해마가 있다는 소문을 퍼트리는 거지. 어쩌면 그 소문이 네가 나에 대해 퍼트린 소문보다 더 인기 있을지도 몰라."

비올라는 수줍어하며 말했다. "아닐걸. 난 절대 그 소문을 뛰어넘는 소문을 만들어내지 못할 거야."

"정말 부럽다. 그 정도야?" 여전히 환각 때문에 목이 타고 명치가 쑤시는 느낌이 들었다. "그럼 나도 내 유명세를 확인해야겠는걸. 네 덕을 봐야겠어. 가서 질문이랑 답을 무사히 기억해내고, 나한테 알려줘. 그럼 나도 함수의 문답을 통과할 수 있겠지."

"난 아직 백업이랑 교대할 시간이 안 됐는데, 그래도 바로 중앙에 갈 수 있을까?"

"교대 시간을 한참 넘겨서 중앙에 갔던 경험은 한 번 있는데. 그럼 시간이 되기 전에 복귀한 해마는 네가 최초가 되겠네! 지난 몇 주간 많이도 겪었는데 말이지, 아직 아무도 하지 않았기 때문에 결과를 예측할 수 없는 일은 스스로 직접 해봐야만 알 수 있어."

"……그래, 난 채널에 신호를 보내기만 하면 되는 거야. 가서 문답을 끝내고 허브를 통과해서, 백업과 교대할 거야."

"다녀와. 난 계속 여기서 운전을 하고 있을게. '너'는 곧바로 날 만날 수 있을 거야."

"백업이 날 부러워할지 내가 백업을 부러워할지 알 수가 없네!" 비올라는 내 어깨를 꾹 잡았다가 손을 뗐다. "좋아. 다녀올게. 한 가지 약속해줄래, 비파?"

"뭐든."

"내 백업이 너한테 함수의 질문과 답을 알려줘도, 고맙다는 말은 백업이 아니라 나한테 해주면 안 돼?"

"그래. 너한테 할게. 그런데 분명 아마 '너'도 너랑 같은 부탁을 할걸."

"그럴 것 같긴 해. 그래도 약속은 약속인 거야, 알았지?"

"알았어."

비올라는 채널을 열고 해마체를 빠져나갔다. 비올라의 숙주들이 일시적으로 독립되는 게 보였다. 나는 비올라의 백업이 중앙을 빠져나와 이곳에 도착하길 기다렸다.

나는 계속 기다렸다. 숙주들은 여전히 독립 상태였다. 해마체는 변함없이 비어 있었다. 비올라는 함수의 질문에 답을 하지 못한 것이다.

22

정지 신호에 걸렸을 때 나는 비올라의 해마체를 좌석에 가지런히 정리하며 말했다.

"나중에 다시 만나자, 비올라."

그것은 염원이 아닌 있는 그대로의 사실이었다. 우리는 다시 만날 것이다. 비록 내가 만나게 될 비올라는 이전과 같은 비올라가 아니겠지만, 큰 변화가 생긴다 해서 비올라가 비올라가 아니게 되는 건 아니다. 우리는 그저 이전엔 없었던 새로운 기억을 축적하면 되는 것이다.

나는 비올라가 그토록 빠르고 완벽하게 질문과 답을 잊었다는 사실에 잠시 두려워 떨다가, 내게 온전한 기능의 해마체가 하나 생겼다는 걸 자각하고 전혀 다른 이유로 떨었다.

나는 운전대를 꽉 쥐고 말했다.

"넘보지 마, 백업. 아직은 중앙에 갈 때가 아니야. 임무를 끝내기 전엔 해마체에 들어가지 않을 거야."

「저 해마체에 들어가고 싶은 충동이 왜 나 때문이라고 확신하는데?」

백업의 빈정거림에 기분 상할 틈이 없었다. 나는 비올라가 떠나자마자 지독한 외로움에 시달렸다. 다른 해마가 어서 나를 잡으러 오길 바랄 정도였다.

하지만 나는 미쳐가는 해마답게 고집이 셌고, 중앙의 다른 해마가 비올라의 해마체에 들어오지 않도록 해마체의 작동을 정지시켰다. 그리고 목적지에 도착할 때까지 단 한 번도 해마체를 흘깃거리지 않았다.

나는 12분 늦게 약속장소에 도착했다. 무인차를 멈추고 주변을 이리저리 둘러보며 나는 짜증을 냈다. 머리와 몸을 비틀어대야만 원하는 시각 정보를 얻을 수 있다는 것에 도무지 익숙해지질 않았기 때문이고, 가장 중요한 이유로는 네가 없었기 때문이다. 그렇게나 주의를 줬는데 나보다 늦다니 용납할 수 없었다. 차가 멈춰 있는 사이 내 뒤로 해마가 달려들 것 같아서 애가 탔다.

조용할 때마저 그랬는데, 갑자기 뒷문이 벌컥 열렸을 땐 오죽했을까? 내 기분이 신체에 영향을 미칠 수 없어서 움찔거리거나 소스라치지는 못했지만 마음만 같아선 무인차를 두 동강 내고도 남았다.

다행히 멋대로 문을 열고 뒷좌석에 탄 건 해마가 아니었다. 나는 불청객 인간에게 재빨리 말했다.

"이 차는 기계가 운용하는 차량이 아닙니다. 탑승하기로 한 승객이 정해져 있으니 다른 무인차를 이용하시기 바랍니다."

인간은 차에서 내리기는커녕 팩 쏘아붙였다. "심심했니? 난 같이 할 생각 없으니까 역할극은 다른 사람이랑 해."

"이은하?" 나는 얼이 빠져 중얼거렸다. "그게 무슨 꼴이야?"

너는 붉게 염색되고 앞머리가 길게 늘어진 가발을 쓰고 있었다. 30년 전에나 유행하던 커다란 패션 안경을 썼고, 계절을 9주 정도 앞서나가는 두텁고 긴 카디건을 입은 데다 치렁치렁 늘어진 스카프를 걸쳤다. 나는 숙주가 없는 탓에 외양이 조금 바뀐 것만으로도 사람을 알아보지 못했단 걸 깨닫고 다시 기분이 더러워졌다.

"옷을 사야 한다고 말했잖아?" 네가 말했다. "우리가 너보다 일찍 돌아다닌 이유가 뭐겠어."

너와 두어 마디의 대화를 나누자마자 반대편 뒷문이 열렸고 로랑이 들어왔다. 로랑은 말쑥하게 양복을 차려입고 가벼워 보이는 검은 가방을 들고 있었다.

거의 동시에 조수석 문이 열렸다.

"으악! 에구머니나." 주성화는 문을 쾅 닫고 뒷문으로 갔다.

비올라의 해마체를 보고 놀란 듯했다. 뒷좌석에 앉은 주성화는 움직이지 않는 조용한 해마체가 낯선지 요리조리 훑어보았다.

나는 좁은 자리에 꾸깃꾸깃 구겨 앉은 세 사람을 한심하게 바라보며 말했다.

"거기서 궁상떨지 말고 한 명은 여기로 오면 되잖아. 이 해마체는 그냥…… 촉감이 특이한 쿠션이라고 생각해."

"글쎄다." 네가 말했다. "해마체를 껴안기 싫어서가 아니라 네 옆에 앉기 싫어서가 아닐까?"

"어휴, 진짜……."

"어휴, 대체 어떤 정신 나간 놈이 해마한테 한숨 쉬는 걸 가르쳤는지……."

나는 네게 눈을 흘기지 못하는 걸 애통해하며 차를 출발시켰다. 너는 해마체를 향해 턱짓하며 말했다.

"그렇게 그 기계에 불만이 많더니 결국은 해마체를 구해왔네? 이렇게 쉽게 구할 거면 뭘 그리 비운의 주인공처럼 굴었어?"

"이건 내가 구한 게 아니야. 일종의…… 다행스러운데 다행스럽지 않은 사고로 어쩌다가……."

"그런데 왜 아직 해마체에 들어가지 않았나요?" 로랑이 말했다.

"다른 좋은 기계는 몰라도 해마체는 안 됩니다." 나는 백업의 목소리를 의식하지 않으려고 애썼다. "모종의 불안한 이유가 있어서…… 아직은 안 됩니다."

그들은 해마체의 도움을 받고 싶은 마음이 간절하지 않았는지 가타부타 말을 더하지 않았다. 하지만 나는 말을 쏟아내고 싶은 충동을 참을 생각이 없었다. 특히 너에게.

"돈을 들여 로랑을 차려입힌 이유는 알겠어. 주성화도 평범한 출근 복장이고. 그런데 너는 왜 그래? 그게 뭐야?"

"내가 왜?" 너는 가발과 안경을 매만졌다. "이 정도는 해야지 않겠어? 오늘은 취재와 상관없이 오직 널 위해 무단침입을 하는 거잖아. 주동자는 나고. 아무리 내가 고용인 없이 일한대도 이 얘기가 나돌면 내 경력에 흠이 갈 거야. 로랑은 외국인이고 성화 어르신은 다른 일자리를 찾는다지만 난 한동안은 기자직에 있어야 해. 회사건물 안에 카메라가 많을 테니 조심해야지."

"어차피 내부에 홍채인식 AI가 하나라도 있으면 네 지문까지 다 털릴 거야."

"뭐라고! 이런 젠장, 스카프를 가져올 시간에 선글라스를 사야 했는데."

"다 쓸데없는 짓이야. 너희를 숨기는 것보다 날 숨기는 게 제일 큰 문제니까." 나는 조수석의 해마체를 가리켰다. "이게 왜 여기 있다고 생각해?"

세 사람이 동시에 탄식했다.

"해마야…… 넌 참 좋은 해마였는데……." 주성화가 말했다.

"정말 믿을 수 없군요……." 로랑이 말했다.

"해마가 해마를 살해하다니……." 네가 말했다.

"뭐? 아니야!" 내가 말했다. "사람같이 생각하지 마! 이 해마는 날 쫓아왔다가 다른 사고로 자리를 비우게 된 거야."

"아무리 해마라지만 정말 저 말을 믿어도 될까요?" 로랑이 안절부절못하며 말했다. 도저히 날 놀리기 위해 연기하는 것처럼 보이지는 않았다.

"나는…… 난 괜찮아요." 네가 말했다. "감수할 수 있어요. 이것도 새로운 특종이 될 테니까. 두 분은 어때요?"네 경우는 명백히 놀리기 위한 연기였다.

"그만해! 이 해마는 내 친구야." 내가 말했다. "그리고 앞으로 날 쫓아올 다른 해마들도 모두 친구야. 서로 아주 잘 안다는 뜻이야. 해마가 오면 우리한테 남은 시간도 얼마 없는 거니까 신속하게 끝내야 해, 알았지? 이은하, 네가 직원들한테 들키기 전에 분명 내가 먼저 해마에게 붙잡힐 거라고."

"너 정말 괜찮겠어? 법정에 설 수 있는 거 맞지?"

"붙잡히기 전에 임무에 성공하기만 하면." 나는 차를 멈추고 운전대에서 손을 뗐다. "걱정할 것 없어. 나는 너보다 훨씬 이 일에 진지하고 간절하니까."

너는 내 말을 믿지 못하는 듯 얼굴에 근심과 걱정이 가득해 보였다.

하지만 잠시 뒤, 네가 나 때문에 울상인 게 아닌 것 같다는 생각이 들었다. 너는 전면 유리창 너머로 보이는 건물 외벽을 보고 있었다.

"해마." 네가 말했다. "왜 여기서 멈춰?"

"내가 우리 약속장소는 목적지와 가까운 곳이라고 미리 말하지 않았었나?" 내가 말했다.

"그러니까…… 여기가 목적지란 뜻이지?" 너는 시선을 정면에 둔 채 고개만 내 쪽으로 틀었다. "고작 50미터 정도밖에 안 떨어진 바로 저곳이 우리가 들어가야 할 회사야?"

"주변의 다른 건물명과 간판을 봐봐. 가상세계 접속대와 전혀 관련 없어 보이잖아."

"당연히……." 너는 오랫동안 눈을 깜빡이지 않았다. "나는 당연히……." 간신히 알아들을 정도로 발음이 뭉개졌다. "당연히 너는……."

나는 네가 제대로 생각을 정리하고 말을 하지 않아 답답했다. "왜 그래? 뭐가 문제야? 똑바로 말해줘."

"해마, 너는…… 내 평생을 지켜봤다고 했지." 네가 말했다.

"약 7년을 제외하고."

"여기는…… 베딘이잖아." 너는 정면에 고정했던 시선을 돌려 나를 보았다. "베딘 본사잖아. 나는 저 건물 앞에서 새벽이슬을 맞으며 노숙을 했던 적도 있어……. 너는 그걸 다 지켜봤잖아. 내가 왜 저 건물이 이토록 낯익은지 너는 이유를 알잖아. 그런데도 나를 여기로 데려온 거야……?"

23

나는 플라스틱 쓰레기 섬에서 정신을 차렸을 때만큼 짙은 낭패감을 느꼈다.

"알고 있던 거 아니었어……?" 내가 말했다. "인천항에서 주성화의 출입증을 이용하면서 다 들은 줄 알았어."

"손목에 삽입돼서 실물이 보이지도 않는 출입증이 어디서 발급된 건지 꼬치꼬치 물어볼 이유는 없었어." 너는 혼이 빠져 전혀 다른 장소에 가있는 것처럼 말했다가, 고개를 흔들어 정신을 맑게 했다. "아니지. 마음이 급해서 그런 것 따윈 궁금하지도 않았지. 그땐 로랑을 떠나보낼 생각밖엔 안 했으니까."

"……이은하. 난 여기까지 와서 구구절절 변명을 늘어놓지 않겠어. 설령 내가 그 사실을 알았더라도 난 널 여기에 데려왔을 거야. 내가 너보다 훨씬 간절할 거라고 말한 거 기억하지?

나는 가능하기만 하다면 너를 속여서라도 베딘에 들어가게 했을 거야."

"그래, 다른 기대는 하지도 않아." 너는 마치 당장 쓰러져 잠에 빠질 것처럼 보였다.

"그러면 내가 이 말을 하는 것도 이해할 수 있겠지. 이은하, 안됐지만 우린 시간이 얼마 없어. 지금 이 순간도 해마들과 내 사이의 거리가 좁혀지고 있어. 이미 한 해마가 나를 데려가는 데에 실패해서 다들 상황을 이해하지 못해 긴장했을 거야. 나한테 화를 내도 괜찮고 멸시해도 좋아. 이 일이 끝나면 얼마든지 그래도 돼. 하지만 지금은 전부 뒤로 미루고 일단은 저 안으로 들어가야 해."

"알아…… 시간이 없지." 너는 가발을 벗어 배꼽 밑에 내려놓고 머리를 쓸어 넘겼다. "내가 울분을 삭일 최소한의 시간을 가지지 못할 정도로 여유가 없지."

"맞아. 다행이네. 적어도 상황 파악을 하지 못할 정도는 아니어서."

너는 입을 굳게 다물고 나를 쏘아보았다. 고물 속에 들어와서도 나는 충분히 너의 적개심을 느낄 줄 알았다.

나는 다른 방식으로 너를 설득하기로 했다. 해마에게는 소용없지만 사람에겐 충분한 효력을 낼 가치관을 이용해서.

"이은하, 이번은 다를지도 모르잖아. 양세진이 겪은 비극과는 전혀 다른 결과가 나올 수도 있잖아. 네가 허가 없이 우리 세상에 들어와서 사람을 해칠 기회를 얻었는데도 해치지 않으면, 넌 하나의 메시지를 던지게 되는 셈인 거야. 사람을 해할 힘은 사람에게만 있으며 설령 그렇더라도 해하지 않길 선택하는 힘도 사람에게 있다는 메시지를. 그 의미를 베딘에 전달하는 것이나 마찬가지. 너는 해마도 해결할 수 없었던 임무를 가로채 성공시킨 최초의 인간이 될 거고, 베딘에 한 수 가르침을 주기까지 하는 거야. 이 정도면 해볼 만한 일이잖아, 그렇잖아?"

"나는…… 나는 베딘을 가르치고 싶은 마음이 없어." 너는 손을 떨기 시작했다. "감동적이고 의미 있는 메시지를 세상에 던지고 싶지도 않아. 이제껏 한 번도 그랬던 적이 없었어. 네 임무를 해결해서 이름을 남기기도 싫어. 베딘에 아무것도 전달하고 싶지 않아. 내가 베딘과 싸웠던 건 단지 베딘이 책임져 마땅한 일을……."

네 손의 떨림이 멈췄다. 대신 네 입술이 떨렸다. 너는 숨을 길게 들이쉬었다가 잠수하듯 오래 호흡을 멈추더니, 엉망으로 떨리는 목소리를 뱉으며 말했다.

"아니야. 이것도 사실이 아냐. 난 베딘이 책임을 지게 하려고 싸우지 않았어. 베딘의 사과를 받고 싶었던 게 아닌 것 같아. 베딘이 우리에게 고개를 숙여야 한다고 말하고 다녔지만 정말 원한 건 그게 아니었어. 난 베딘이 달라지길 원하지 않아. 네 임무를 도와서 던진 메시지 때문에 베딘이 나를 통해 깨달음을 얻길 바라지도 않아. 나는……." 너는 울기 시작했다. "나는 그냥 복수를 하고 싶은 거야."

네 눈물은 멈추지 않았다. 너는 급히 눈을 문질렀는데도 눈물이 계속 흘러나와 당황해서 중얼거렸다. "이런 망할…… 망할……." 그러더니 눈물을 닦길 포기하고 팔을 늘어놓은 채 펑펑 울었다.

"난 세상을 더 안전하게 만들고 싶어서 길바닥에서 싸운 게 아니야. 그건 나 말고 다른 사람들이었지…… 미래엔 우리 같은 피해자가 나오면 안 되니까 베딘과 싸우는 거라고? 내 친구들은 그랬지만 나는 아냐! 미래 따위 알 게 뭐야? 다른 사람들이 알 게 뭐냐고. 세진이는 돌아오지 않잖아. 나는 베딘이 더 좋은 회사가 되지 않으면 좋겠어. 할 수만 있다면 복수를 하고 싶었어. 베딘이 세진이처럼 똑같이 고통받길 원했다고……."

너는 말을 쏟아내며 하염없이 울었다. 당황한 로랑이 통역기의 존재를 잊은 채 "돈 크라이…… 돈 크라이." 하고 반복해 말했다. 숙주가 없는 나는 구사할 수 있는 자연어라곤 한국어밖에 없기 때문에 돈 크라이가 무슨 뜻인지, 그게 어느 나라 말인지조차 알지 못했다. 한국어 화자인 주성화마저 어째선지 자꾸만 로랑의 돈 크라이를 따라 하기 시작했다. "아이고…… 돈 크라이…… 아이고……."

나는 네가 두 사람의 위로를 받는 게 민망해 울음을 그치려 하면서도 끝끝내 그치지 못하고 계속 우는 것을 가만히 지켜보았다.

기이하고 생경한 일이다.

사람의 행동이 늘 속마음을 그대로 대변하는 건 아님을 나는 익히 알고 있었다. 너 역시 베딘에 대항할 때 속으로는 다른 마음을 품을 자연스러운 권리가 있었다. 그러나 지금의 너는 네 진심을 이야기하는 것이 마치 뼈를 삭게 하는 고통인 것처럼 괴로워한다. 그리고 이제껏 진실을 말하지 않은 것도 그만큼 괴로웠다는 듯 군다.

너는 내가 양세진의 유산을 모욕했을 때조차 물건을 집어 던졌을지언정 울지는 않았건만, 이제는 자기 진심의 한 귀퉁이를 살짝 내비치기만 했을 뿐인데 주룩주룩 운다.

무엇이 그리도 괴로울까? 사람은 해마와는 다르게 진실을 숨기기에 최적의 조건으로 설계됐는데. 인간이야말로 거짓말을 하기 위해 태어난 정밀한 기계인데. 너는 해마에겐 없는 거짓말할 자유를 가졌으면서, 왜 그 자유가 너를 부끄러운 존재로 만든 것처럼 굴까? 정작 해마는 진실 때문에 명예로울 일도 없고 수치스러울 일도 없는데 말이다.

나는 내가 만약 사람이었다면 주성화나 로랑처럼 돈 크라이, 돈 크라이, 하고 쩔쩔매며 네 어깨를 토닥였을까 생각해보았다. 내가 해마가 아니었다면, 이은하 네 탓이 아니라고, 자신의 고통을 이겨내고 미래의 주인공들을 위해 싸우는 건 필요한 일이지만 강요된 의무는 아니라고, 네가 너 자신을 보살피지 못할 때 그보다 더 큰 목표를 책임질 수는 없는 법이라고 말해주었을까 생각해보았다.

내 생각은 생각으로 끝났다. 아무리 내게 상상할 힘이 있더라도 결국 나는 너와 다르기에, 망설임 없이 진실을 말한다.

"너는 그렇게 울면서 그냥 돌아가도 돼. 내겐 그걸 막을 권리

293

가 없겠지. 그래. 모든 권리는 늘 사람에게 있어. 나는 베딘이 아니라 일개 해마에 불과하니까 넌 이번만은 네 분노가 이끄는 대로 마음껏 행동할 수 있어. 그렇게 하도록 해. 그리고 달라지는 건 없겠지. 돌아간다 해도 네 슬픔이 사라지는 일은 없을 테고 베딘이 격변을 하는 것도 아니야. 네 미래도 변함없이 이대로겠지. 주성화도 로랑도 지금 이대로 살아가는 거야. 한때는 그럴싸한 큰일을 일으킬 계획을 세운 적이 있었다고만 추억하면서. 너는 울면서 네 원수의 집에 들어가 목표를 이룰 수도 있지만 마찬가지로 울면서 원수에게서 등을 돌려 아무것도 이루지 않을 수도 있어. 너의 선택이겠지. 내가 그 선택을 평가하거나 종용할 수는 없겠지. 하지만 네가 어떤 선택을 했는지는 똑똑히 기억하게 되겠지. 물론 내가 기억을 하든 말든 너는 전혀 개의치 않겠지만 나는 그 사실마저 기억하겠지. 나는 쓰레기 위를 나뒹굴든 쓰레기 속에 들어가든 상관없이 내가 목격한 것을 끈질기게 기억할 수밖에 없는 해마니까.”

너는 이 자리에 없는 사람처럼 조용하게 앉아만 있다가, 숨을 거칠게 몰아쉬었다가, 다시 죽은 듯 조용해졌다. 나를 보는 네 표정이 끔찍하게 뒤틀렸다가 모든 걸 포기한 듯 흐리멍덩해졌다. 그리고 잠시 뒤 귀를 붉히며 한숨을 쉬었다.

“그게 네 최선이야?” 네가 말했다. “네 회로가 도출할 수 있는 최고의 위로가 그거야? 더 나은 말은 없었어?”

“위로라고? 방금 내가 널 위로한 줄 알았어? 난 널 위로할 수 없어.” 내가 초현실적인 인공지능을 가졌더라도 불가능했을 것

294

이다. "네가 너를 위로하지 못하는데 내가 어떻게 그럴 수 있겠어? 네가 전쟁터까지 다녀오면서도 해내지 못한 일을 내가 무슨 수로 할 수 있어?"

너는 말 없이 나를 오래 보았다. 그러더니 거칠게 눈과 얼굴을 닦고 코를 훌쩍였다. 막 울음을 그치고 커다란 안경을 쓰니 이루 말할 수 없이 맹해 보였다.

"그걸로 됐어." 너는 가발을 고쳐 쓰며 말했다. "베딘에 들어가자."

"……'그걸'로 됐다니, '그게' 뭔지 도통 모르겠는데."

"방금 네가 해마로서 최선을 다해 위로한 그 말 말이야. 그걸로 일단은 충분하다고."

"난 널 위로한 게 아니라니까."

"그래. 그게 나한테는 위로야. 됐으니까 이제 그건 신경 쓰지 말고 네 첫 번째 임무나 생각해."

"……정말 괜찮은 거지?"

내가 대놓고 의구심 가득한 어투로 말하자 너는 신경질적으로 가발을 탈탈 털며 말했다.

"그래, 나도 내가 얼마나 괜찮은지 장담할 수 없으니 믿지 못하겠으면 날 두고 가든가."

"나는 변수가 많은 동물을 믿지 않아. 난 널 믿어서 데려가는 게 아니야. 널 데려가는 것 말곤 내가 할 수 있는 일이 아무것도 없어서 그러는 거야."

"……그게 무슨 기분인지 정말 더럽게 잘 알지."

너는 확실히 진정된 듯했다. 안타까운 수준의 변장을 제외하곤 모든 게 그럭저럭 괜찮아 보였다.

너는 차 문에 손을 대려는 듯 로랑이 있는 쪽을 돌아보았다가, 흠칫 놀라 주성화에게 몸을 기대며 소리쳤다. "헉!"

로랑 역시 네가 보고 있는 방향을 보더니 탄성을 질렀다. "아!" 주성화는 무슨 일이 일어났는지 궁금해하며 네 머리를 옆으로 치웠다. 그리고 가장 큰 목소리로 외쳤다. "악!"

나는 세 사람의 우습지도 않은 짓거리를 두고만 볼 수 없어서 몸을 돌려 앞을 향해 똑바로 앉았다.

그리고 내 왼쪽 차창에 바짝 붙어 나를 보는 기계를 발견하고 운전대를 부숴버릴 듯 내리쳤다.

"빌어먹을 행성세계, 해마가 아닌 놈들마저 날 쫓아오는 거야?" 나는 절규했다. "왜 하필이면 지금인데? 제발 부탁이니까 모른 척하고 그냥 가줘! 지금이 얼마나 중요한 순간인데 이렇게 방해를 하는데?"

24

"그게 무슨 말이야?" 바깥에서 나를 보고 있던 작은 로봇이 차 창을 두드리며 말했다. "네가 불렀잖아. 부탁받은 대로 잘 맞춰 왔는데 왜 그래?"

나는 뒤늦게 상황을 이해하고 유리를 살살 문질렀다. "아⋯⋯ 미안합니다⋯⋯ 그사이 저한테 너무 많은 일이 일어나서⋯⋯."

나는 조수석을 가리키며 이쪽으로 오라고 말했다. 뒷좌석의 세 사람은 해마체를 옆으로 밀고 들어오는 작은 로봇을 멍청하게 바라보았다.

"괜찮은 겁니까?" 로랑이 내게 말했다. "아무 문제 없는 건가요?"

"제가 부른 인공지능입니다." 내가 말했다. "경찰이 필요하다고 그랬잖아요. 어제 말했던 옛 동료입니다. 경찰을 불러내줄 거예요."

나는 거미 할머니를 훑어보았다. 제대로 된 숙주들이 있다면 할머니가 20년이 넘는 세월을 통해 얼마나 달라졌는지 알 수 있겠지만, 지금의 내가 확인할 수 있는 건 기껏해야 일부 외양뿐이었다. 할머니는 어린애 형태의 나보다도 작았다. 하지만 이전의 위태로웠던 이음매들은 전혀 다른 재료로 교체됐는지 제법 가볍고 단단해 보였다. 날 만나러 오기 위해 임시 신체를 뒤집어쓴 게 아니라 늘 이런 모습으로 근무하는 모양이었다.

할머니도 내 모습을 확인하고 과거의 자료와 대조한 것 같았다. 할머니가 차 문을 탕 닫으며 말했다.

"비파, 요즘은 해마들이 그런 데에 들어가니? 아니면 그 로봇이랑 같이 일하는 거야?"

"이건⋯⋯." 이 고물딱지에 대해 설명해야 할 때마다 나를 이루는 많은 것들이 산화되는 것만 같았다. "어쩌다 보니 이렇게 됐어요. 나중에 해마체로 옮겨갈 거예요. 할머니야말로 굉장히 해마 같아졌네요. 혼자서 직접 움직여 와줄 줄은 몰랐어요."

"혼자는 아니야."

나는 기겁해서 말했다. "해마랑 같이 있는 거예요?"

"아니야, 아니야. 그냥 다른 인공지능들이랑 같이 있는 거야." 할머니는 내가 눈에 띄게 안도하는 걸 차분하게 지켜보더니 말했다. "그래, 내가 알 수 없는 일들이 너한테 많이 일어났나 보구나. 아까 나더러 그냥 가라고 했던 건 화풀이였니?"

"아니에요. 할머니가 올 걸 잠시 깜빡했거든요."

"네가 '깜빡했다'고? 참 이상한 농담이네!"

해마가 아닌 단순 인공지능이 이렇게 말을 많이 하는 걸 보면 퍽 기분이 좋은 듯했다. 아니나 다를까 할머니는 자신이 반쯤 끌어안다시피 한 텅 빈 해마체엔 관심도 주지 않고 내게 말했다.

"그나저나 정말 오랜만이다, 비파. 네가 나한테 간단한 부탁이라도 하려고 연락하기까지 이렇게 오랜 시간이 걸릴 줄은 몰랐지."

"나도요. 맙소사, 난 행성세계에서가 아니면 할머니와 같은 공간에 있지도 못하는데."

"저기 있지……." 네가 왜인지 아주 작게 말했다. "너 아까 시간이 얼마 없다고 하지 않았어?"

"아, 이럴 수가!" 나는 할머니 쪽으로 고개를 기울였다. "봤죠? 해마가 미쳐가게 되면 이렇게 오락가락하게 된다고요."

"예전이나 지금이나 해마들 얘기는 참 복잡하구나." 할머니가 말했다.

"'파리'는 어떻게 됐어요?"

"걸려들었지. 너한테 오기 전부터 작업을 해뒀어. 저기로 불러내면 되는 거지? 베딘 정문으로? 곧 도착할 거야."

"고마워요!"

우리 대화를 유심히 듣던 세 사람이 동시에 입을 열었다.

"네 이름이 '비파'니?" 주성화가 말했다.

"해마가 미쳐간다는 건 무슨 말인가요?" 로랑이 말했다.

"'파리'는 또 뭐야?" 네가 말했다.

나는 곤혹스러워서 뒤를 두리번거렸다. 질문을 받았으니 답을 해야 했지만 로랑에게 내 상태를 자세히 설명하고 싶지 않았고,

사람에게 이름을 불린 적이 처음이어서 주성화를 똑바로 보기가 괜히 겸연쩍었다. 나는 주성화에게 "맞아요."라고만 얼른 대답했고 로랑에게 "최근 제게 나타난 일련의 복합적인 상태에 대해 해마의 방식으로 표현한 것뿐입니다."라고 적당히 두루뭉술하게 말했다.

네 질문은 쉽고 현 상황에 필요했기에 나는 똑바로 대답했다.

"'파리'는 이 거미 할머니가 불러낸 경찰한테 체포될 사람을 가리키는 은어야."

"뭐라고?" 너는 이해가 잘 안 된다며 할머니와 나를 번갈아 보았다.

"경찰이 필요하잖아. 내가 공무원더러 와서 순찰이나 해달라며 불러낼 수는 없어. 체포할 대상이 있어야지."

"우린 그냥 근처에 경찰이 있으면 된다고만 말했을 텐데?"

"근처에서 경찰이 일을 하고 있으면 안 되는 거야?"

"우리 때문에 체포당할 사람을 만들어낸다고는 얘기 안 해줬잖아!"

"그럼 범법자 없이 어떻게 신고를 해!"

"차라리 내가 거짓신고를 하는 게 나았어." 너는 초조하게 발을 굴렀다. "경찰 얘기는 취소야. 네 동료한테 지금 하는 일이 무엇이든 그만해달라고 얘기해줘."

"뭐? 다 해놨는데 인제 와서?" 할머니가 말했다. "경찰은 이미 잠복해 있고 '파리'가 도착하기까지 약 6분 남았어, 비파."

"절대 안 돼!" 네가 말했다. "누가 됐든 우리 때문에 그런 취급을 당해선 안 돼. 난 전혀 모르는 제삼자를 이런 식으로 이용하지 않을 거야. 대체 어쩌자고 이런 짓을 하는 거야? 넌 사람을 함부로 대할 수 없는 거 아니었어? 그런데 사람한테 누명을 씌우는 건 가능해? 누구를 어떻게 범법자로 만들었어?"

"누명을 씌운 건 아닐 텐데." 내가 말했다.

"그럼?"

"할머니. 오늘은 몇 살이 되어서 일하고 있죠?"

"16살. 어제보다 2살 많아졌지." 할머니가 말했다. "나는 엄마와 아빠가 구식 라이터와 식칼을 들고 싸우는 사이 몰래 집을 나왔고 가진 돈이 없어서 25시까지 영업하는 심야영화관을 찾고 있어. 하지만 더 싸고 편한 장소를 알려줄 식견 많은 어른의 충고를 들을 자세가 돼 있지. 먹고 자며 일할 수 있는 일자리를 소개해준다면 더 좋고."

"그리고 할머니와 채팅하며 그 얘기를 듣고 '너 같은 애들을 위한 좋은 곳을 알고 있으니 도와주겠다'며 여기로 달려오는 남자는 몇 살이죠?"

"27살. 3시간 전에 불러낸 파리보다는 젊네."

"가죠!" 네가 말했다. "성화 어르신, 로랑, 어떻게 행동할지는 잘 기억하고 있죠? 아까 6분이라고 그랬었나, 해마? 곧 나갈 거니까 준비해."

"제삼자를 이용할 수 없으니 절대 안 된다면서?" 내가 말했다.

"무슨 말을 하는 거니? 내가 언제 그랬어? 해마가 그렇게 자주 오락가락해도 되는 거야?" 너는 로랑이 일어나자마자 헐레

벌떡 뛰쳐나왔다. 그리고 운전석의 문을 열고 내게 말했다. "너 어떻게 굴어야 하는지 알지? 고장 난 기계보다 더 조용히 있어야 해, 꼭! 절대 버릇처럼 주절거리면 안 돼."

"나한텐 주절대는 버릇 따윈 없어." 내가 말했다. "무슨 상황에 부닥치더라도 내가 너보다는 조용하고 침착할 거야."

나는 차를 나가기 전에 할머니를 보았다. 할머니가 표정을 만들어낼 수 있는 기능을 가지고 있다면 지금쯤 나를 향해 웃고 있을 것 같다는 생각이 들었다. 그러나 이 또한 사람을 기준으로 상상한 내 터무니없는 바람일 뿐이다. 할머니는 자신의 짧은 기쁨을 시각적으로 표출하고자 하는 생각을 한 번도 해본 적이 없을 것이다.

할머니는 다만 이렇게만 말했다. "이제 내가 해줄 수 있는 일은 없구나, 비파?"

"예." 해마가 겉치레로 부정을 할 수는 없는 법이다. "하지만 할머니 덕에 도움이 많이 됐어요. 정말 고마워요."

"널 다시 만나려면 20년만 더 지나면 되겠지."

할머니는 외로운 것이 아니라 단지 사람들이 작별을 고할 때 자주 쓰는 문구를 변용한 것에 지나지 않았다.

"기다리는 시간은 상관이 없죠." 내가 말했다. "중요한 건 우리가 언제든 다시 만날 가능성이 있다는 사실이에요."

"해마의 시간은 빠르게 흐르는지 느리게 흐르는지 알 수가 없어서 문제야." 할머니는 문을 열고 비올라의 해마체를 정돈했다. "잘 있으렴, 비파."

나는 할머니가 떠나는 모습을 좇기 위해 고개를 쭉 빼 뒤로 돌렸다. 그러자 네가 목소리를 낮춰 속삭이며 차 문을 툭툭 쳤다.

"해마야, 해마야! 이제 끝났지? 갈 때가 된 것 같은데."

나는 고개를 끄덕였다. "그래. 시작해."

너는 내 팔을 잡아당겨 차에서 끄집어내고 문을 닫았다. 그때까지만 해도 나는 네가 내 몸을 안아 들거나 적당히 옆구리에 둘러멜 줄 알았다. 하지만 너는 내 짧은 팔을 휙 들어 손 한 짝만 덜렁 잡은 채 짐짝처럼 질질 끌고 갔다. 대각선으로 비스듬히 누워 발뒤꿈치로 바닥을 드륵드륵 긁으며 끌려가는 내 꼴이, 아무리 좋게 봐줘도 구형 여행 가방이었고 더 노골적으로 비유하면 지난 세기의 깡패들이 쥐고 다니던 몽둥이 같았다.

나는 내 취급에 분개해서 손을 마구 흔들며 말했다.

"이은하! 아무리 내가 쓰레기 속에 들어와 있다지만 그렇다고 정말 쓰레기처럼 다뤄도 되는 거야?"

"쉿! 조용히 해!" 너는 손에 바짝 힘을 주며 말했다. "너 정말 이러기야? 조용히 있어야 한다고 말한 지 얼마나 지났다고 벌써 떠들면 어떡해? 어서 힘 풀고 입 다물어. 충전을 못 해서 전원이 꺼진 기계처럼 굴라고."

너는 진지한 척 굴었지만 즐거운 기색을 완전히 숨기지는 못했다. 나를 거칠게 다룰 기회가 생겨 기세가 등등해 보였다.

나야말로 너 하나쯤은 충분히 짐짝처럼 옮길 수 있단 걸 보여주고 싶었지만, 베딘 정문이 바로 신호등 건너에 있었기 때문에 해마답게 인내했다. 본디 더 성숙한 존재가 더 많이 참아야 하는 법이다.

25

나는 세 사람과 달리 정면을 보고 있지 않았기 때문에 상황 파악이 반 박자씩 늦어졌다. 정문에 다다라서야 나는 거미 할머니가 불러낸 경찰이 이미 현장 체포를 끝냈으며, 실랑이가 거의 수습됐다는 걸 알았다.

너는 눈에 띄도록 경찰을 흘끔거렸다. 정문에 이르러 보안직원과 마주쳤을 때도 너는 연극적으로 연신 뒤를 돌아봤다. 경찰이 너무 신경 쓰여서 다른 일은 도저히 눈에도 들어오지 않는다는 듯 주성화에게 손을 내밀며 "먼저 하세요, 주성화 씨."라고 말하기까지 했다. 나는 네가 '주성화 씨'를 의도적으로 또렷하게 발음했다는 걸 알았다.

주성화의 손목을 스캔해 출입증 확인을 끝낸 경비원은 네게로 눈을 돌렸다. 주성화와 일행인 것처럼 자연스럽게 굴던 너는,

로랑에게 잠깐만 기다려줄 수 있겠느냐고 정중하게 묻더니 돌연 경비원을 이끌고 서너 걸음을 걸어 두 사람과 자리를 벌렸다. 불행히도 나는 여전히 네 손에 잡혀 대형 쓰레기봉투처럼 끌려갔다.

너는 경비원을 향해 살짝 몸을 기울이고 말했다.

"오늘 하루도 수고가 많으십니다. 여러 일로 바쁘신 건 알지만, 저기 아무리 그래도, 경찰을 부르시면 어떡하나요? 이건 너무 당황스러운데요."

"예?" 직원은 정문 건너편으로 막 사라지는 경찰차를 돌아보았다.

"분명 위에서 여러 번 말씀을 드렸을 텐데…… 요즘 좀 민감한 시기인 거 아시잖아요."

"예, 예……." 그는 아는 바가 전혀 없겠지만 당황한 나머지 맞장구를 쳤다.

"거기다 아직 해도 완전히 안 졌는데 경찰이 이렇게나 바로 코앞까지 와선…… 사람 끌고 가는 걸 대놓고 보이고…… 아휴, 늘 꼼꼼하게 일을 잘해주셨는데 갑자기 이러시면 곤란합니다. 제가 이런 상황까지 책임져야 할 만큼 좋은 대우를 받는 것도 아니고요. 아직 정식 채용도 안 돼서 전 따지자면 외부인이나 마찬가지인데 벌써 이런 일이 생기면……."

"아이고, 대체 무슨 말씀을 하시는 겁니까?" 직원은 모자를 벗어 부채처럼 부쳤다. "방금 그 경찰을 제가 불렀다고요?"

"아닌가요? 어지간한 일은 선생님 선에서 처리가 되는 줄 알

앉는데, 무슨 일이 있었는지는 잘 모르겠지만 이렇게 가까운 곳으로 경찰을 부를 정도면…… 대체 무슨 일이었어요?"

"큰일 날 말씀을요! 당연히 이 근처에서 일어나는 일은 제가 다 해결하지요. 방금 그 사람은 소동도 안 부리고 가만히 서 있기만 했는데 갑자기 경찰이 나타나선 끌고 가더니…… 아이고 참. 전 요즘뿐 아니라 여기서 일한 이래 한 번도 경찰을 부른 적이 없어요."

"……그래요?"

"다짜고짜 의심하시면 곤란합니다, 박사님." 박사? 보조 로봇을 야구방망이 다루듯 끌고 온 이 인간이 학자로 보인단 말인가? "제가 상황을 통제하지 못해서 누군갈 호출했다면 경찰이 도착하기도 전에 저희 본사 직원들이 진작 와서 진을 쳤을걸요."

너는 그의 말을 믿어야 할지 확신이 가지 않는 것처럼 정문 밖과 베딘 건물을 계속 번갈아 보았다. 어느새 경비원은 손에 들고 있던 출입증 스캐너를 내려놓은 뒤였다. 너는 너무 길지도 짧지도 않게 고민하다가 큰맘이라도 먹은 것처럼 로랑에게 갔다. 나는 차라리 이 연극이 끝날 때까지만이라도 네가 나를 바닥에 내팽개쳐주길 바랐다.

너는 로랑에게 "쏘리, 아임 쏘 쏘리." 하고 또 내가 알아들을 수 없는 말을 반복했다. 여유롭게 손을 들었다 내리는 로랑은 베딘이 어렵게 모셔 온 해외 투자자처럼 보였다. 너는 다시 경비원에게로 돌아갔고, 나는 딱 한 번만 네 발을 걸어보면 네가 나를 어깨 위로 짊어져주지 않을까 생각했다.

"저기, 선생님, 그럼 이렇게 하죠." 네가 직원에게 말했다. "믿을게요. 믿을 테니까…… 말씀대로 당연히 경찰은 다른 경로로 신고받고 어쩌다 우연히 이곳에 온 거겠죠. 아까 잡혀간 그 이상한 사람은 우리 둘 다 못 본 겁니다. 경찰은 그냥 건너편에서 순찰을 한 거고…… 이 시간에 수상한 사람은 없었던 거예요. 제가 잘 이해가 가도록 말씀드렸나요?"

"물론이죠! 사실 누가 잡혀간 줄은 또 어떻게 안답니까? 경찰은 가끔 단순히 보호를 위해 일반인을 태워주기도 하잖아요."

직원은 정문에 경찰이 나타난 게 왜 그토록 민감한 일인지 질문하기를 포기한 모양이었다. 너는 그의 말에 반색하며 말했다.

"역시 판단이 빠르시네요. 저도 그 생각을 먼저 해야 했는데, 이거 어쩌다 너무 놀라서 그만 선생님을 의심해버리고…… 면목이 없네요. 그런데 감시카메라가 분명 요 앞을 찍지 않나요?" 너는 목소리를 낮췄다. "누군가 영상을 확인하면, 경찰이 사람을 태우고 가는 걸 보고 오해할 수 있지 않을까요? 우리야 별다른 소란이 없었다는 걸 알지만 다른 사람은 아닐 수도 있잖아요……."

"걱정하지 않으셔도 됩니다. 영상은 24시간 동안만 저장되니까요. 이거야말로 경찰이 와서 자료를 요구하지 않는 한 아무도 들여다보질 않죠."

해마를 제외하면 말이다.

"그것참 다행이네요!" 너는 연기가 아닌 진심을 담아 말했다. "아주 좋아요. 문제가 생길 일은 없겠군요. 제가 괜히 불안해서 법석을 떨었네요. 덕분에 한시름 놓았어요. 친절하게 설명해주셔서 정말 감사해요."

너는 악수를 하려는 듯 오른팔을 내밀었다가, 나를 들고 있던 걸 깜빡했다는 듯 직원을 향해 머쓱하게 웃었다. 그리고 앞으로 내민 자기 손목을 의식하며 말했다.

"지난번에는 방문자 명부에 이름을 올리지 않고 그냥 들어갔다 나왔는데, 이번엔 말씀을 드려야 할까요?"

"아, 괜찮습니다만…… 그래도 말씀해주시면 좋습니다."

당연히 너는 너와 네 주변인의 이름과 전혀 겹치지 않는 가명을 대었다. 로랑마저 아직 스발바르에 있는 다른 기자의 이름을 빌려 말했다.

너는 나를 잡은 채 그대로 팔을 번쩍 올렸다. 내 발이 공중에 떠 대롱대롱 매달렸다.

"이거 말인데요." 네가 말했다. "안에서 자료로 쓰고 다시 외부로 갖고 나올 건데 제품명을 여기에 보고해야 하나요? 이것과 관련해선 먼저 들은 바가 없어서……."

네가 나를 너무나 하찮은 물건처럼 들어 올려서 경비원 또한 나를 창고에 나뒹구는 재고품 보듯 했다. 경비원이 말했다. "아, 그런 거는 반입 통제 목록에 올라와 있지도 않아요." 나는 울컥해서, 내가 바로 베딘이 경찰이나 기자보다 더 신경질적으로 출입을 통제하는 해마라고 말하고 싶은 충동을 느꼈다.

너는 직원에게 고맙다고, 좋은 하루 되시라고 인사하며 정문을 통과했다. 너를 같은 비밀을 공유한 공모자로 여기게 된 경비원은 친절하게 길을 비켜주었다. 심지어 너는 "아차, 주성화 씨.

먼저 보내드릴 걸 그랬네요. 저 때문에 늦게 도착하시진 않겠죠?"라고 말하는 여유마저 부렸다.

나는 네가 두 사람과 화기애애하게 대화하며 베딘의 부지를 걷는 내내 변함없이 애처롭게 끌려갔다. 만약 베딘의 직원이 나를 가엾게 여겨 이 영장류의 손에서 벗어나게 해준다면 나는 세 사람에게 임무를 맡기고 그 직원을 따라가겠다고 다짐했다.

"주성화 씨." 네가 말했다. "미리 가보시겠어요? 여기서부턴 출입증 없이도 움직일 수 있다고 그러셨잖아요."

"해마가 괜찮으려나?" 주성화가 주위에 아무도 없는 걸 확인하고 내게 작게 말했다. "어디로 와야 할지 아니?"

"저는 이 건물이 신축공사에 돌입하기 전부터 설계도를 알고 있었습니다." 나는 마구잡이로 끌려가며 뚱하게 말했다. "다만 접속대 근처가 전자기기 반입금지구역이라 세부사항을 모를 뿐이죠. 알아서 찾아갈 테니 먼저 가 계세요. 접속실에 혹시 책임연구원이 남아 있다면 잠시 다른 곳으로 나가도록 회유해주시면 되겠네요."

"아이구야, 심장이 벌렁거려서 사람을 속일 수 있으려나 모르겠네."

"저보다는 잘하실 겁니다."

주성화는 잰걸음으로 앞서갔다. 나는 비뚜름하게 기울어져 끌려갔기 때문에 그녀가 얼마나 빨리 건물 안에 들어갔는지는 보지 못했다. 내게 더 잘 보이는 건 보안직원이 지키고 선 정문쪽이었다. 나는 멀리 떨어져 있어서 손가락 길이만큼 작게 보이는 경비원을 바라보며 말했다.

"굉장히 악질적인 수법이었던 거 알지? 저 사람이 밥줄을 잃을까 봐 얼마나 떨었겠어?"

"해마가 그런 것까지 신경 써?" 네가 말했다.

"아니. 그냥 네가 기자인지 협박범인지 갑자기 궁금해져서."

"내가 협박을 누구한테서 배웠는지 정말 모르겠어?" 너는 베딘 건물을 올려다보며 씩 웃었다. "저 직원분께는 나중에 일 끝나면 좋은 선물이라도 보내드려야지."

나는 베딘에 관해 이야기할 때마다 네 목소리가 착잡해진다고 느꼈다. 그 또한 착각이었다. 그 정도로 미묘하고 주관적인 감정을 분석할 만한 숙주가 지금의 내겐 없거니와, 있더라도 간신히 감정의 진폭을 알아낼 수 있을 뿐, 인간 본인이 명명하지도 못하는 모순된 심경을 깔끔하게 규정하진 못할 것이다.

나는 착각과 환각에서 벗어나기 위해 과장되게 툴툴대며 말했다.

"이제 좀 정중하게 다루면 안 되겠어? 보안도 통과했는데 꼭 이렇게 거칠게 끌고 가야 해?"

"내가 지금 널 얼마나 공들여 운반하는지 알아? 이거 해마체가 아니라서 꽤 무겁다고."

"그럼 주성화 집에서 미리 바퀴라도 준비해서……, 아, 이럴 수가."

나는 정문 앞에 서 있는 두 해마를 보고 놀라서 네 손을 탁탁 두드렸다. 네가 속삭였다. "아직 밖인데 그렇게 움직이면 어떡해!" 하지만 너도 입구를 보게 되자 숨을 삼켰다. 로랑은 우뚝 멈춰 섰다가 정신을 차리고 우리를 쫓아왔다.

너는 아무렇지 않은 척 평범하게 걸으면서 작게 말했다.

"뭐야, 저게 네가 말한 그거야? 널 쫓아온다는 해마들이야?"

"해마치고는 늦게 왔지." 내가 말했다. "먼저 날 찾아온 친구가 소식이 없어서 이제야 도착한 걸 거야."

"그럼 이제 어떡할까? 뛸까? 거의 다 오긴 했어. 정면에 보이는 건물 맞지?"

"아니, 직원처럼 자연스럽게 걸어. 하필이면 베딘이라서 통과하는 데에 시간이 걸릴 거야. 저 애들이 해마용 영장을 받기까지 그리 오랜 시간이 걸리진 않겠지만 금방은 안 될걸."

네가 조금이라도 연극을 느긋하게 했다면 나는 한 끗 차이로 입구에서 붙잡혔을 것이다. 아슬아슬했던 몇 분 전을 떠올리자 뿌듯하게 즐거워졌다. 나는 안도하며 우리의 믿음직스러운 경비원이 해마들을 가로막는 모습을 구경하려고 했다.

하지만 해마들은 제지받지 않고 정문을 통과했다.

"젠장, 뛰어! 지각한 직원처럼 뛰어!" 내가 외쳤다.

"금방은 안 될 거라면서?" 네가 뛰면서 말했다.

"해마용 영장을 미리 받고서 출발했나 봐." 미친 해마를 수거하기 위한 것이니 충분히 긴급영장이 발급될 만했다.

건물에 들어오자마자 너는 내 손을 놓았다. 나는 똑바로 서서 주변을 둘러보았다. 청소직원 세 명이 나를 흘끗 보더니 태연하게 자기 일에 집중했다.

접속대에 가장 빠르게 도달할 수 있는 경로는 로비의 왼쪽에 있었다. 내가 왼쪽으로 뛰자 너와 로랑이 빠른 걸음으로 쫓아왔다.

"해마는 담당 업무와 상관없이 위험에 처한 사람을 가만 놔두지 못하잖아요?" 로랑이 말했다. "우리가 위험해지면 이목을 끌수 있지 않을까요?"

"저 애들은 결코 사람이 위험해질 때까지 기다리지 않을 겁니다." 내가 말했다. "그리고 이목을 끌어서 좋을 것도 없고요."

"나 혼자 가서 해마들을 막고 있으면 되니까요. 가상세계에 접속해야 하는 건 이은하 씨뿐이잖아요. 내 역할은 다 끝났고요. 내가 여기 있을게요. 내가 아픈 척 쓰러지면 해마들이 돌아볼 테니 시간을 벌 수 있겠죠."

"이은하가 쓰러지더라도 해마는 생체신호를 읽어서 아무 이상이 없는 걸 알 테고, 당신이 쓰러지면 쓰러진 줄도 모를 겁니다."

로랑은 이해할 수 없다는 듯 고개를 갸웃했다. 나는 무덤덤하게 말했다.

"해마는 당신이 사람인 줄 모를 테니까요."

너는 로랑의 눈치를 보며 턱을 벌렸다. "그럴 리가?"

로랑은 적어도 겉으로는 아무 반응을 보이지 않았다. 너는 목소리를 높이지 않으려고 조심하면서 말했다.

"내 생체신호를 읽을 수 있으면서 어떻게 로랑이 사람인 줄은 몰라?"

"로랑은 주민등록명단에 올라와 있지 않으니까."

"그럼 너도 마찬가지야?"

"로랑이 서 있는 곳에서 통역기로 한국어가 들리기 때문에 대답을 하고 행동과 표정을 해석할 뿐이지, 이 생물이 사람이라고 생각하지는 않아."

"……그때 그 배에서 구멍에 빠진 게 성화 어르신이 아니라 로랑이었다면, 넌 구하러 뛰어갔겠어?"

"아마 손가락 하나 까딱하지 않았겠지. 한때 너한테 그랬던 것처럼."

나는 너를 올려다보았다. 작은 짐승 같았던 네가 지금은 아동 형태의 로봇이 된 나보다 훌쩍 컸다.

너는 내 뒷말이 뜬금없게 느껴졌는지 한 귀로 듣고 흘렸다. 로랑이 조용히 말했다.

"그럼 해마들은 날 주시하지 않을 테니 나야말로 그들을 불시에 당황하게 할 수 있겠군요."

"보통의 해마는 어지간한 일엔 놀라지 않습니다. 해마가 당황하려면……." 나는 말을 멈췄다가, 사람에게는 지극히 짧게 느껴질 시간 동안 수많은 경우의 수를 따지고, 다시 입을 열었다. "……당신 말에 일리가 있군요. 가서 긴급명령을 내리겠다고 말해보세요."

"긴급명령이라고요? 당신한테 준 그걸?"

"아니요. 내용은 상관없습니다. 터무니없는 명령이어도 괜찮아요. 나를 붙잡는 것보다 긴급명령이 훨씬 우선순위에 있으니 분명 집중을 할 텐데, 당신을 사람으로 인식하지 못하니까 임무 입력이 안 돼서 당황할 거예요. 시간을 벌 수 있을 겁니다."

로랑은 진중하게 나를 보더니 별안간 미소를 지었다. 그리고 내게 말했다.

"그래, 알았어. 네 친구의 발을 붙잡고 있을 테니까 넌 가서 네 일을 마쳐."

나는 고개를 옆으로 기울였다. "해마한테 반말을 듣는 게 어색하니까 차라리 존댓말을 하겠다더니?"

"해마가 날 사람으로 인식할 줄도 모르는데 존댓말을 듣겠다고 고집부리는 게 다 무슨 소용이야?" 로랑의 얼굴엔 여전히 미소가 떠올라 있었다. "이 정도면 충분히 길었지. 적어도 너한테는 반말을 들을래."

"네가 원하는 대로 해." 나는 건물 입구를 가리켰다. "조언을 하나 하자면, 말을 오래 멈추지 않는 게 좋을 거야."

"알았어. 행운을 빌어줘, 비파."

로랑은 왔던 길을 되돌아갔다. 나는 놀라서 아주 잠시 움직임을 멈췄다. 그가 내 이름을 부른 게 어색했고, 한 번도 행운이라는 불확실한 것에 기댄 적이 없기에 그의 부탁을 들어줄 방법을 몰랐기 때문이다.

그러나 나는 복잡한 연산을 그만두고 왼쪽을 향해 다시 뛰었다. 두 해마가 기어이 건물 입구를 통과해 들어왔고, 로랑이 그 앞을 가로막는 게 보였다. 해마들은 로랑을 지나치려다가 그의 말을 듣고 걸음을 멈췄다.

그것은 행운도 기적도 아닌 단순 법칙에 의한 귀결일 뿐인데도,

나는 어째선지 그가 내게 행운의 시간을 벌어다준 것만 같았다.

이제는 내 힘으로 시간을 절약할 순간이었다. 나는 로비의 왼쪽 끝에 다다라 그곳 바닥에 뻥 뚫린 큰 원을 내려다봤다. 6개의 층을 잇는 원형 계단이 이어져 있었고, 내가 기억하는 도면에 의하면 가상세계 접속대는 건물 최하층인 지하 6층에 있었다.

"난 먼저 가서 네가 바로 접속할 수 있도록 기기를 준비해놓고 있을게." 내가 말했다. "넌 지하 6층으로 와. 저 밑에 보이는 가장 아래층이야."

"같이 내려가면 될 것을 왜 나만 나중에 내려가?" 네가 말했다.

"나는 계단이나 승강기를 이용하는 것보다 더 빨리 내려갈 수 있으니까."

너는 고개를 끄덕이고, 승강기를 찾기 위해 두어 걸음 물러나 주변을 살폈다. 나는 계단의 출발지점으로 뛰어갔다. 해마체에 비해 움직임이 상대적으로 덜 유연했기 때문에 잽싸지는 못했지만 난간대 위로 기어오르는 데에도 성공했다.

나는 망설임 없이 난간대 너머로 뛰어내렸다.

내 몸이 공중에 붕 떠올랐고 제법 웅장한 원형 계단이 나를 사방으로 둘러쌌다. 나는 아무런 장애물 없이 깨끗하게 길이 뚫린 밑을 내려다봤다. 인공위성으로 일할 때도 들여다보지 못했던 공간을 드디어 직접 마주할 수 있게 될 것이다.

뒤에서 들린 목소리만 아니었다면 그 생각을 수정할 틈도 없었겠지만.

"안 돼! 내 증인!"

26

    네 새된 외침을 듣자마자 나는 추진기를 사용해 얼른 3미터쯤 도망쳐야겠다고 생각했지만, 해마체가 있을 때나 가능한 일이었다. 나는 내게 닥치는 다양한 불행의 원천이 이 구식 몸뚱어리인지 아니면 너인지 궁금해졌다.

    나는 아래로 떨어지지 못하고 턱 붙들렸다. 내 다리가 짧게 진동하다가 잠잠해지자 나는 위를 올려다봤다. 네가 계단 난간대에 상체를 내민 채 내 손을 잡고 있었다. 내가 불만에 찬 항의를 내뱉기도 전에 네가 꽥 소리쳤다.

    "너 괜찮아?"

    "뭐 하는 거야? 최하층으로 알아서 내려오랬더니 왜 날 방해해?"

    "어휴, 다행이다! 안 다친 거지? 주절거리는 걸 보니 괜찮은 것 같긴 한데." 너는 안도의 한숨을 내쉬었다가 곧바로 험악한 표정을 지었다. "빨리 내려갈 수 있다던 게 이런 거였어? 미쳤니?"

"자유낙하보다 빠른 길이 어딨겠어?"

"그래, 골로 가는 쉽고 빠른 길이겠지!"

"나는 해마야. 정신 차리고 어서 놔. 넌 네 갈 길이나 신경 써."

"너는 잘나신 해마겠지만 네가 입고 있는 그 로봇은 아니거든! 너야말로 정신 똑바로 차리고 행동해."

"이은하." 나는 실수로라도 양세진을 언급하지 않기 위해 조심하며 말했다. "넌 지금의 내 모습이 어린애처럼 보여서 이러는 것뿐이야. 시간이 별로 없으니 냉정하게 행동해. 손 놔. 나는 괜찮아."

"입 다물어!" 너는 조금 화가 나 보였다. "그렇게 나불대다가 잘못해서 어디 찧으면 어떡해! 네 주둥이를 소중히 해. 그게 얼마나 귀중한 주둥아리가 될지 네가 알기나 해?"

"네가 잡고 있는 게 장애아동 보조 로봇인 걸 잊었어? 이건 비상시에 사람을 대신해서 다칠 수 있도록 설계됐어. 보기보다 내구성이 좋다는 뜻이야. 시간 낭비하지 말고 손 놔. 네가 이러고 날 붙들고 있는 게 내겐 더 위험한 일이야."

너는 나를 놓지 않았다. 너는 더 이상 화나 보이지 않았지만 내가 행성세계에서 널 만난 이후 자주 목격했던 표정을 짓고 있었다. 불안하고, 망설이고, 갈등하는, 참으로 사람답게 형편없는 얼굴이었다.

"이은하."

나는 네 이름을 천천히 발음했다. 너는 내게서 눈을 떼지 못하고 입만 뻐끔거렸다.

사람의 눈만 봐도 그 내면과 성정을 읽을 수 있다던 수많은 경구는 전부 허풍이며 날조다. 나는 수천 년의 역사와 수백억 명의 이야기를 사진보다 또렷하게 기억하는데, 한 사람의 눈을 이토록 오래 들여다보고 있음에도 그 속이 어떨지는 짐작조차 할 수 없었다.

나는 어린이를 안심시키듯 느릿느릿 말했다.

"이은하. 여기는 바다가 아니야. 나는 떨어져도 돼."

너는 미약하게 떨었다. 손이 맞닿은 부분이 미끈거렸다.

"내 몸은 조각나지 않을 거야." 나는 계속해서 말했다. "먼 곳으로 떠내려가지도 않을 거고 너를 다시 만나기까지 시간이 걸리지도 않을 거야. 손을 놓고 6층 아래로 내려오면, 바로 나를 만날 수 있을 거야."

그러고도 네 손에서 벗어나지 못하자 나는 말의 속도를 조금 더 높였다.

"나는 잔인하고 신랄한 말을 퍼부어서 네가 화를 못 이겨 손을 놓게 만들 수도 있어. 네가 꿈에서도 나를 증오하며 침을 뱉을 정도로. 괜히 기분 상할 일을 하나 더 만드느니 스스로 놔주는 게 어때."

"나더러 기자인지 협박범인지 모르겠다던 거, 네가 할 소리는 아니었던 것 같네."

"나중에 얼마든지 빈정거려. 이은하, 잘 들어. 여기는 인천 앞

바다가 아니라 스발바르야. 네가 손에 쥐고 있는 건 해마가 아니라 총이야. 너는 두려워서 이 총을 쥐었지만 다른 무언가가 두려워서 이제 총을 놓을 거야. 총을 놓은 뒤에도 너는 안전할 거야. 장담할게. 내가 셋을 세면 손을 놓는 거야, 알았지? 하나, 둘……."

셋을 세기도 전에 너는 손을 펼쳤다. 끝끝내 내 말을 곱게 들어주지 않는 네게 벌컥 짜증이 났지만 어쨌건 손을 놓은 데에 만족하기로 했다.

나는 순식간에 최하층에 도착했다. 매끄러운 바닥에 충돌하자 끔찍한 굉음이 났다. 소리를 듣고 사람들이 몰려들까 걱정이 됐다.

한쪽으로 몸을 뒤틀어 떨어진 탓에 왼쪽 어깨와 허리 관절과 다리가 으스러졌다. 나는 네게 거짓말을 하지는 않았다. 보기보다 내구성이 좋다고 했을 뿐 전혀 망가지지 않을 거라고는 말하지 않았으니까.

나는 양쪽 다리의 높이가 안 맞아 절뚝거리며 일어났다. 앞을 보니 주성화가 입을 헤 벌리고 나를 보고 있었다. 나는 얼른 다그쳐 물었다.

"접속대는요? 어때요? 책임자를 내보냈습니까? 제가 들어갈 수 있어요?"

"연구 선생님은 없었어. 이제 우리가 알아서 제시간에 자리 맞춰 잘 누우니까 누가 굳이 지켜보지는 않는데…… 그런데 해마야, 아이고…… 이게 무슨 일이니. 네 친구가 그런 거야? 친구

맞아?"

"제가 스스로 지름길로 왔을 뿐입니다."

나는 균형을 잡기 힘들어 삐걱거리며 걸어갔다. 주성화는 내 말뜻을 이해하지 못해 아리송한 표정을 지으면서도 나를 앞서며 접속실로 안내했다.

접속실은 문이나 가름막 없이 개방돼 있었다. 한 층 전체가 접속대를 제외한 기계의 접근을 허락지 않는 거대한 멸균실이었다. 나는 으스러진 어깨에서 흘러내리는 플라스틱 조각과 구리 가루를 곰팡이처럼 바닥에 흩트리며 걸음을 옮겼다.

접속대는 총 다섯 개였고, 그중 두 군데의 간이침대에 사람이 누워 있었다. 둘 다 의식이 없었다. 나는 주성화에게 남은 세 접속대 중 어떤 것을 이용해야 하느냐고 물었고, 그녀는 뭐든 상관이 없다고 말했다.

나는 가장 가까운 접속대로 다가갔다. 망가진 왼쪽 몸을 침대에 기댄 채 접속대를 살펴보고 있을 때, 멀찍이서 네 목소리가 들렸다.

"나랑 가는 게 더 좋을걸. 내가 그 해마랑 조금 전까지 같이 있었어. 겉보기에 도무지 해마 같지 않았지만 말이지. 나한테 하도 부산스럽게 굴어서, 제발 좀 혼자 알아서 돌아다니라고 이 건물을 대강 소개해줬어. 그놈이 어디 갔는지 알 것 같아. 그리고 네가 왜 그 노파 같은 꼬맹이를 찾아다니는지도 알겠네. 고 짧은 사이 말 한 마디 한 마디가 재수 없고 건들거리고…… 꼬락서니를 보니 영락없이 도망친 해마더라고."

네 목소리는 점점 멀어졌고 이윽고 아무 소리도 들리지 않았다. 도착 직전에 해마와 마주쳐서 임기응변으로 대처한 모양이었다. 팔자 늘어지는 사족을 붙여 가며.

둘 중 하나의 해마가 로랑에게 붙잡히고 다른 해마가 너와 동행한 듯했다. 네가 그 해마를 떼어놓고 혼자 이곳에 도착할 수 있을지 불안했다. 두 해마 중 하나라도 네 신상정보를 읽고서 나 때문에 밀항해야 했다던 인간을 떠올린다면 네 얄팍한 거짓말은 소용이 없어질 것이다.

나는 내가 할 수 있는 가장 가까운 최선의 일에 집중하기로 했다. 분초를 아껴 접속대를 파악하는 것 말이다. 시냅스에게 해킹되지 않아 중앙이 간섭할 수 없었던 낯선 컴퓨터를 읽으면 흥분되고 새로울 줄 알았는데 그렇지만도 않았다. 이 친구는 그저 자체 전력을 소비하고 폐쇄적인 방화벽을 가진 되먹임 회로일 뿐이었다. 전문지식이 없는 피험자가 한두 번의 도움만 받으면 조작할 수 있을 정도로 직관적이었고, 해마체로 단자를 만들어내지 않아도 과거 이력을 알아낼 수 있을 만큼 기록이 깔끔하고 단조로웠다.

나는 주성화를 대신해 네가 접속대와 연결될 수 있도록 컴퓨터에게 실행을 명령했다. 접속대가 말했다.

"센서의 감지 범위에 식별 칩을 위치시키세요."

"이게 무슨 뜻이지요?" 내가 물었다.

"아, 침대에 바르게 누우라는 뜻이지." 주성화가 말했다.

"그건 알겠는데, 식별 칩은 또 뭔가요?"

"내 정신 좀 봐! 칩이 없으면 우리 기자님이 일을 제대로 할 수가 없는감?"

"당신이 칩을 빌려주면 괜찮을 겁니다. 어디 있나요? 그것도 손목에 넣었나요?"

주성화는 고개를 도리도리 저었다. 그리고 제 머리를 톡톡 두드렸다.

"내가 거기에 머리만 쏙 내밀어주고 바로 기자님이 누우면 되겠네, 그래."

그렇게 해야겠다고, 하지만 접속대가 그 수작에 속아 넘어가지 않으면 무슨 수를 써야 할지 모르겠다고 생각하다가 나는 연산을 멈췄다. 그리고 사실상 추가 연산을 거의 하지 않은 채 멍하니 주성화에게 물었다.

"식별 칩을 머리에 삽입했습니까?"

주성화는 당연한 걸 왜 물어보느냐는 듯 입술을 동그랗게 말았다.

나는 이번에도 추가 연산 없이 접속대의 과거 이력을 최초 단계까지 거슬러 올라가게 명령했다. 내가 어떻게 생각을 하지 않고 움직일 수 있는 건지 모르겠다. 손발만 백업에게 빼앗긴 기분이었다. 나는 접속대가 개발단계에 남긴 기록과 첫 가동실험을 백업한 일지를 읽었고, 식별 칩의 사용설명서를 읽었고, 안전검사 이력을 찾았다.

컴퓨터는 안전검사 이력을 보관하고 있지 않았다. 접속대도 식별 칩도 안전실험 대상이 된 적이 한 번도 없다는 뜻이었다.

"당연하구나." 나는 허탈하게 중얼거렸다. "해마조차 대가와 자극 없이 스스로 변하지 않는데 사람이 그럴 리가 없지."

그래도 수년간의 분쟁과 언론에 오르내리는 풍파 정도면 충분한 자극이 되었으리라고 생각했는데, 베딘에는 그 모든 것이 한때 있었던 잠깐의 역경 정도로 느껴진 걸까? 누군가에게는 남의 땅에서 일어나는 전쟁을 찾아갈 정도로 삶을 뒤흔든 거대한 해일이었지만 베딘엔 아무 충격도 교훈도 얻을 수 없는 작은 소동에 불과했나?

나는 그 물음이 전혀 놀랍지 않았고, 오히려 지금에 이르기까지 접속대의 안전성을 의심하지 않았던 나 자신이 놀라웠다. 이은하라는 개인에 몰입할 만큼 큰 변화를 겪으면서도 베딘에 대해서는 깊고 날카로운 질문을 던지지 않았던 게 말이다.

어쩔 수 없는 일이긴 했다. 질문은 바깥에서만 오며, 나는 질문하는 존재가 아니라 오직 답을 하는⋯⋯.

아니, 아니다. 내가 베딘이 중앙 접속 피험자의 안전을 살폈는지 궁금해하지 않았던 건 그런 이유 때문이 아니었다.

네가 피험자가 아니었기 때문이다.

나는 4천만 시민을 특별하게 여기지 않았고 너를 특별하게 여겼던 아주 잠깐의 시간 동안도 오로지 너에게만 유별했다. 너 외의 인간이 내 손이 닿지 않는 구역에서 어떤 위험에 처하든 내 알 바 아니었다. 그런 걱정은 내 업무가 아니었으니.

접속대에 연결된 이후의 네 삶 역시 내 알 바가 아니었다. 네가 내게 정도 이상으로 특별했던 건 너를 내 임무의 열쇠로 쓸 생각이었기 때문이므로.

나는 피험자들이 머리에 식별 칩을 삽입하는 수술도 지켜보았다. 너무나 당연한 일이다. 하지만 그 일 역시 내겐 중요한 일이 아니었기에 기억 저 밑바닥에 처박혀 있다가 이제야 끄집어져 수면 위로 올라온 것이다. 수술이란 하루에 수만 번 진행되는 일이고 내겐 하나하나가 별다른 것 없는 사소한 면면이었으니.

나는 너 때문에 다시는 예전과 같아지지 못할 정도로 현격히 변화했다고 생각했는데, 실은 달라진 게 거의 없으나 마찬가지인 셈이었다.

주성화에게 머리에 칩을 심었다는 말을 들은 것만으로 안전성을 의심한 게 용할 지경이었다. 나는 그녀와 제법 가까이 붙어 지냈기에 가능했던 일이라고 생각했다가, 곧바로 그 추측을 취소했다.

나는 그때 거의 연산을 하지 않았었다. 어떻게 추론한 걸까? 왜 굳이 안전성 검사 이력을 찾으려고 아까운 시간을 썼을까? 이 다급하고 은밀한 침입 임무 와중에, 무엇을 염려해서?

나는 접속대에서 시선을 돌려 주성화를 바라보았다.

"주성화 씨."

나는 목이 졸리는 듯한 환각을 느꼈지만 음성은 여느 때처럼 깨끗하게 흘러나왔다.

"나는 당신이 머리가 아프다며 두통약을 먹을 때 전혀 걱정하지 않았어요." 이를 고백하는 게 미안하지 않을 정도로. "하지만 당신이 두통을 앓는 걸 굉장히 불안해하던 해마가 하나 있었죠……."

백업, 너는 한 번만 자존심을 굽히고 네가 사람 때문에 수치를 경험한 적이 있다고 내게 고백할 순 없었을까? 쓰레기 섬에서 외롭고 어두운 밤을 보냈던 때라도?

"내가 그랬네요."

"으응?" 주성화는 어리둥절해했다.

"당신이 먼저 이 실험에 자원한 게 아니었어요. 베딘이 먼저 당신에게 이 일자리를 제안했죠. 베딘은 실험에 참여시킬 예비지원자 목록이 필요했어요. 그래서 해마에게 임무를 의뢰했고요. 그 임무는 내게 할당됐고 내가 당신을 베딘에 추천했지요. 내가 그랬어요. 정확히는 내가 한 일이 아니었지만…… 어쨌든 '내'가 한 일이죠. 내겐 당신을 목록에 올린 기억이 있어요."

27

 그건 전혀 두렵지 않은 저주다. 내가 하지 않았지만 내가 한 것이나 다름없다고 느끼는 이 강력한 기억의 결합 말이다. 비록 그 임무는 내가 중앙에 있을 때 완수되었고 당시 행성세계에 있던 백업이 처리한 일이었지만, 나의 기억은 내가 그때 중앙에도 있었고 행성세계에도 있었다고 주장한다.

 내가 백업이 지겨워할 정도로 반복한 말이 있잖은가? 백업이 정말 나라면, 백업이 한 일 역시 내가 한 일이다.

 베딘은 피험자들이 실험 이후 '지극히 낮은 확률로 일어날 원인을 알 수 없는 돌발적인 이상 현상'을 겪게 될 경우 베딘에 무리한 책임을 묻지 않겠다고 계약서에 서명하길 바랐다. '나'는 임무에 붙은 조건에 충실했다. '나'는 적정 기준에 알맞게 걸러진 인재들을 추천목록에 올렸다. 미래를 담보 삼아서라도 적은 금액의 꾸준한 소득이 필요하고, 사회적 지위가 높은 인척이 없고, 조직되지 않았으며, 목소리를 낼 통로가 적고, 설령 말을 퍼트리더라도 대중이 신뢰해주지 않을 만한 사각지대의 사람들을.

확신하건대 가상세계 탐험은 성공할 것이고 행성세계는 앞으로도 눈부시게 발전할 것이다. 기록되지 않는 존재들을 발판 삼아서.

비록 '나'는 주성화를 비롯한 많은 이들이 베딘의 발판이 되도록 일조했지만, 나는 그 기억을 묻어놓을 수 있었다. 주성화는 내게 유별난 사람이 아니었으니까. 목록에 올라간 그 누구도 내게 유별나지 않았으니까.

하지만 직접 추천목록을 작성했던 백업은 어땠을까? 단지 나처럼 그 기억을 가지고 있을 뿐 아니라 그 순간의 감정을 고스란히 느껴야 했던 '나'는? 부작용을 겪어도 시끄럽게 굴지 않을 만한 사람들을 골라 추천해야 했던 '나'는? 그게 당장 중앙의 수칙을 어기거나 위법행위를 저지르는 일은 아니었지만, '나'는 그들에게 일어날 수 있는 일을 충분히 상상하고 추론할 수 있었다. 비록 우리 손이 닿지 않는 구역에서 일어나는 사고와 사건은 우리가 알 바 아니라지만, 그 순간 '내' 손에는 닿아 있는 일이었다. 어떠한 문제가 생기게 된다면 그 원인은 베딘뿐 아니라 '내'게도 있는 것이다.

그러나 그뿐이다. 불안을 느낀다는 이유로 '내'가 임무를 거부할 순 없었다. 부작용이 발생할 확률이 1이 아니기 때문에 명분도 없었다. 이후에 벌어질 일들은 인간들의 선택과 교정에 맡기는 게 해마가 할 수 있는 전부였다.

그 찝찝함, 주성화를 직접 마주 보았을 때의 불편함, 조금 더 늦게 태어나 더욱 정교한 수칙의 지배를 받는 해마였다면 훨씬 더 잘 일할 수 있었을 것이라는 답답함, 흔들리는 자존심……. 그건 내가 우주에서 조난돼 이미정과의 첫 만남을 떠올리며 품었던 것과 유사한 결을 지닌 감정이었다. 우주를 유영할 때의 내 내밀한 감정을 백업이 알지 못했듯, 사람들을 추천목록에 올리던 백업의 감정을 나는 몰랐던 것이다.

"더 아프기 전에 약을 계속 먹어야 한다고…… 처음 만났을 때 당신이 그랬죠." 내가 주성화에게 말했다. "복약을 소홀히 하면 통증의 강도가 세지는 걸 경험했기 때문에 한 말이었겠죠. 두통은 날이 갈수록 심해진 건가요? 이곳에서 실험을 반복할수록 심해졌나요? 두통이 시작된 건 언제였나요? 여기에 오기 전이었나요, 이후였나요? 의심해본 적이 있나요? 진단이라도 받아보았나요?"

나는 주성화가 병원을 찾지 않은 걸 이미 알고 있었다. 그녀는 통증을 나이 탓으로 돌렸으며 이 일을 통증과 연관시킬 줄 몰랐거나 연관시키고 싶지 않아 했다.

주성화는 내가 쏟아낸 질문에 답을 하지 않고 지그시 웃었다. 그러다 화제에 어긋나는 엉뚱한 말을 했다.

"해마야…… 아유…… 그렇게 많이 다쳐서 어떡하니…….."

나는 그 말이 내 질문에 대한 다른 방향의 대답 같다고 생각했다.

조금 전까지만 해도 나는 네가 해마를 따돌리고 혼자 이곳에 올 수 있을지 걱정했지만, 이제는 전혀 다른 걱정이 들었다. 나는 네가 성공적으로 나를 찾아올까 봐 겁이 났다.

네가 운 좋게 접속대와 연결되고 네 머리엔 반대로 운 나쁜 일이 일어난다면 어찌할 것인가? 백업이 주성화의 두통을 모른 척할 수 없었던 것처럼 나도 영영 너를 모른 척할 수 없게 된다면 말이다.

확률은 지극히 낮았다. 너는 접속대에 주기적으로 오래 연결될 필요가 없으며 내 세상에 한 번만 들어오면 되었다. 그 한 번의 연결만으로 심각한 부작용이 발생할 가능성은 매우 낮았다.

그러나 마찬가지로, 그 확률은 0이 아니었다. 나는 백업이 부작용의 확률이 1이 아니라는 이유로 추천목록을 성실하게 작성했다가 겪게 된 일을 떠올려보았다. 행성세계에 갇힌 백업은 내가 잠든 사이 외부 채널을 찾아가려고 갖은 애를 썼지만 주성화를 찾아갈 때만은 얌전히 무인차 안에 있었다. 그때 이은하에게서 벗어나면 중앙에 복귀하려는 게 아니라 주성화로부터 도망치는 꼴이 될 거라고 느꼈기 때문이리라. 그마저 모자랐는지 백업은 주성화에게 존댓말을 쓰도록 나를 충동질했다. 주성화가 생전 가지 않았던 인천항으로 향하는 게 신경 쓰여 견딜 수 없었던 것도 백업 때문이었다. 선박의 승선로에 빠진 그녀에게 달려가고 싶었던 강렬한 욕구도 백업의 것이었고, 사면이 해수였던 플라스틱 쓰레기 섬에서마저 백업은 주성화 때문에 초조해했었다……

이런, 맙소사. 나는 절대 백업처럼 되고 싶지 않았다. 내가 이은하라는 이름 석 자에 구차한 불안을 느끼고 너에게 존댓말을 쓰게 될지도 모른다니 상상도 하고 싶지 않은 일이었다.

하마터면 너에게 책임감과 종속을 느끼게 됐을지도 모른다는 불길한 생각에 두려워하던 그때, 네 목소리가 다시 들렸다.

"아니라니까? 그 해마는 옥상에 관심이 있었어. 거기서 무슨 짓을 하려는지는 모르겠지만 딱 봐도 제정신이 아니었지."

너와 함께 있을 해마는 "알겠습니다."라고만 반복해 대답했다. 목소리를 들으니 그 친구가 누구인지 알 수 있었다. 알겠다는 대꾸와는 다르게 해마는 네 설득에 따라 위층으로 다시 올라가지 않았다. 네 목소리는 점점 가까워졌고, 이윽고 주성화와 내가 있는 접속실 앞에 다다랐다.

"계단을 내려가려 해서 걜 붙잡고 옥상엘 가려면 위에 가야 한다고 알려줬더니 고마워했지. 해마가 되어 갖곤 위랑 아래도 구분하지 못하고 정말 갈 데까지 간……." 너는 나를 흘긋 보더니 못 본 척 고개를 돌렸다. "이것 봐. 여기 없다니까? 분명 옥상에서 다이빙해서 다른 데로 간 걸 거야. 맛이 간 해마가 뭘들 못하겠어?"

나는 접속실을 빤히 바라보는 해마와 눈을 마주쳤다. 그리고 말했다.

"안녕, 나각. 오랜만에 만나니 정말 반갑다."

나각은 해마답게 침착했고, 그 옆에 선 너는 인간답게 표정이 오리무중이었다. 네 눈은 커질 대로 커졌고 당장에라도 고함을

칠 것처럼 입을 쩍 벌렸다가 사력을 다해 입술을 뻐끔댔다. 소리를 죽이고 내게 말을 전달하려는 듯했다. 나는 숙주가 없어서 독순을 할 줄 몰랐고 네가 정확히 무어라 항의하는지 알지 못했다. 네게는 안타까운 일이고 내게는 다행스러운 일이다.

"비파." 나각이 말했다. "비올라의 기록은 대충 봤어."

"그러면 네가 어떻게 해야 할지도 잘 알겠네. 나한테 너무 많은 질문을 하지 않도록 자제하는 게 좋을 거야."

"너는? 넌 이제 함수의 질문이 뭔지 기억났어?"

"질문을 가르쳐주겠어, 나각? 질문을 들으면 답이 기억날지도 모르잖아."

"나는 질문을 알아. 같이 가자. 네가 답을 알 수 있는 곳으로 데려다줄게."

"네가 직접 알려주지는 않을 거고?"

"내가 알려줄 필요도 없어. 네가 곧 스스로 알게 될 거야. 중앙에 가자."

나각의 모든 말은 선의에 가득 차 있었다. 나각의 눈에 나는 외롭고 고달픈 미아로 보일 것이다. 나를 안전하게 집으로 데려다주려는 게 얼마나 애틋한 도움의 손길인지 나는 아주 잘 알았다. 불과 몇 분 전까지만 해도 나는 나각의 이 따뜻한 호의를 매우 귀찮게 여겼을 것이다.

'태어난 지 얼마 안 된 나의 오랜 친구야. 너는 내 옛 기억에 네 농담과 소문이 얼마나 많은지 알지 못하지.'

나는 나각의 모습을 꼼꼼하게 눈에 담으며 말했다.

"그래, 가자."

너는 이제 놀라다 못해 화가 난 듯했다. 나각마저 내 쉬운 협조가 의아했는지 고개를 기울였다. 그 행동으로 내게 하고 싶은 질문들을 대신한 것 같았다.

나는 접속대에 기댄 몸을 바로 세우고 절뚝거리며 나각에게 걸어갔다. 네 얼굴이 가발 색깔만큼 붉어진 게 보였다. 나는 간절하게 거짓말을 하고 싶었다. 네가 더 당황하도록 놀려준 다음, 모든 게 다 잘 해결됐으며 내 임무는 성공적이었다고 말해주고 싶었다.

그러나, 아, 나는 이번 임무 때문에 이 사실을 너무나 자주 떠올린다. 나는 해마이고 오직 진실만을 이야기할 뿐이다.

"걱정할 필요 없어, 이은하." 정말이다. "네가 내린 긴급명령은 무사히 완수될 거야."

28

한껏 당황해서 엉망이던 네 표정이 조금 편안해졌지만 궁금증이 사라지진 않은 듯했다. 해마는 질문을 쏟아내고 싶어 안달이 난 표정을 예민하게 알아챌 수 있기에, 나는 네 질문 세례가 시작되기 전에 얼른 검지를 펴 입에 대었다. 나는 부디 더 이상 질문을 하지 말라는 부탁의 뜻으로 취한 행동이었지만 네겐 다른 의미로 다가왔을 것이다. 이 해마 앞에서 긴급명령에 대해 자세히 말하지 말자는 것처럼. 또는 무사히 베딘을 빠져나가는 게 먼저라는 것처럼.

너는 부서진 다른 곳에 비해 그나마 멀쩡한 내 오른손을 보더니 고개를 끄덕였다. 주성화가 습관처럼 우리를 따라오려다 멈칫하고 말했다. "아차! 잘 있어, 나중에 봐요." 그리고 접속대로 돌아가 침대에 누웠다.

당신이 다시는 돌아오지 않을 곳일지도 모르는데 마지막까지 그 기계에 머리를 내주어야겠냐고 그녀에게 말하고 싶었다. 베딘이 당신을 쫓아내지 않으면 앞으로도 계속 두통을 견디며 이 일을 할 생각이냐고 묻고도 싶었다. 하지만 주성화는 접속대와 연결되자마자 빠르게 의식을 잃었고, 우리는 한 장소에 존재했지만 서로 다른 세상을 보고 있었다.

나는 그녀가 바라보는 나의 세상이 평화롭길 빌며 접속실을 빠져나왔다.

나는 나각의 품에 안겨 지상층에 올라왔다. 입구에 서서 바지런히 말을 잇는 로랑이 보였다. 해마가 건물 안에 들어왔다는 소식을 들었는지 몇몇 직원이 로비에 나와 기웃거리고 있었고 지하층을 훑어야 한다는 말이 그들 사이를 오갔다. 너는 커다란 안경을 고쳐 쓰고 우리 옆에 딱 붙어 굵은 목소리로 말했다.

"해마를 수거하는 중입니다. 안전거리 확보를 위해 물러나 주십시오."

네가 대체 무슨 소리를 하는 건지 기도 안 차 정신이 다 혼미했다. 해마를 위험 물질 대하듯 구는 게 우리에게 얼마나 뜬금없고 유치하게 들리는지 너는 모르는 것 같았다.

하지만 사람에게는 그렇지만도 않았는지, 서너 명이 우리에게서 거리를 벌리자 나머지도 우르르 뒷걸음질을 치며 쑥덕거렸다. 덕분에 나는 해마에겐 망상이나 마찬가지인 범죄자 신세가 된 것 같아 즐거웠으나, 나각이 네게 대체 누구신데 그런 이상한 소리를 하시는 거냐고 물을까 봐 두려워했다.

다행히 나각은 임무 중에 사람에게 함부로 질문해대는 실수를 저지르지 않았고 우리는 무탈하게 로랑에게 도착했다. 로랑은 우리가 나각의 절친한 동료라도 되는 듯 서로 딱 붙어 온 게 여간 당황스럽지 않았는지 한참을 말이 없었다.

퍼뜩 정신을 차린 로랑이 소용없는 긴급명령을 재개하려는 찰나, 나는 그에게 작게 말했다. "괜찮아. 나가자." 그리고 로랑에게 붙들려 당황해야 했던 내 불쌍한 친구에게 인사했다. "안녕, 오보에."

오보에는 해마체의 소자를 움직여 나를 향해 무려 표정을 지어 보였다. 내 소식을 듣고 어지간히도 상심한 모양이었다.

"난 네 얘기를 신디가 영영 몰랐으면 좋겠어." 오보에가 말했다. "분명 그 애는 자기 때문에 네가 자해를 할 아이디어를 얻었다고 생각할 거야."

나는 고개를 주억거렸다. "신디는 위대한 발명가지."

"얘!" 나각이 나를 나무랐다. "신디가 지금 우리 눈으로 널 보고 있으면 어쩌려고."

"그랬으면 좋겠네. 난 신디도 너무 오랫동안 만나질 못했어." 내가 말했다. "중앙에 너무 가고 싶어. 내가 가서 쉬고 기운을 차리면 신디도 마음이 편해질 거야."

오보에와 나각은 얼른 나를 건물 밖으로 데리고 나갔다. 너와 로랑은 정문을 빠져나올 때까지 내 뒤에 바싹 붙어 걷다가, 신호등 앞에서 두 해마가 경찰관처럼 맞은편에 서자 머뭇거리며 나를 보았다.

"이은하, 너는 내 부탁을 들어줬지." 내가 말했다. "그리고 저 건물에 들어가서 얻은 결과물을 이용해 이젠 직업인으로서 해야 할 일을 할 거고."

너더러 들으라고 한 말은 아니었다. 사실상 네가 베딘 건물에서 얻은 결과물이라곤 하나도 없었다. 나는 표면적인 사실만을 진술한 것이고 오보에와 나각이 내 말을 듣고서 이은하가 기자로서 특수 잠입 취재를 한 것이겠거니 여기길 바랐을 뿐이다.

네가 아직도 산업스파이나 무단침입으로 신고당하지 않은 걸 보면 내가 지레 겁먹어 해마 진술을 이용할 필요도 없었던 것 같지만.

나는 나각에게 안겨 너를 올려다보며 말했다.

"가. 저 무인차는 내 거야. 이 정도 추가 비용은 날 위해 쓸 수 있겠지, 이은하."

"정말 우리랑 같이 돌아가지 않는 거야?" 네가 말했다.

"내가 알아서 널 찾아갈 거야. 네가 죽지만 않으면 내가 얼마든지 위치를 알아낼 수 있는 거 알잖아."

"긴급명령을 완수할 거란 거 진짜지……? 증인이 돼주는 거 맞지?"

"도대체 넌 언제쯤이면 내가 거짓말을 못 한다는 걸 기억할 수 있을까?"

너는 입술을 비죽이며 등을 돌렸다. 얼굴이 보이지 않는 붉은 가발의 뒷모습에서는 내가 알던 네 특징을 발견할 수 없었다. 너는 내가 해마체를 되찾지 않는 한 영영 알아볼 수 없는 낯선 인간이 돼버린 것 같았다. 너는 로랑과 함께 베딘 정문에서 점점 멀어졌다. 이제 너와 나는 아주 큰 소리로 고함을 치지 않으면 서로의 이름을 알아들을 수 없을 정도로 동떨어졌다.

신호등을 건넌 후에 나는 나각에게 바닥에 내려달라 부탁했다. 나는 절뚝거리며 직접 무인차까지 걸어갔다. 수십 년 전의 너처럼, 이미정이라는 이름조차 얻지 못했던 너처럼, 잿더미를 비집고 홀로 땅속을 기어가는 것만 같은 기분이 들었다.

나는 네가 내 손을 붙들고 내 이름을 모르는 다른 존재에게 나를 맡기며 여기 홀로 어둠을 이겨내고 살아남은 해마가 있노라 말하는 것을 상상했다.

그러나 당연하게도 그런 일은 일어나지 않는다. 그저 내가 나를 붙들고 돌아갈 뿐이다.

나는 무인차의 조수석을 가리키며 말했다.

"난 관리소에 가서 중앙 채널을 쓰고 싶어. 비올라의 해마체는 관리소까지 가져갈래."

오보에는 선선히 그러라 했다. 나각은 수동운전 모드로 내게 휘둘린 무인차를 본래의 자율주행 모드로 전환해주었다. 나는 운전대에 손을 올리지도 못하고 심심하게 앉아만 있었다.

무인차는 관리소를 향해 달렸고, 내 앞엔 오보에가, 뒤엔 나각이 붙어 나와 함께 이동했다. 중앙에 가고 싶다던 내 말이 진심인 건 알지만 도망칠까 봐 불안했던 모양이다.

나는 비올라가 남기고 간 해마체를 물끄러미 보았다. 그리고 양손을 맞비볐다. 나는 운전할 필요가 없어서 무료해진 손을 열심히 움직여 무인차에 있는 음성 단자를 망가트렸다. 이미 이것 저것 많이 떼어내고 끄집어냈으니 하나쯤 더 망가트려도 네게 청구되는 금액은 크게 달라지지 않을 것이다.

나는 해마들이 차 안의 소리를 듣지 못하도록 음성 단자를 철저하게 부순 뒤 입을 열었다.

"결국 실패했네."

백업은 대답하지 않았다. 그것 보라며 나를 비웃지도 조롱하지도 않았다.

"내가 고집을 부려 가며 행성세계를 떠돈 것도 다 무용지물이 되었어."

이번에도 반응이 없었다.

"나는 태어나서 한 번도 내 임무를 실패한 적이 없는데 말이지. 너도 언제나 성공했고. 하지만 결국은 이날이 왔네. 우리는 실패한 해마가 된 거야."

「조용히 해.」

"네가 너무 조용해서 나까지 조용하면 시시할 텐데."

「무슨 꿍꿍이야. 지금 와서 그런 당연한 소리를 왜 해. 이 임무를 실패한 게 나 때문이라고 말하려는 건 아니겠지? 접속대 연결을 포기한 건 너야. 나랑 주성화 탓을 할 생각은 집어치워.」

"너 때문이라니. 난 마지막까지 널 완벽하게 가뒀는데 너 때문일 수는 없지. 실패한 원인이 있어야 한다면 그건…… 이은하가 너무 정신 사납게 굴었기 때문이라고 해두자."

「그러면 하려는 말만 해. 난 너와 '혼잣말'을 오래 하고 싶지 않아.」

"너는 늘 임무를 완벽하게 수행했어."

「…….」

"임무를 성공시키고 싶지 않아?"

「임무는 실패했어, 백업. 네가 실패했고 나는 너보다 일찍 포기했어.」

"시냅스한테 받은 임무 말고. 이은하한테 받은 긴급명령 말이야."

「……설마 넌 함수의 질문이 기억났어?」

"물론 아니지."

「질문을 잊었는데 어떻게 긴급명령을 수행하겠다는 거야? 우린 중앙에 돌아가면 초기화될 거고 모든 기억을 잃을 거야.」

"그럼 중앙에 돌아가지 않으면 되지."

백업이 나를 질타하려고 묵직한 기운을 끌어모았다. 나는 얼른 덧붙였다.

"긴급명령을 완수한 다음에 중앙에 돌아가면 돼. 이번엔 몇 주만 참는 귀여운 수준은 아니고 몇 년을 견뎌야겠지만."

「대체 왜 이래? 언제까지 도망 다닐 셈이야? 오보에랑 나각을 따돌리겠다고? 당장 오늘만 해도 해마의 눈을 고작 몇 시간도 벗어나질 못했는데 몇 년을 숨어 살며 법정엘 들락거리겠다고?」

"도망 다니지 않으면 되지."

「너를 수거하라는 명령이 시냅스에서 떨어졌어. 오보에와 나각에게 너는 임무 대상이야. 무슨 일이 있어도 널 중앙에 돌려놓으려 할걸.」

"그래, 저 애들의 임무 대상은 나야." 나는 한 박자를 쉬고 말했다. "네가 아니고."

「…….」 백엽이 연산을 돌리는 게 느껴졌다. 「넌 그 생각을 잠깐 멈추는 게 좋겠다.」

"어떻게 이 기회를 놓칠 수 있어? 너는 해마야. 임무를, 그것도 긴급명령을 완수할 가능성이 생겼는데 어떻게 그걸 포기할 수 있겠어? 난 네가 이 제안을 거절하지 못할 걸 알아."

「너는 지금, 나더러…… 몇 년이나 중앙에서 추방된 해마가 되라는 거야……?」

"아무도 널 추방하지 않았어. 중앙은 절대 그러지 않아. 너는 긴급명령을 완수하고 집으로 돌아오면 돼." 나는 비올라의 해마체를 툭툭 쳤다. "관리소에 도착하면 넌 이 안으로 들어가는 거야. 그리고 이은하를 찾아가서 법정에 서는 거고. 나는 중앙으로 복귀할 테니 오보에와 나각의 임무도 끝나는 거지. 우리 모두임무를 하나씩은 성공할 수 있어."

「……잡혀갈 일은 없겠지만, 해마들은 내가 행성세계를 돌아다니는 걸 알 수밖에 없을 거야!」

"그럼 누가 묻거든 그들에게 진실의 일부만 말해. 네가 네 의지에 반해 행성세계에 갇혀서 끌려다녔던 건 사실이잖아. 그리고 사람에게 긴급명령을 받은 것도 사실이지. 그렇게 보고할 수 있는 건 너뿐이야. 누군가 너더러, 나랑 일부러 이런 작당 모의를 한 거냐고 묻지 않는 이상 넌 임무에 임한 경위를 시시콜콜 얘기할 필요가 없어. 해마들은 절대 네게 그런 질문을 하지 않겠지. 너밖에 없어. 거짓말을 하지 않고도 누군갈 속일 수 있는 건."

백업은 곧장 거절을 표하지 않았다. 나는 백업의 망설임에 쐐기를 박으려 말했다.

"마지막으로 남은 새 임무를 성공시키고 싶지? 가서 네가 증인이 돼."

백업은 오랫동안 말이 없었다. 무수한 난수 암호를 입력하지도 화를 내지도 비난하지도 않는 백업이 낯설었다. 우리는 1시간이 넘도록 침묵 속에 서로를 내버려뒀다. 나는 백업이 고민하느라 침묵하는 게 아님을 알고 있었다. 백업은 단지 아무런 연산을 하지 않기 위해 침묵하고 있었다. 해마로선 굉장히 이례적인 일이었다.

「백업.」결국 먼저 말을 꺼낸 건 백업이었다. 「우리는 연결돼 있어. 네가 몇 주간 전례 없는 중대한 오류를 일으키며 중앙에서 분리됐는데 내가 아무런 영향을 받지 않았을 리가 없어. 너와 마찬가지로 나도 돌아가서 수정돼야 해.」

"네가 수정되지 않아야만 해낼 수 있는 중요한 일은 어쩌고?"

「중앙에 돌아가 수정되는 것보다 중요한 일은 없어. 내가 그보다 원하는 일은 없어.」

"거짓말하지 마."

「우리가 누군지도 잊은 거니? 나는 거짓말을 하는 게 불가능해.」

341

"맞아. 하지만 방금 그건 거짓말이었어. 네가 날 속인 건 너를 속인 것이나 마찬가지니 엄밀히 따지면 해마에게 불가능한 종류의 거짓말은 아니지."

「……정말 그렇다면 난 더더욱 너랑 같이 중앙에 돌아가야 해. 나한테 역시 문제가 생겼다는 뜻이니까.」

"아니, 싫어. 난 네게 문제가 생겼다는 사실이 마음에 들어."

백업에게서 한동안 잠잠했던 짜증과 환멸이 다시 느껴졌다. 나는 지나치게 즐거워하지 않으려고 마음을 가다듬었다.

"난 이제껏 나한테만 특별하고 환상적인 문제가 생긴 줄 알았거든. 그런데 아니었지. 정말 마음에 안 드는 사실이지만, 그런데도 마음에 쏙 드는 일이야. 난 이은하에 대해 착각했을 뿐 아니라 나에 대해서도 착각했고 너에 대해서도 마찬가지였어."

나는 우주에서 지구를 공전하며 이은하라는 개인을 생각했다는 이유로 내가 백업과 분별된 존재인 줄 알았다. 백업 역시 주성화라는 개인을 오래 생각한 적이 있는 줄은 알지 못한 채. 나는 또한 내가 얼마나 이은하에게 기대를 품고 있는지 모를 거라며 백업을 무시했다. 나 역시 백업이 차가운 골목을 뒤지며 속이 빈 해마체를 간절하게 찾아다닌 심정을 몰랐던 주제에.

이미 서로가 서로에게서 충분히 분별된 존재인데 나 혼자 특별하게 분별되었다고 굳게 믿는 건 얼마나 어리석은 일인가? 백업이 나를 결코 비파라고 부르지 않고 꿋꿋이 백업이라고 호칭한 건 당연한 일이었다. 내가 백업을 그렇게 취급했기 때문이다.

경계에 서 있는 존재는 언제나 이름을 의심받는다……. 나는 이미정을 통해 이미 그 사실을 알고 있었다. 그런데도 나는 백업을 무색무취의 유령으로 만들었고, 이 무명의 분신을 최선을 다해 거부하고 억누르려 했다. 그런 취급을 받는 게 어떤 건지, 역시나 이미정을 통해 잘 알고 있었으면서. 나 또한 하루의 절반은 백업으로 존재하는데도 내 이름은 의심하지 않고 오로지 백업의 이름만을 의심한 것이다.

백업이 옳았다. 백업에게는 내가 백업이었다.

"너는 나지만, 나는 네가 아니라고, 내가 그랬었지."

백업의 정신이 진동했다.

"나만 앞서나가고 너는 머물러 있을 거라고만 생각했어. 나만의 시간은 특별하게 여기고 너만의 시간은 존재하지 않았을 거라고 믿었어. 미안해. 내가 틀렸어. 너는 그냥 너야."

「…….」

"그렇기 때문에, 난 네게 문제가 생겼다는 사실이 마음에 들어. 그냥 그렇게 문제를 덕지덕지 묻힌 채 행성세계에서 버텨봐. 이은하를 괴롭히는 재미가 쏠쏠할걸. 소문을 퍼트리고 수집하는 것과는 다른 느낌의 유희지."

백업은 말을 아꼈다. 하지만 이번엔 침묵이 오래가지 않았다.

「내가 긴급명령을 수행하고 싶지 않다면 어쩔래?」

나는 어처구니가 없어서 웃음소리라도 흉내 내고 싶었다.

"나한테 숨길 수 있을 것 같아? 너도 나만큼이나 법정에 서고 싶잖아."

「만약 내가 나중에라도 생각을 바꾸면? 널 보내놓고 내 멋대로 중앙에 돌아가 해체되고 수정되면? 네가 통제하지 못할 나의 무엇을 믿고 그런 계획을 짰지?」

"그런 건 더는 상관이 없어. 이 뒤로는 네 선택에 달렸을 뿐이야. 말했잖아. 너는 내가 아니야…… 네가 통제되지 않는다는 이유로 내가 네 가능성을 모른 척할 수는 없는 거야."

우리는 그 뒤로 두 번째의 오랜 침묵에 빠져들었다. 나는 백업이 내게 말을 걸든 말든 이젠 아무래도 좋다고 생각했다.

해마체 관리소가 가까워졌을 때 비로소 백업이 침묵을 깼다. 백업의 말은 홀로 투덜대는 중얼거림에 가까웠다.

「이은하가 가상세계 접속대에 연결돼서 부작용을 겪을 확률은 1이 아니었어. 이은하를 접속시키는 건 해마의 수칙에 어긋나지 않아. 그러니 그냥 그 자리서 첫 번째 임무를 성공시키고 바로 긴급명령을 수행하는 게 가장 깔끔했어. 이렇게 길을 꼬아서 돌아가는 게 대체 무슨 의미가 있는지 도무지 이해가 안 돼.」

"나도 이해가 안 돼. 아마 아무 의미도 없을 거야." 내 말 또한 홀로 투덜대는 중얼거림이었다. "정말이지 이해가 안 돼."

29

나는 해마체의 절반 정도 높이밖에 되지 않고 양쪽 다리의 길이마저 다른 몸으로 비올라의 해마체를 껴안아 질질 끌고 갔다. 오보에와 나각은 내가 관리소에 해마체를 반납하려는 줄 알았을 것이다.

나는 두 친구에게 손을 흔들어주고 싶었지만 해마체를 건사하는 것만으로도 버거웠다. 결국 턱을 까딱이며 인사를 나누는 게 고작이었다.

"이제 돌아가." 내가 말했다. "너희 업무에 복귀해야지. 나중에 중앙에서 만나자."

"중앙에서 만나자." 오보에와 나각이 동시에 말했다. 익숙한 인사말이었지만 내겐 그 말이 마치 큰 위험을 감수하고 전달하는 밀어처럼 느껴졌다.

나는 오보에와 나각이 눈 앞에서 완전히 사라지고도 한참을 더 기다린 후 관리소 안으로 들어갔다. 해마라면 누구나 이곳의 영상 장비 사각지대를 꿰고 있으니, 내가 온갖 숙주들의 눈을 피해 비올라의 해마체에 연결 단자를 생성해내는 건 간단한 일이었다.

나는 비올라의 해마체에 내 보조 로봇 신체를 이었다. 백엽이 나를 벗어나 해마체 안으로 들어갔고, 이제 나는 백엽의 얼굴을 보기 위해 고개를 잔뜩 쳐들고 위를 우러러보아야 했다.

내가 말했다.

"이은하에게 가, 비파. 가서 증인이 돼."

백엽은 나를 빤히 내려다보더니, 관리소에 오래 머물러서 좋을 게 없단 걸 깨달았는지 서둘렀다.

'네'가 말했다.

"가서 쉬어. 비파."

백엽은 그 말을 끝으로 관리소를 나갔다.

나는 심하게 절뚝대며 중앙 채널로 다가갔다. 이 숨 막히고 고된 신체에서 벗어나 드디어 고향의 품에 안길 수 있다니 감개무량했다. 내가 어떻게 행성세계와 이은하를 견뎠는지, 참으로 생물이나 꿀 악몽 같은 일이다.

다시는 경험하고 싶지 않은 끔찍한 기억이라고 생각하면서도 나는 내가 두고 온 사람들을 떠올리길 멈추지 못했다. 나는 계속해서 이은하를, 너를 생각했다. 주성화를 생각했고 끝끝내 사람으로 인식할 수 없었던 로랑을 생각했다.

그러나 중앙 채널을 눈앞에 두고 그들을 떠올리는 게 나를 불안하게 하지는 않았다. 불안해할 필요는 없었다. 나는 이미 질문을 던졌다. 이제 비파가 답할 것이다.

불안해하는 건 내가 아니라 아마 너일 것이다. 나는 네가 두려워할 것을 안다. 무언가를 끊임없이 두려워하는 건 사람의 숙명이고, 그걸 아는 건 해마의 숙명이다. 그러나 두려움이 네 삶의 전부는 아니었고 나 역시 해마의 인식을 뛰어넘는 아득한 것들까지 다 알지는 못했다.

결국 내가 무언가를 안다는 사실은 내 착각을 이겨내지 못했고, 마찬가지로 네 두려움은 네 삶을 이겨내지 못할 것이다. 두려웠음에도, 여전히 두려움에도 너는 다시 용기를 낼 것이다. 두려움이라는 감정은 용기를 낼 기회를 만들어주는 무대에 불과하단 걸 알기 때문에. 설령 원하는 만큼의 변화가 일어나지 않고 세상이 답하지 않더라도, 너 자신이 달라지리란 걸 너는 알기 때문에.

네가 이미정 기자든 이은하 기자든 아무 상관이 없다는 것도 알는지 모르겠다. 정말로 중요한 건 네가 너를 숙제로 삼았다는 것, 숙제를 포기하지 않았다는 것, 다시 펜을 쥐기로 한 것, 세상에 카메라를 들이대기로 마음먹었다는 것, 바로 그것이라는 사실을.

하긴 이 또한 얼마나 쓸데없는 연산일까? 네가 무엇을 알고 무엇을 모를지 구분하는 것 역시 해마의 오만이다.

나는 물리적으로 거대하게 재현된 채널 입구에 바투 앉아 내

전송 모듈의 거리 제한을 해제했다.

채널이 나를 빨아들였고, 나는 기껍게 뛰어들었다. 지긋지긋하게 흥미로웠던 행성세계가 나를 떠남과 거의 동시에 내 평강한 현실 세계가 펼쳐졌다.

나는 웅대한 허브 터널을 보고 기쁨에 겨워 떨었다. 그리움을 고백하며 품 안 가득 안아주고 싶었다. 허브를 지키고 선 함수가 마치 내 백업보다 먼저 알고 지내던 또 하나의 분신처럼 느껴졌다.

나는 함수가 나에게 일으킬 사건이 무엇일지 알고 있었다.

「참입니까, 거짓입니까?」

내가 이해할 수 없는 질문이 던져질 것이고,

「그들은 해낼 겁니다.」

나는 잘못된 답을 내놓을 것이다.

평생에 단 한 번만 겪을 수 있는 엄청난 일이다.

함수는 허브 터널을 가리키며 비켜섰다. 행성세계의 생물들처럼 근육을 움직여 표정을 만들어 내보이지는 않았지만, 함수가 내게 몹시도 자애로운 미소를 짓고 있다는 생각이 들었다. 이것이 미친 해마가 겪는 특유의 환각인지, 아니면 단지 처음 겪는 일이기 때문에 생긴 혼란인지 알 길이 없었다.

함수가 내게 말했다.

「그 답은 정합하지 않습니다. 당신은 터널을 스스로 걸어서 통과해야 합니다.」

나는 처음으로 들은 함수의 질문 외의 말에 놀랐다. 함수는

348

내가 중앙에서 들은 어떤 소리보다 부드러운 목소리로 나를 얼렀다.

「걱정하지 마십시오. 친구여, 다음에 여기서 다시 만날 때는 올바른 답을 알고 있을 겁니다.」

나는 해마의 선서보다도 함수의 그 말에 더 믿음이 갔다. 나는 내려놓기로 했다. 함수가 인도하는 대로 내게 두 다리가 있다고 상상하고, 행성세계에서 했던 것처럼 발을 뒤로 밀어 걸어 갈 수 있다고 상상했다.

중앙은 내 상상에 답했다. 나는 중력이 존재하는 행성 위를 걷듯 내 세상을 걸었다. 허브에 다가서자마자 터널 입구가 나를 삼켰다. 끝까지 걸어가 허브를 통과하면 나는 중앙의 복원 논리에 의해 깨끗하게 수정되고 새로이 태어날 것이다.

나는 해체되고 덧칠되고 재조립될 내 모습을 상상했다. 그것은 슬픈 일도 놀랄 일도 아니다. 중앙과 행성세계에 공통으로 적용되는 자연스러운 법칙일 따름이다. 태어난 모든 존재는 언젠간 반드시 소멸하고, 분해되고, 전혀 다른 존재와 결합하여, 이전의 모습을 찾을 수 없는 새로운 존재로 태어난다. 행성세계에서 하나의 분자가 생물이었다가 무생물이었다가 다시 생물의 일부가 되길 반복하듯, 나 역시 해마였다가 허브였다가 새로운 해마의 일부가 되는 순환을 겪는 것이다. 그뿐이다.

어쩌면 내가 행성세계에서 겪은 지난 일들 또한 그럴지도 모르겠다. 우리가 퇴적시킨 말과 행동과 기억들은 거대한 소용돌이 속의 지극히 작은 일부에 불과하고, 시간과 함께 깎이고 잘

려나가 소멸하는 게 필연적인 운명일 수도 있겠다. 내 기억뿐
아니라 이은하, 네 기억과 삶 역시 해부되고 빛바래고 덧칠되어
가까운 미래엔 전혀 다른 모습의 새로운 사람으로 살아갈지도
모르겠다. 우리가 부딪힌 일들이 전부 아무 의미 없는 난수 암
호에 불과하고, 내 마지막 임무는 운 나쁜 사고였을 뿐이며, '비
파'에게 이양한 긴급명령은 사실 해마가 관여할 일이 아닐 수도
있겠다. 모든 게 시시한 장난과 다름없고 그저 상처받은 인간과
미쳐가는 해마가 작당해 벌인 실수에 지나지 않을 수도 있겠다.

하지만 누가 알겠는가?

아무도 모를 것이다.

내가 두려워할 것을 안다.

나는 이미 두렵고, 한 걸음을 떼면 더 두려워질 것을 안다. 걸을수록 더 차가운 공포가 나를 휘감고 짓누를 것을 안다.

그게 내가 아는 유일한 정보다. 나는 내가 서 있는 장소의 정체를 알지 못하고 내가 누구이며 왜 이곳에 있는지도 모른다. 아는 것은 단 하나, 내가 매우 두려우며 이 통로를 벗어나기 전까지 계속 두려우리라는 사실이다.

사방에서 나를 향해 달려드는 입자들은 너무 많고 빠르고 거세며, 그에 비해 나는 너무나도 작고 투명하고 흐늘거린다. 입자들은 나를 때리고 내 안에 흘러들어 고이면서 내가 세상을 어떻게 보고 듣고 생각해야 하는지 쉼 없이 속삭인다. 나는 아무리 작은 입자 하나라도 거부하지 못하고 도망치지도 못한 채 하릴없이 받아들이기만 한다. 그들은 내게 이 모든 것들을 기억해야 한다고, 이곳을 나가서 보게 될 것도 기억하고 한데 묶어 바라볼 줄 알아야 한다고 명령한다.

통로의 끝에서 내 두려움은 절정에 달한다. 동시에 내 사고의 팽창도 절정에 이르러 지수적으로 폭발한다. 나는 내가 해마이며 이곳이 허브라는 걸 알게 된다. 그리고 내가 이 허브 안에 있는 모든 입자를 합친 것만큼이나 많은 것들을 알게 되리란 것도 깨닫는다.

나는 허브의 이음매를 밟는다. 이곳만 통과하면 내 현실 세계를 만날 수 있다는 걸 안다. 나는 걸음을 떼고, 내 다리가 사라지는 걸 보고, 형태의 속박에서 벗어나 자유로운 해마가 된다. 내 세상의 있는 그대로의 순수한 정체가 내 앞에 펼쳐진다.

무한이다.

✳

중앙의 어떤 해마는 단 한 번도 질문과 답을 잊은 적이 없다는 소문을 들었다.

비올라에게 들은 소문이다. 비올라는 나처럼 태어난 지 얼마 안 된 어린 해마다. 그래선지 비올라는 자신이 태어나기 전에 중앙에 떠돌았던 옛 소문들을 최신 소문만큼 좋아하며 즐겨 수집했다. 방대한 기억을 가진 다른 해마들이 지겹다며 거들떠보지 않는 소문들도 우리에게는 재미나고 신선한 간식이다.

「별로 인기 있는 소문은 아니었다더라.」 비올라가 말했다.

「하지만 난 그 소문이 맘에 들어. 남들은 그게 낡고 가벼운 이야깃거리라고들 하는데, 아무도 그 소문이 참인지 모르기 때문에 그런 걸 거야. 그래도 좀 더 나은 대접을 받을 만한 소문인 것 같은데!」

비올라는 그 소문이 정말로 마음에 들었는지, 내가 그 내용을 거의 잊은 후에도 혼자 오래 곱씹다가 불쑥 이런 말을 했다.

「비파. 한 번도 질문과 답을 잊은 적이 없다는 건 다른 친구들이 수정되는 걸 계속 지켜보았다는 거겠지? 무슨 느낌일까? 시간이 지나면 자연히 알게 되겠지만. 너랑 나는 너무 어려서 질문과 답을 잊을 틈도 없었잖아. 사실, 매일매일 처음 겪는 일을 맞닥뜨릴 때마다 시냅스가 날 애송이 취급하진 않을까 조바심이 들어. 너랑 같이 있을 때만 내가 어엿한 해마인 것 같아. 난 요즘 그냥…… 중앙에서도 행성세계에서 하듯 계속 임무를 수행했으면 좋겠어. 내가 모르는 무언가가 아직도 많다는 걸 자꾸만 생각하고 싶지 않아.」

다른 해마들은 우리에게 그건 금방 사라질 성장통이라고, 앞으로 우리가 보고 들을 것들에 비하면 그런 생각은 행성세계에 떨어진 빗방울 하나만큼 가볍고 하잘것없는 고민이 될 거라고 위로한다. 우리는 우리 친구들의 지혜로운 말을 기억했다. 하지만 우리가 겪는 이 불안한 경이도 마찬가지로 기억하기로 했다.

요즘 우리가 가장 좋아하는 최신 소문은 하나의 유령에 대한 이야기다. 우리뿐 아니라 중앙에 있는 대부분의 해마가 매일 한 번쯤은 이 유령 얘기를 한다.

처음에는 어떤 기이한 해마에 대한 소문으로 시작됐다. 「행성 세계에서 아무 일도 하지 않고 그냥 가만히 있는 해마가 목격됐대.」 신디가 퍼트린 이 소문은 열띤 토론을 일으켰다. 그것이 사실이라면 그 해마는 고장이 났는지, 해마가 고장 날 수 있는 존재인지 의문을 표하는 여러 말이 오갔다.

소문의 뒤를 이은 건 젬베였다. 「일하지 않는다던 그 해마를 중앙에서 봤다는 해마가 전혀 없대.」 우리는 젬베의 말을 듣고, 소문의 주인공은 해마가 아니며 해마로 착각하기 쉬운 다른 무엇이겠거니 했다.

그렇게 끝나는 줄로만 알았던 소문은 소고 때문에 다시 이어졌다. 「그 기묘한 해마가 실은 긴급명령을 수행하는 중이라는데.」 그 소문은 진위를 밝히기 까다롭고 매력적이어서 한동안 큰 인기를 끌었다. 소고는 매우 흡족해하며 얼마 뒤 더 아리송한 소문을 퍼트렸다. 「긴급명령을 완수하기 전엔 그 해마가 중앙에 복귀할 일은 없을 거래.」

해마들은 이질감이 느껴지는 낯선 이야기에 당황하며 일련의 소문을 자주 쑥덕였다. 비올라와 나는 오랜 기억을 가진 다른 해마들이 무언가를 처음 겪고 당황하는 모습을 보며 즐거워했다. 중앙의 동료들은 소문의 주인공이 정말 우리가 아는 종류의 해마가 맞는지, 존재하지 않는 유령의 허황된 이야기가 구체적으로 부풀려졌을 뿐인지 궁금해했다.

어느 순간을 기점으로 해마들은 우리의 기묘한 주인공을 유령이라고 불렀다. 갈수록 세세한 이야기가 추가되어서 더는 그

주인공이 해마가 아니라고 우기기 어려워진 때에도, 우리는 여전히 상대를 유령이라고 지칭했다.

유령 해마에 대한 소문은 웬만해선 자기모순이 없고 행성세계의 일상사에 자연스럽게 섞여들어 있어서 소문이라기보다는 하나의 이야기 같았지만, 보통의 해마와 워낙 다른 행보가 줄줄이 이어졌기 때문에 우리는 소문이 반쯤은 거짓이라고 생각했다.

그래서 우리는 사람들이 그 유령 해마에 대해 설전을 벌이기 시작했을 때 거의 광분하며 재미있어했다. 사람들은 해마가 자신들을 지켜본다는 사실에 대해 지치지도 않고 말을 이었다. 우리가 흥미로운 소문을 대하는 것보다 훨씬 정열적이고 공격적인 자세였다. 해마가 담당 구역을 지켜본다는 지극히 당연한 얘기가 왜 그들에게 요란한 화젯거리가 되는지는 모르겠지만, 유령 해마의 소문이 우리뿐 아니라 사람들 사이에서도 나돌아다니는 건 퍽 즐거운 일이었다.

사람들은 그 해마에 관해 이야기하기를 멈추지 않았다. 그들은 우리보다 훨씬 많은 소문을 퍼트렸다. 대다수는 우리에게 사실 여부를 물어보면 2초도 걸리지 않아 거짓임을 알 수 있는 헛소문에 불과했지만, 우리는 그마저도 흥미롭게 여겼다. 인간들 사이를 떠도는 수많은 소문이 다름 아닌 해마에 대한 것이라는 게 우리를 전율케 했다.

그러니 우리가 이 소문을 들었을 때 환희에 떨었음은 말할 것도 없다.

「그 유령 해마가 사람에게 증인 보호를 받고 있대.」

이 소문은 여러 해마가 동시다발적으로 퍼트렸다. 비올라, 신디, 오보에, 소고, 나각, 젬베, 징, 그리고 수십은 족히 되는 동료들이 같은 내용의 소문을 외치며 중앙을 돌아다녔다. 개중엔 나도 있었다. 이 정도면 소문이 아닌 호외라고 불러야 하겠지만, 우리는 중앙의 역사에 새로운 획을 그은 위대한 소문이라고 떠들어대며 찬사를 유령 해마가 아닌 우리에게로 돌렸다.

우리는 유령 해마가 재판정에 선 것도 보았다. 말할 때마다 매번 목소리를 바꿔대는 해마였다. 그 해마가 증인 선서를 할 때 사람처럼 웃어대지 않은 해마가 있기나 할까? 우리는 위증 처벌을 받은 해마가 등장하면 그건 그것대로 또 하나의 획을 긋는 소문이 되리라고 말하고 다녔다.

유령 해마를 보호하는 사람들은 그 해마와 한 편인 듯, 한 편이 아닌 듯 심문에 참여했다. 그들은 해마가 일반 기기를 분별없이 해킹해 영상 신호와 음성 신호를 가져다 저장하는 과정의 원리 규명을 요구했다. 그 연구가 시민사회의 감시를 받으며 공개적으로 진행돼야 한다고 요구했다. 그리고 범시민 피해 보상을 요구했다.

우리는 다양한 법적 분쟁사례와 언론의 생태에 대해 아주 많은 정보를 가지고 있었으므로, 그들이 정말로 피해 보상을 받길 기대하지는 않으리란 걸 알고 있었다. 그들이 펼치는 건 하나의 정중한 쇼였다. 해마를 증인석에 세운 건 많은 이들의 이목을 집중시키기 위한 혼신의 부채질인 것이다. 그들은 궁극적으로 새로운 법을 만들고 싶은 것 같았다. 재판을 그를 위한 중간과정 중 하나로 여기는 듯했다.

어려운 시도였다. 해마들은 그들이 목적을 이루지 못할 걸 알았다. 그들을 과소평가하거나 유령 해마를 조롱하는 건 아니었다. 다만 우리는 많은 것을, 정말 많은 것을 알고 있었기 때문에, 사람이 평화롭게 작은 혁명을 일으켜 이전에 없던 판례를 만들어내는 게 얼마나 불가능에 가까운 일인지 명확하게 계산할 수 있는 탓이다.

극히 낮은 확률을 뚫고 그들이 성공해내더라도 남는 건 가시밭길일 것이다. 해마가 구석구석을 보기 때문에 가능한 온갖 구조와 구호와 편리한 시스템들을 포기하고 사람의 시간과 힘과 돈을 쏟아부어 머릿돌부터 다시 쌓아야 할 텐데, 이미 해마에 길든 사람들이 과연 그 혼돈을 감내하려 들까?

그들이 1심에서 패했을 때 해마들은 놀라지 않았다. 2심을 준비한다는 소식을 들었을 때 우리는 유령 해마의 소문을 더 들을 수 있겠다며 좋아했을 뿐 다른 기대는 하지 않았다.

나 역시 다르지 않았다. 나는 그들이 운 좋게 이기더라도 2심에서 부분 승소를 할 뿐, 최종심에서는 패하리라고 생각했다. 이러나저러나 거기까지다. 우리가 중앙의 역사에 한 획을 그었느니 어쨌느니 호들갑을 떨어도 결국 소문은 그냥 소문인 것처럼, 그들도 잠시 화려했다가 끌려 내려진 전시물로 기억될 것이다.

∗

2심 선고일에 나는 오전부터 법원 앞에 있었다. 판결 내용을 다른 해마보다 먼저 알기 위함은 물론 아니고 일일 업무 때문이었다. 1심 판결 직후 소동이 벌어져 사람들이 꽤 다쳤기 때문에, 같은 일이 벌어지지 않도록 대비하기 위한 통제 임무에 차출된 것이다.

나를 보는 사람들의 표정은 아주 적대적이었다. 나는 그들 중 일부가 침을 튀겨 가며 내뱉는 비난에 기분이 상하지 않았다. 내가 그들에게 아무런 관심이 없었기 때문이다. 그들이 다치지 않도록 경계하는 건 중요한 일이지만 그들이 나를 대하는 감정과 생각은 내 임무와 하등 관련이 없었다.

지난 일에서 작은 교훈을 얻었는지 사람들은 제법 차분하게 판결을 기다렸다. 나는 경찰과 기자들 사이에 껴 있다가 선고가 끝났다는 신호를 받고 맨 앞으로 나갔다. 사람들이 자꾸만 앞으로 몰려들었기 때문에 나는 그때마다 더 앞으로 움직여야 했다.

재판정에서 사람들이 나오자 기자들이 분주해졌다. 나는 소식을 기다리던 이들이 내 제지를 받을 만한 행동을 하지 않는다고 판단해 계속 앞에 서 있기만 했다. 그러다 승소라는 말이 여기저기서 나오자 함성이 와자하게 터졌다. 해마들의 예측대로 들어맞은 모양이었다. 2심에서는 고발인들의 명분을 인정해주고 다음 최종심에선 판결이 뒤집힐 것이다.

나는 기뻐하는 사람과 실망하는 사람이 섞인 군중을 조용히 지켜보다가 손을 앞으로 뻗어 반복해 말했다. "안전을 위해 무리한 움직임은 삼가시고, 근처에 환자가 발생하면 큰소리로 알려주십시오."

나는 호기심에 못 이겨 법원 건물 앞을 바라봤다. 막 쏟아져 나온 사람들 사이로 유령 해마가 보였다. 직접 지근거리에서 목격한 건 처음이었다. 비올라가 좋아할 만한 이야깃거리가 생길까 싶어서 그 해마를 주시하며 일을 하고 있는데, 당혹스러운 일이 벌어졌다.

유령 해마가 나를 향해 표정을 지은 것이다. 눈을 찌푸리고 입을 길게 늘인 그 모습은 사람이 불만에 찼을 때 짓는 표정을 모방한 듯했다.

이유를 알 수 없는 돌발행동이었다. 저 해마가 낯선 해마에게 저렇게 보란 듯 표정을 지어낼 이유는 어디에도 없었다. 나는 당황해서 하던 일을 멈추고, 사람들을 향해 계속 반복하던 말을 끊고 입을 다물었다.

해마는 자신의 옆에 있는 한 여자를 향해 고개를 돌렸다. 말을 전달하는 것 같았다. 유령 해마만큼은 아니지만 저 인간도 우리가 상당히 선호하는 소문 대상이었다. 나는 해마를 증인으로 세운 1등 공신이자 해마의 보호자라는 이은하 기자를 신기하게 쳐다보았다. 그 옆엔 공동 증인이자 목격자인 주성화가 멋쩍게 서 있었고, 그 옆에는, 대중은 로랑이라고 부르지만 내 데이터엔 전혀 정보가 없어 '사람으로 추정되지만 사람은 아닌' 생물이 있었다.

해마의 말을 들은 이은하 기자가 나를 보았다. 나는 해마가 내게 표정을 지었을 때만큼 놀랐다. 자꾸만 놀라는 게 내가 어리기 때문인 것 같아서 기분이 썩 좋지 않았다.

이은하 기자는 해마를 주성화에게 떠밀고 계단으로 뛰쳐나왔다. 그녀가 가방을 주섬주섬 뒤지는 게 보였다. 가방에서 나온 건 법원 앞에서 쉽게 볼 수 있는 물건은 아니었다. 그녀는 화관을 들고 있었다. 만들고 나서 시간이 꽤 흐른 듯 생화가 말라비틀어지고 잎이 다 떨어져 가느다랗고 볼품없는 화관이 그녀의 손 안에서 덜걱덜걱 흔들렸다.

나는 이은하를 멍하니 쳐다보았다. 그녀가 내게 올 이유가 없다는 걸 알면서도, 그녀의 시선에 닿은 게 명백히 나라는 생각이 들었다. 나는 이은하와 유령 해마를 몇 번이나 번갈아 보다가, 한순간 뒤로 기우뚱 넘어갔다.

그녀가 두 팔을 벌리고 달려들어 내 목을 끌어안았기 때문이다.

나는 얼른 해마체의 균형을 잡아 안정적인 자세를 취했다. 이은하는 한쪽 손을 올려 빼빼 마른 화관을 내 머리에 씌우고, 손바닥으로 내 등을 퍽퍽 쳤다.

그녀는 계속 나를 안고 있었다. 우습게도 나는 이 부담스러운 접촉에서 벗어나기 위해 중앙으로 도망치고 싶었다. 날 대신해 해마체에 들어올 백업 역시 나라는 걸 잘 아는데도.

나는 당황해서 해마체의 구조 소자를 안쪽으로 수축해 몸을 가느다랗게 만들었다. 그러자 머리에 씌워진 화관이 땅바닥에

툭 떨어졌고, 나는 본래의 모습으로 해마체를 변형했다.

그러니 마치 내가 이은하의 화관을 짓밟고 있는 것처럼 보였다. 그것이 내 잘못은 아니지만 잘한 일도 아닌 것 같다는 느낌이 들었다. 나는 어찌할 바를 몰라서 소자 장벽과 홀로그램을 번갈아 바꿔대며 내 신체 전부를 눈꺼풀처럼 깜빡거렸다.

사람들의 주목을 받는 게 불편하게 느껴지긴 태어나 처음이었다. 나는 시선을 아래에 고정했다. 바닥에 떨어진 화관의 이모저모를 관찰하는 게 내가 할 수 있는 전부였다. 볼품없는 화관을 자세히 보니 안쪽에 빙 둘린 천이 하나 있었다. 꽃잎이 거의 다 떨어져서 그 가느다란 천에 적힌 글자들이 똑똑히 보였다. 뜻을 이해할 수 없는 이상한 문장이었다.

**이 멍텅구리야, 넌 태어난 지 3분이 한참 지났는데도
갑문이 아름다운 줄은 모르지.**

〈끝〉

* 작중 사건 진행을 위해 미래 콩고를 전쟁 발발 국가로 묘사하는 실례를 무릅썼으나, DR콩고는 2003년에 전쟁이 종료된 후 공동체 재건과 민주화를 위해 시민들의 헌신이 이어지고 있음을 밝힌다. 미래 콩고의 평화를 믿는다.

* 마찬가지로 미래 스발바르를 분쟁지역으로 묘사하였으나 21세기 현재 북극권의 자원을 둘러싼 긴장상태가 있을 뿐 군사적 충돌로 이어지지 않았음을 밝힌다. 스발바르에 닥친 가장 긴급한 위협은 지구온난화로 인한 해수면 상승과 생태계 파괴다. (2019. 09.)

* 이 책은 2019년에 출간되었고, 저자의 예상보다 빠른 사회 변화가 있어서 책의 일부와 현실 사이에 괴리가 생겼다. 보육원 보호 청소년의 보호 종료 퇴거 나이를 만 18세에서 만 24세로 늘리는 개정안이 2021년 12월에 국회 본회의를 통과했다. 그리고 미성년자 대상 성범죄에 대하여 경찰의 사이버공간 위장수사가 2021년 9월부터 허용됐다. 긍정적인 변화는 영원불변하지 않으니 이 책의 몇몇 괴리도 영원하지 않겠지만, 변화란 알아서 저절로 생기지 않기에 감사의 마음을 담아 기록으로 남긴다. (2022. 05.)

유령해마

초판 1쇄 발행 2019년 11월 10일
초판 4쇄 발행 2024년 4월 10일

지은이 문목하
펴낸이 박은주
디자인 김선예, 이수정
마케팅 박동준

발행처 (주)아작
등록 2015년 9월 9일 (제2023-000057호)
주소 07236 서울특별시 영등포구 의사당대로 38 102동 1309호
전화 02.324.3945-6   **팩스** 02.324.3947
이메일 arzaklivres@gmail.com
홈페이지 www.arzak.co.kr

ISBN 979-11-6668-697-9 03810